青春的证明

[日]森村诚一　著

徐京宁　等译

群众出版社

·北　京·

图字：01－2011－7534
图书在版编目（CIP）数据
青春的证明/（日）森村诚一著；徐京宁等译.—北京：群众出版社，2012.5
ISBN 978－7－5014－4968－2
Ⅰ.①青… Ⅱ.①森… ②徐… Ⅲ.①侦探小说—日本—现代 Ⅳ.①I313.45
中国版本图书馆 CIP 数据核字（2011）第 265898 号

青春的证明

［日］森村诚一 著
徐京宁 丁国祯 邵延丰 贾俊琪 于 伟 译

出版发行：群众出版社
地　　址：北京市西城区木樨地南里
邮政编码：100038
经　　销：新华书店
印　　刷：北京通天印刷有限责任公司

版　　次：2012 年 9 月第 1 版
印　　次：2016 年 10 月第 3 次
印　　张：13.5
开　　本：787 毫米×1092 毫米 1/16
字　　数：272 千字

书　　号：ISBN 978－7－5014－4968－2
定　　价：31.00 元

网　　址：www.qzcbs.com
电子邮箱：qzcbs@163.com

营销中心电话：010－83903254
读者服务部电话（门市）：010－83903257
警官读者俱乐部电话（网购、邮购）：010－83903253
文艺分社电话：010－83903973

内容简介

“夜，雾夜。浓雾将黑暗中的万物搅成一团，一切都显得那么朦胧，那么神秘莫测。雾还在不停地飘散，伸手不见五指。”笠冈道太郎一定没有想到，走进这场大雾，象征着他青春年华的逝去。“栗山”，这个缠绕他一辈子的名字，连同他的青春、爱人、前程都一一卷走了。

如果每个人的花样年华都如笠冈道太郎一般，那么我们无可避免地在这日月的轮回中对往事摇首慨叹。笠冈道太郎，在一场谋杀案中背上了“胆小鬼”的包袱，与“恩人”的女儿松野时子走进了婚姻的坟墓；富家女朝山由美子因未婚夫矢村重夫遇难，遂与木田纯一结婚；矢吹祯介是战争中的幸存者，但最终与未婚妻的妹妹即笠冈道太郎的前女友麻子结婚。不过，四桩杀人案重新将这三个家庭纠缠在一起，并一步一步地牵出了一个有关青春的秘密。而他们以及他们的孩子都在寻找的过程中迷失了方向。

人生或许有太多的巧合，造成了一次又一次的错失。笠冈道太郎、矢吹祯介、矢吹重夫、朝山纯子都在为夺取失去的青春而拼命补偿。但是，能够补偿、证明的青春还是青春吗？当他们为过往做出的事情弥补的时候，正是菁华年龄的孩子们却将脚印覆在他们的脚印上面了。只不过关于栗山、笠冈的时代已经过去，再也无法寻找了，剩下的只是“涂抹着虚伪的一对年轻夫妇的家庭却在旺盛地健壮地成长着”。正如小说的末尾所说：“……而用虚伪包裹起来的这对年轻夫妻，却建立了一个稳固幸福的家庭。”

相信森村诚一的这部《青春的证明》，会激发起每一位读者对于青春的怀念与感慨。

的确，无论对谁来说，青春都应该是美好而无忧无虑的，这既是青春的本性，也是青春的特权。然而，对于小说中的笠冈、矢吹等年轻人来说，他们的青春，却无疑背负着沉重的十字架。

作为在战争中幸存下来的他们，本身便是失去青春的一代。在那场愚蠢透顶的战争中，他们一个个被战争所奴役，成为毫无思想的战争工具，在毫无建树的屠杀与被屠杀的间歇中残喘。而当他们中的一些人由于足够幸运，得以苟活到战争结束之后才会发现，他们的青春是多么的荒唐、多么的可悲、多么的残酷。于是，补偿自己逝去的青春，便成为小说中的年轻人们的最大夙愿了。

不论是在登山中失踪的重夫、终生为自己的怯懦行为自责的矢吹，还是用自己的一生来赎罪的笠冈，他们无一不是在用自己的行动来试图弥补已经失去的青春，而他们各自的悲剧，也很难说不是与那场战争有着千丝万缕的联系。

《青春的证明》写于二十世纪七十年代，是给森村诚一带来莫大声誉的“证明”三部曲之一。这部作品堪称森村诚一所有小说中格局最为宏大，技巧最为成熟的一部。众多的出场人物，繁多的故事线索，却在作者的驾驭下左右逢源，游刃有余。如果说一开始，读者会为三对年轻人各自独立的故事感到费解的话，那读到后面，便不免会时时发出“居然是他”的惊叹，从而使开篇的三个毫不相关的故事聚合在一起，如同无数条小小的河流，最终融入同一条大江之中。

目录

目录

第一章 雾夜凶杀

一

夜，雾夜。浓雾将黑暗中的万物搅成一团，一切都显得那么朦胧，那么神秘莫测。雾还在不停地飘散，伸手不见五指。

在东京都的一座小公园里，因夜静更深，四下里看不到一个人影。公园的中央有个水池，水池内留有小喷水塔的残迹。园里除有几架秋千和一座滑梯、几张破旧的木制长椅外一无所有。与其说它是个公园，倒不如说它是个简陋的儿童游戏的小广场。由于大雾掩映，它似乎才被装扮成了失去地平线的雾中原野。

“好大的雾呀!”

蓦地，穿过大雾传来了一个女人的声音。原来在寂静的公园里，长椅上正依偎着两个人，他们是一对热恋之中的年轻情侣，正在热情地拥抱和甜蜜地亲吻。他们忘却了时间的流逝，似乎已经溶化在浓雾之中了。青春的陶醉已经使他们忘却了在这治安状况尚未完全恢复的时期，每到夜间，就会伴随着黑暗频繁发生一些危险的事件。

他们是因为迷路而第一次进入这座公园的。在当时，除了大米之外，其他所有的食物总算都可以随便买到了，日本人正在从饮食生活中恢复自由。

这天晚上，他们俩到市中心一家刚刚装饰一新的西餐馆吃了晚饭。

饭后，两个人舍不得马上分手，男青年便送女青年回家。在路上，起了大雾。这场大雾使尚未完全治愈战争创伤的东京街道改变了面貌，疮痍的街道仿佛变成了童话世界。大雾似有一种神奇的本领，使物体不由自主地随着它变化。就连平凡的一排排房屋和没有任何出奇之处的街道两旁的树木，都失去了轮廓，半透明般地在雾气中时隐时现。一切可憎的东西似乎全都淹没在大雾之中，失去了其狰狞的面目。

大雾引起了女青年的伤感，半路上她提出想下电车走走。男青年也觉得那主意不错。于是，他们便下了车，在夜幕下的东京街上，大致确定了一下方位，然后就朝着女青年家的方向走去。

但是，还没有走出多远，他们便迷失了方向。

尽管迷了路，可还是在东京的街上。他们就好像随雾漂流似的漫步而行，走进了这座公园。因为已经步行了将近一个小时，他们觉得有点儿累了。他们从那几张已经破旧的长椅当中，挑了一张稍好一点儿的，就在那儿歇息了下来。

恰到好处的散步运动，使他们在西餐馆里喝的葡萄酒的酒劲儿散发到了全身，感到一阵阵热血翻涌。雾气虽然带着阵阵凉意，但乳白色的衣襟和梦幻般的迷雾却仿佛在怂恿人抛却往日的羞涩与拘谨，尽情享受爱的甘露。

“小心会有人来的!”

女青年虽然嘴里这么说着，却把身子主动地靠了上去。这种大胆放纵的举动是她平时连想也不敢想的。

“都是雾的缘故!”

她为自己大胆的行为进行辩解。他们把一切责任全部都推给了大雾，在大雾底下忘情地结合在一起、缠绕在一起。伴随着压低了的声音，大雾将他俩美好而又销魂的秘密掩盖了起来。

他们完全没有听到那脚步声，或许认定那只是雾气在空气中飘荡的声音。

“你们倒挺快活的嘛!”

这两个已经进入了忘我状态的恋人突然听到背后有人的说话声。他们吓了一跳，刚想回头看，却被一声低沉而含糊不清的断喝制止住了。

“不许回头！就那么老老实实地给老子待着!”

随即，男青年感到有件冰凉的金属物体压在了自己的脖子上。

“你，你是什么人?”

男青年颤抖着，好不容易才从嗓子眼儿里挤出了这句问话。

在大雾的掩盖之下，他完全放松了警惕，丝毫没有防备地享受男欢女爱，没想到却会遭受突然袭击。

“少说废话！把这个女人借给老子用一会儿!”

背后那个男人压低的声音里透着一股凶残的杀气。如果不服从他的话，真不知道他会干出什么样的事情来。这种感觉就像从背后吹来一股透入肌肤的寒风。女伴的身体也瘫痪了似的呆住不动了。这时，男青年闻到了一股强烈的气味。他全身麻木的神经似乎只有嗅觉还在起作用。

“笠冈，救救我！”

女青年向男伴发出了求救。

“不许嚷！老子用完就还。要是再嚷，你俩都甭想活！”

那个男人的话语当中有一种慑人的威力，那并不仅仅是一种单纯的威胁。

“你要好好想想！请不要乱来呀！”

那个叫做笠冈的男青年只是在嘴上徒劳地进行着劝说，别的什么也不敢做。

“谁说老子要乱来啦？老子只是借这女人用一下。”

“借”的目的不是乱来，还会是别的吗？

“你给老子听着！你要是他妈的有一点儿可疑的举动，这女人可就没命啦！”

压在笠冈脖子上的冰凉的金属物体被拿开了，却又对准了女青年的身体。笠冈虽然已不再受到直接的威胁，可他依然不敢动弹。

“站起来！跟老子走！”

那个男人向女青年命令道。

“救命啊！”

女青年的呼救声在袭击者和笠冈之间响了起来，但是没有任何用处。就算女青年的生命不受任何威胁，笠冈也被恐怖紧紧地捆住了手脚，一动也不敢动。真正面对着腾腾杀气，这是他有生以来的头一次。受到这种可怕的威胁，他全身都酥软了。

就在这时，奇迹发生了。

“栗山，别做蠢事！”

从黑暗之中又冒出了另一个声音。

“啊！这个阴魂不散的浑蛋！”

那个叫栗山的袭击者的声音有些惊慌失措。

“放开那个女人！”

一个人影分开浓雾，慢慢地走近了。

“别过来！你要是再靠近一步，老子就杀掉她！”

栗山把女青年当成了“挡箭牌”。

“住手！你这家伙，一见女人就头脑发昏啦！”

新来的人影竭力地制止道。

“哼！别那么可笑了！老子凭什么要听你说三道四的?!”

就在他破口大骂的一刹那，他的手指头稍微松了一下。女青年马上抓住这个机会，跑到了笠冈的身边。

“哎呀！这个臭娘儿们！”

栗山惊慌失措地正要追过去，新来的人影却挡在了他的面前。双方立即展开了激烈的搏斗，雾气被搅得大乱。栗山的力气和体魄似乎都比对方要强一些，追踪者的情况看起来好像有些不妙。

“我是警察，过来帮帮我！”

那个人影表明了自己的身份。他在不利的形势下向笠冈发出了求援。但是，笠冈仍一动不动。不，他是动不了。两个进行搏斗的人正在争夺一把凶器，凶器从他们互相缠斗在一起的手中掉到了地上，落在了笠冈的脚边。

“别让他拿到刀！”

被按倒在地上的警察拼命地叫道。他们两个人的手扭在一起，都朝着凶器伸了过去，但总是差一点儿够不着。

“笠冈，帮帮他！”

女青年实在看不下去，便朝笠冈喊道。可是，笠冈却依然动弹不得。由于恐惧，他的身体已经完全僵硬了。虽然他的大脑在命令他动，可他的身体却偏偏不听使唤了。

就在那个女青年看到笠冈如此窝囊，便准备替他冲上前去拾起那把凶器时，栗山的手抢先够到了那把刀。当时，警察也已经筋疲力尽了。

栗山一抓住凶器，便把刀深深地刺进了警察的胸部。激烈的搏斗结束了。人影还原成为一具人体，四肢伸展地躺在了地上。周围被搅乱了的雾气又重新恢复了平静，严严实实地笼罩在那位警察的身上。

栗山似乎由于刚才的搏斗而打消了情欲，咂了一下嘴便在大雾中消失了。雾，继续飘动着，似乎什么也没有发生。刚才那惊心动魄的一幕，就像是做了一场噩梦，让人无法相信。但，在大雾下却明明白白地躺着一具警察的尸体。浓雾虽然掩盖了悲剧的凄惨，但那却是抹不掉的事实。地上流着牺牲者的鲜血，还有他那痛苦的面部表情，他确实是为了救他们两个人而付出了生命的。

罪犯的脚步声在雾中渐渐地远去了。过了许久，笠冈才好不容易清醒过来，是另外一种恐怖感解除了他的麻木。

“咱们也赶快走吧！”

笠冈催促着在一旁呆立不动的女友。

“走？去哪里？”

女青年脸色苍白地问道。

“无论如何，咱们得先离开这个地方再说。”

“离开？这个人难道就扔在这里不管啦？”

“咱们是这起凶杀案的见证人。万一罪犯再折回来，待在这里是很危险的！”

笠冈不由分说地强拉着女青年的手，朝着与罪犯逃走的相反方向跑了起来。

跑了好一阵子，笠冈才停下脚步。因为女青年已经喘得上气不接下气，再也跑不动了。

她好不容易才使自己急促的呼吸平静下来，问道：

“笠冈，那个人难道就扔在那里不管了吗?”

“不会把他丢在那里不管的。我一直在找电话或者派出所呢！这里是什么地方呢?”

深更半夜，几乎住宅区所有的灯光都已经熄灭，一切都进入了沉睡状态，连一条狗的影子都看不到。

“那个人说不定还活着呢!”

女青年用一种不肯罢休的口吻说。

“麻子，这个时候就别说那样的话了!”

“当时要是马上给他叫辆救护车的话，没准儿他就会得救了。”

那位叫做麻子的女青年目不转睛地盯着黑暗深处说道。

“现在说那样的话还有什么用呀!”

“不！当时你要是帮他一下的话，那个人就不会死了。”

“请不要说那种废话了！咱们赶快找电话报警吧!”

“笠冈，你太窝囊了!”

麻子将注视着黑暗深处的眼睛转向了笠冈。那眼睛里蒙上了一层强烈的失望和轻蔑。

“我是想帮他来着。可是，我失去了冲上去的机会。”

笠冈羞愧地垂下了头，不管怎么说自己确实是没有采取行动。

“那个人是为了救我才豁出了性命的呀！可是你却连把刀拿过来的忙都没有帮上。”

“对不起。”

“也许他还有口气呢！可是咱们却根本没想到把情况搞搞清楚就逃到这儿来了。”

“我是在为你担心哪！说不定那个罪犯什么时候就会返回来。”

“我觉得实在是对不起那个人。我这就回到那座公园里去。”

“站住！那样做是没有什么用处的。还是找部电话，叫警察和救护车来吧!”

“是要找电话，你去叫开一家的门，借部电话用用就是了。我得到那个人那儿去看看。”

麻子转身朝着刚才逃来的方向飞奔而去。

二

一对恋人深夜在公园里幽会时，遭到了一名歹徒的袭击。一名警察在制止犯罪时，被歹徒刺了一刀。接到那对恋人的紧急求救电话后，救护车火速赶到了公园，将受伤的警察送往医院。但因失血过多，警察死在了去医院的途中。

警察的胸膈膜、肠道及肠系膜上动脉被刺伤，造成死亡的原因是腹腔内大出血。

那名警察叫松野泰造，是淀桥警署刑侦一股的刑警。凶杀现场在世田谷区的一座小公园内，靠近目黑区与世田谷区的交界处。那儿并不是松野泰造所管辖的区域，可是他为什么会在半夜三更的时候到那个地方去呢？

警方理所当然地向报案的情侣详细询问了事情发生的经过。那对恋人已经订了婚，男的叫笠冈道太郎，女的叫笹野麻子，在同一家公司上班。他们向警方叙述道：那天晚上，他们一起吃完饭后，正赶上起了大雾。那雾使他们一时产生了要在雾中散散步的念头。在散步的过程中，他们随意走进了前面提到的那座公园，在那里遭到了手持凶器的歹徒袭击，于是就酿成了这起意外的惨案。

“关于凶手，您能不能提供什么线索呢？”

负责处理这起案件的警官向笠冈提了一个理所当然要问的问题。

“因为事情发生得太突然了，所以我记不太清了。”

笠冈羞愧地低下了头。

“凶手的相貌、打扮呢？”

“凶手一直待在黑暗的地方，所以……”

笠冈始终觉得自己似乎遗忘了什么重要的情节，可就是想不起来。恐惧和惊慌还在抑制着他的记忆。

“那么，您究竟有没有发现什么呢？无论是多么琐碎和微不足道的情况都可以。”

“那个么……”

“什么都不记得了吗？”

负责本案的警官急躁地咂了咂嘴。自己的同事是为了救这两个人而以身殉职的。因此，他非常希望他们能够记起一些凶犯的情况，哪怕只是些零零碎碎的情况也行。

“您要是这么说的话，我倒是记得当时那位警察先生好像曾对凶手说了句‘栗山，别做蠢事！’”

笹野麻子看不下去了，代替笠冈做了回答。办案警官将目光转向了麻子。

"'栗山，别做蠢事！'他是这样说的吗？"

办案警官推敲着这句话的含义。既然松野能够叫出歹徒的姓氏。那就说明他从一开始便了解凶手的底细。这么说，松野并不是偶然路过公园，才遇上了那对危难中的恋人。

"他还说了什么其他的话没有？"

"后来，好像凶手用惊慌的声音说了句'这个阴魂不散的浑蛋！'"

阴魂不散？这么说，原来是松野正在追踪栗山呢！办案警官在心中暗暗地盘算着。

"警察先生还说了句'你这家伙一见女人就头脑发昏'。大概是凶手犯了性方面的罪之后正在逃窜，而那位警察先生正在追踪他吧？"

负责调查本案的警官心想，都吓得魂飞魄散了，还能记得这样清楚，看来这个女的要比那个男的强多了。但是，松野所负责的案件当中并没有一个叫做"栗山"的人物。

"笹野小姐，从栗山用短刀逼着您，到松野警官赶来，大约有多长时间呢？"

"我想也就是短短的一两分钟吧？不过，当时我吓坏了，所以觉得时间好像特别长。"

"在这段时间里，笠冈君在做什么呢？"

这句问话触到了笠冈的痛处，他窘迫地低下了头。看到他这副样子，办案警官基本上就猜出了当时的情况。

"笠冈君拼命想救我，可是我被刀子逼着。他也毫无办法。"

麻子替笠冈解围道。

"这倒也是。接着松野警官就来了，于是，他们两个人就搏斗起来了。对不对？"

松野泰造起码也是个刑事专家，怎么会轻而易举地就被歹徒杀死呢？负责调查本案的警官对于松野舍身搭救普通市民而以身殉职这件事感到非常悲痛。当然出于松野的职业性格，他的牺牲行为是理所当然的。

"凶手的注意力一下子被吸引到警察先生那边去了，我就趁机逃开了。"

"这么说，当时您就暂时没有什么危险了，是不是？"

"是的。"

"那么，在松野警官同栗山进行搏斗的时候，笠冈君，您又在做什么呢？"

办案警官提出的问题，越来越深地捅到了笠冈的痛处。

"笠冈君是想帮助警察先生来着，可是歹徒挥舞着刀子，根本无法靠近。而且，警察先生也叫着：'不要过来，危险！'"

麻子又解救了被逼得走投无路的笠冈。

"所以，您二位就听从了松野警官的话，逃离现场了？"

“是的。我们想，不管怎样，先去找人来帮忙再说。于是，就跑去找电话了。”

“可是，根据调查记录，你们是先拨119电话报警的。根据那个电话，救护队赶到了现场之后，才向警方报了案的。你们并没有报警，而是从一开始就叫了救护车，也就是说，你们当时已经知道了松野警官被刺的情况。”

“我、我想那大概是因为我们被吓昏了头，结果把报警和叫救护车给弄错了。”

当时的电话已经录了音，讲的就是松野被刺的事情。情况很清楚，当松野与手持利刃的栗山进行殊死搏斗的时候，笠冈和麻子丝毫没有对他进行援助。他们只是眼睁睁地看着栗山把松野刺倒，并等凶手逃走之后，才去叫的救护车。

但是，就算是谴责他们，也无济于事了。普通市民并没有义务冒着生命危险去援助警务人员，也没有理由因为不帮忙而受到谴责。

尽管如此，负责本案的警官对眼前的笠冈还是感到了一种憎恶，就好像是憎恶杀死了他那位忠于职守的同事的凶犯一样。不，笠冈也是罪犯之一。歹徒用刀子逼着他的未婚妻想要图谋不轨，可是他不仅不敢对歹徒动一根指头，而且还眼睁睁地看着要救他未婚妻的警官被歹徒杀死。如果笠冈全力相助的话，松野也许就不会死了。笠冈对于松野的死也有着不可推卸的责任。

然而，对于这个“罪犯的同伙”，自己作为松野的同事却不能进行任何报复。办案警官感到心里非常窝火。

因为是警察，所以就必须为了搭救这种胆小、卑鄙的市民而奋不顾身。这就是理所当然的职业道德！

“咱们的关系也许该到此为止了。”

在警察局接受完情况调查后，回家的路上笹野麻子对笠冈道太郎说。

“为什么要说那样的话呢？你并没有受到任何的伤害。那起案件和咱们什么关系也没有。”

姑娘说出了那么一句出乎意料的话，笠冈感到很惊讶。

“你说‘什么关系也没有’？我说的并不是自己受到伤害的事情。那位警察先生可是为了救我才死的呀！”姑娘说道。

她根本没有想到，笠冈居然会说出那样的话。

“不能说得那么绝对吧？那个叫什么松野的警察似乎正在追踪那个叫栗山的家伙。在很偶然的情况下，咱们和他们碰在了一起。也许栗山是想挟持你作为人质，你不必为此而感到烦恼。”

“把我当人质也好，对我图谋不轨也好，反正那位警察先生是为了救我而搭上了一条命。可你呢？你什么也没有为我做！”

“我是想救你的。可是在那之前，那位警察不是来了吗？”

“够了，别说了！反正我是不愿意继续与你保持关系了。我已经不再爱你了！”

“没有那回事。你是刚受了刺激，不正常了。不要凭着一时的感情冲动就……”

“这可不是什么一时的感情冲动。我已经看清了你的真面目！”

“你把事情想得太严重了。无论谁碰到那种情况，大概都会那么做吧？”

“我也是那么想的。但还是不行呀！要是换了别的男人，我想我是可以原谅他的。而正因为是你，所以我才不能原谅。我知道，我对你的要求太高了。我自己也没有一点儿办法。请原谅我吧！我的心里总有个声音在喊叫着，说你是个懦夫。无论我怎么把耳朵堵住，也还是能够听得见那个声音。”

“你很快就会听不见那个声音了。”

“那就请你等到那个时候吧！在那以前，我希望就当咱们之间没有任何关系。”

“你现在变得太伤感了。”

“女人在什么时候都是多愁善感的。”

笠冈意识到麻子的主意已定，现在硬要让她回心转意，反而会使她更加封闭自己，自己还是暂且退一步，等她的心情恢复平静之后再说吧！手持凶器的歹徒逼住了自己的恋人，而自己却一筹莫展。这个事实使笠冈真感到有些心虚。

三

松野泰造于一九二几年从故乡的琦玉县秩父郡深山来到东京当了警察。他比规定的身高差了一厘米，差点儿因身体检查不合格而被刷下来，是恰巧补缺才当上警察的。

松野当警察的动机很有些莫名其妙。当时，他正在家乡的山里烧炭。有一次假日，他到秩父的街上去，在一家大商店里，被错当成了小偷。负责调查情况的刑警完全把他当成罪犯对待，连骂带打。尽管最后得到了澄清，但他所受到的屈辱却使他刻骨铭心。他在心里发誓，早晚有一天自己也要当一名刑警来争回这口气。

他被任命为警视厅的巡警，分配到派出所值勤后，他高涨的工作热情实在令人为之惊叹。他一发现形迹稍微有点儿可疑的人，就会立即对其进行盘问、搜身，查出携带匕首、短刀或者暴力主义倾向的书籍等，便会当场将其逮捕。

松野做事干脆利落。所以，那些心怀鬼胎的人都称他为“鬼松”，对他畏惧三分。

通常巡警根据其外勤取得的实际成绩，再通过一年当中八个星期的警备及搜查的在职培训和选拔，凭个人的特长和能力，可成为警察总署或警察总部的政治（公安）、搜查、交通等方面的刑警或内勤警官，可以着便装值勤。

能着便装值勤是新警察的目标。虽然这不是晋升，只是值勤的内容和形式有所变化。要想当上刑警，平均要干四年外勤，而要做总部刑警，则须再干上三年左右。

维护社会制度的警察居然讨厌穿制服，这事真不可思议。而从穿制服的警察当中根据成绩和能力选拔便衣警察，那就更令人啼笑皆非。不管怎么说，松野以他那十足的干劲，在分配工作后一年就创下了出类拔萃的拘捕记录。

但是，他那清高孤傲的性格却始终让他一直辗转于辖区警署的刑警室，而没能上调到警视厅总部工作。后来，破案方式发生了变化，由过去侦探单枪匹马进行的搜查变成了现在这种以专案小组为中心进行的有组织的搜查。但是松野仍然固执地保持明治以来传统的工作方法。他就没指望警视厅总部会调他去。

松野注定了被冷落的命运。

松野是个古典式的刑警，在有组织地进行的系统化破案当中，他除了自己所干的那份搜查工作之外，别的工作连看也不看一眼。他只相信自己的直觉和线索，并以此为荣。

“松野君是位有信念的人。他常说，‘即使违背上司的命令，但只要能够捉住罪犯，一切误会就都会烟消云散。不管别人说什么，我都要按照自己的信念去干。’他是这样说的，也是这样做的。‘如果刑警变得像职员一样，一味地对上司奉承，那就没指望了。刑警忠于职守的标志就在于捕捉罪犯。’这是他经常挂在嘴边的一句话，他的死使我们又失去了一位宝贵的人才。这个时代越来越需要像松野君那样有信念的警官，他的死实在是极大的憾事。”

在警署为松野举行的葬礼上，从警视厅总部来的部长致了悼词。如果松野不是自己一个人单枪匹马地去办案的话，恐怕是不会这样死去的。松野的死被认为是一个脱离集体独自办案的老刑警的失败。

十几年前，松野的妻子因病去世了。松野与妻子只有一个名叫时子的女儿，已二十五岁。

她为了照顾孤独的父亲，而没有顾及自己的终身大事。

笠冈去参加葬礼，在进香的时候，第一次看到了时子。她坐在葬礼会场的死者家属席上，缩着身体，好像要躲避周围的人群似的。

烧过香，笠冈站到时子面前，向她表示自己的哀悼之情。时子抬起了一直低垂的眼睛，注视着他。那视线一动不动死死地固定在笠冈的脸上。

就在那一瞬间，笠冈觉得从时子的眼睛里看到了一种白热化的目光。那视线的锋芒使他感到阵阵灼痛，就好像是面对着喷来的火焰。

笠冈无地自容，将自己的视线移向一旁，慌不择言他说了句：

“对不起！”

笠冈从时子目光中看到了无言的抗议——

“是你杀害了我的父亲！”

他对她说了道歉的话。这就等于他接受了时子无言的抗议。

虽然警方送来了许多鲜花，却无法冲淡笼罩着葬礼会场的那种清冷气氛。那些在世时有势力、有人缘的人的葬礼就显得充满活力，那种活力的底下流动着对死者的哀悼和生者的悲痛。

在松野的葬礼上，来参加的人倒是不少，但那似乎只是一种生者与死者告别的形式而已，就好像枯叶自然而然地从树枝上脱落了一样，该死的人死了就算了！这种心态使得松野的葬礼变得冷冷清清。

那葬礼像是在证明一生遭受冷遇的老刑警的失败。坐在遗属席上的死者亲属寥寥无几，他们的表情十分清楚地显露出，他们只是出于情面才不得不坐在那里的。

笠冈在时子抗议的目光注视下，仓皇地逃出了葬礼会场。

在那之后不久，笹野麻子辞去了她在公司里的工作。麻子对那件事只字未提，不声不响地就辞了职。

笠冈在公司里有两三天都没有见到麻子的身影了，就装作若无其事的样子向麻子的同事打听，这才知道她已经离开公司。

公司里还没有人知道笠冈与麻子的关系。麻子没有告诉笠冈就辞了职，这说明，麻子在躲避他。笠冈愕然了。无论麻子怎么责骂他是懦夫，他始终都认为那只不过是女人的一时冲动。年轻女人对于英雄的那种幼稚崇拜，使得她为代替自己而身遭不幸的非亲非故的老刑警悲伤不已。相比之下，恋人的生命从暴徒手中得救反倒显得并不那么重要了。笠冈原以为她这种伤感的情绪过一段时间就会自然消退。

但是，麻子背着笠冈辞掉了公司里的工作使笠冈知道了她的怒气依然未消。

“不过，不管她怎么生气，那件事情总是无法抹杀的。”笠冈自信地认为。

笠冈已经在麻子的身体上打下了自己的烙印。

虽然是在迷醉于雾夜气氛的情况下，但那对于她来说却是第一次。正因为是第一次，所以对于女人来说，大概才会永生不忘吧？当时自己的身体被她包容进去的那种宽厚发热的感觉，到现在还实实在在地留在记忆当中。

“麻子料定我会去追她的，在使小性子。”

笠冈想得很乐观。要是给她打电话，他又怕她本人不会来接。因此，笠冈决定直接到她家里去找。

笠冈以前曾经去过麻子家几次。麻子的父亲是一家大型矿业公司的要员。全家住在目黑区边上一处幽静的住宅区里。

这一带没有遭受到战火的摧残，还遗留着战前的老式住宅。麻子家的房子就是那些老式住宅当中的一座，那是她父亲所在的矿业公司在战后从以前的房主手中买下来给本公司的要员做住宅用的。

宽敞的庭院里，树龄古老的柞树和光叶榉树形成了一片树林。房屋坐落在庭院里林荫的深处，虽然显得有些陈旧，但是铁造的大门却很威严。双开式的大门只是在邀请正式的客人或举行全家活动的时候才开启。平时，则只用安装在大门一侧的便门出入。

便门旁的门柱上有一只门铃。笠冈一按门铃，院子里就响起了脚步声，老女仆从便门上的窥视窗朝外张望着，没有表情地问道：

“您是哪一位？”

“我叫笠冈，以前曾经来打扰过几次的。如果小姐在家的活，我要见她一面。我有很重要的事情，请转告她。”

“请稍候！”

老女仆的脸缩了回去。过了一会儿，里边又传来了脚步声。那脚步声与老女仆的脚步声不同。是麻子来了？笠冈心情十分紧张，窥视窗口露出了一张雪白的面孔，原来是麻子的母亲。

“笠冈君。”

麻子的母亲并未打开便门，只是从窗口内侧叫了他一声。

“冒昧前来打扰。”

笠冈心虚地低下了头。

“难得你到这里来。但是麻子说了，她不想见你。”

“嗯？”

“请你回去吧！虽然我不知道麻子和你之间发生了什么事情，但是麻子已经谈妥了一门亲事，不久就要出嫁了。虽然你对我女儿一直很好，可是她说今后不想再和你有任何来往，所以……”

“亲事……”

笠冈说到这里就再也说不下去了。他觉得自己好像被意外地砍了一刀。

“那么，我失礼了。”

麻子的母亲冲着茫然若失的笠冈轻轻点了下头，接着就要关窥视窗。

“请，请等一下！”

笠冈慌忙伸手从外面挡住那已经关上了一半的窗子。

“你还有什么事？”

“那么……小姐是跟哪一位先生订的亲呢？”

“这和你大概没有什么关系吧？”

话音未落，窥视窗就关上了。笠冈一时不知如何是好。怎么会和我没有关系呢？太有关系了！虽然只是一次，但雾夜中发生的那亲密无间的温存，可是山盟海誓的保证啊！

然而，眼前紧闭的铁门却分明表示了对他的拒绝。这既表示了麻子的拒绝，同时也表示了笹野家的拒绝。

笠冈伸出手想再按一次门铃，但随即又将手放了下来。因为他知道不管按多少次，自己也不会被请进这道门。

但是，笠冈并不甘心就此罢休，他还想再见一见麻子本人，确实弄清楚她的真正心意。他知道，遭女方拒绝，依然纠缠不休，这不够男子气，是不成熟的表现。可他是那样地深爱着麻子。他坚信，除了这个女人之外，再没有别的女人更适合做自己的妻子了。他一直都认为，她从头到脚都是造化之神为他笠冈而创造的。

刚获得这样一位女子的委身，却要和她分手，这不是太残酷了吗？

无论如何我也要再见一见麻子本人。我要一次又一次地到她家来找她，无论来多少次都行，直到能与她相见为止。她也不会一天到晚总闷在家里不出来吧？只要耐心地等待，她必定会出来的。我一定要抓住那个机会！

今天就暂且先回去吧！

笠冈带着失望给他的沉重打击，垂头丧气地朝着车站方向走去。麻子已经谈妥了亲事，这会是真的吗？会不会是她母亲为将自己打发走而编造出的谎话呢？陷入失望之中的笠冈一点儿也没有发觉后面有人正在追赶自己。

那人叫了好几声笠冈的名字，笠冈才好不容易清醒过来。他回头一看，原来是麻子从后面上气不接下气地拼命追了上来。

“麻子……”

“这下可好了，终于追上你啦！”

麻子跌跌撞撞地一下扑倒在笠冈的手臂中，大口大口地喘着粗气，一时说不出话来。

笠冈轻轻地摩挲着她的背部，许久，麻子的呼吸才平静了下来。

“对不起，我母亲对你讲了失礼的话。”

“不，没有什么关系！我只要能见到你就行了。这会儿能看见你，可真是太好啦！”

笠冈心想，麻子之所以来追赶自己，是因为她的怒气已经消了。

“我没有太多的时间，我是瞒着父母偷偷跑出来的。”

“真让我惊讶，你怎么一声不吭就把公司的工作给辞了呢？”

“对不起。我以为悄悄辞职可以使痛苦的心情稍微减轻一些。”

“你为什么突然辞职了呢？我想不会是因为你母亲刚才所说的订婚的事吧？”

笠冈像是竭力往好处想似的问道。

“那是真的呀!”

“你说那是真的?嘿嘿，怎么会呢?”

笠冈想用笑来掩饰一下，但是却被心中膨胀起来的不安感觉压垮了，他笑到一半就僵住了。

“我母亲说的是真的!我已经答应和那个人结婚了。他是很早以前通过亲戚介绍的。”

“那，那么咱们俩的事呢?!”

笠冈发出了近乎惨叫的声音。

“就当没有那回事吧!”

“你是说那天夜里是你一时的冲动?是被夜间气氛冲昏了头脑的一场游戏?”

“那并不是一场游戏。”

“那么，到底是为了什么?”

“我是因为真心实意地爱着你，才把一切都奉献给你的!我现在仍然打心眼儿里爱着你呢!”

“既然这样，你为什么说你已经答应和别的男人结婚呢?这不是自相矛盾吗?”

“连我自己也是这么想的呀!不过，不行啊!正因为我爱着你，所以一想起那天夜里的事情，我就不能原谅你。”

“你太感情用事了!你觉得我还是被那歹徒刺上一刀要好些，是不是?”

“连我自己也不太明白自己。你平安无事，我很高兴。被杀的人不是你，而是一个警察，我知道这个结局本应该庆幸，可我做不到这点。如果是对别的男人，我也许会变得宽容些，一定会的。但是，事情放到你身上，就不行了。我自己本是个懦弱而又满身缺点的人，碰上你的事情偏偏又不能原谅。没有办法，我就是这样的一个人!我来就是想告诉你这些。”

“你在胡说八道些什么呀?请你冷静一点儿!咱们一定会成为好夫妻的，而且一定是世界上最幸福的一对。你正在犯一个极大的错误。除了我，你和任何一位男人结婚，都不会比与我结婚更幸福。你必须和我结婚!就像一把钥匙开一把锁一样，咱们是唯一的搭配。趁着这个时候，你一定要重新考虑一下。现在还来得及。”

“请原谅我!能打开我心扉的唯一一把钥匙已经损坏了。我现在爱着你，今后也将永远爱你。但是，你当时的表现实在是太窝囊了!开启我这把锁的唯一一把钥匙已经在那个雾夜里损坏了。”

“不要因为一时的感情冲动就把自己束缚在错误的婚姻生活当中。人的一生长着呢!”

“我必须回家了。”

“麻子！”

“我会永远想念你的。请原谅我！”

“不要走！”

麻子从笠冈的手中一下子挣脱，朝着自己家的方向跑去。笠冈正打算跟在她的后面追上去的时候，他听到了篚野家里的人来寻找她的声音。

笠冈终于醒悟到，麻子已经从自己的身边彻底地离开了。无论怎样，也不能使她回心转意了。麻子所说的“因为爱，所以才不能原谅”的话语是她发自肺腑的，那并不只是年轻女人一时的感情冲动。她知道自己对心上人过于苛求，并为此而请求笠冈的原谅。大概她自己也陷入了左右为难的心境之中吧？

麻子曾经告诉过笠冈，她有一种追求完美的怪癖。即使是在幼时玩“过家家”游戏的时候，如果大人从旁稍微介入一下，她就会立即放弃这个游戏。在做布娃娃的时候，哪怕已经快做完了，如果发现有一丁点儿不满意的地方，她就会从头做起。越是对自己所爱玩的游戏和喜欢的玩具，这种倾向就越强。可是，对于没有多大兴趣的东西，她却一味地宽容，宽容得近乎不理会。

对于自己所构筑起来的王国，无论它是空想的东西还是现实的东西，麻子都非常不愿意它受到侵犯或遭到破坏。大概这就是麻子的性格吧？

笠冈是麻子心中构筑起来的至高无上的王国，是永远不会被攻陷的城池。没想到却在那大雾之夜被残酷地破坏了。纯洁王国遭到践踏，坚不可摧的城池被付之一炬。她完全丧失了修复城池、收复失地的斗志。她心中绝对完美的王国一旦遭到敌人的玷污便再也无法恢复了。

笠冈很了解麻子绝不妥协背后的痛苦。虽然那是一种伤感，其中却充满了难以动摇的真实。

笠冈清楚地意识到，他已经失去了为他而生的唯一一位异性。

第二章　替身情侣

一

矢村重夫在南阿尔卑斯山失踪之后，朝山由美子总觉得他还活在什么地方。

喜爱大山的矢村经常带着由美子一起去爬山。志贺高原和上高地都是他们曾经去过的地方。是矢村教她认识了山的美丽和博大。

再过一个月，矢村便要和由美子举行婚礼了，却偏要在这个时候孤身一人去登山，结果一去不复返，音讯全无。

矢村所登的山是南阿尔卑斯山脉的凤凰山。这座山位于山梨县韭崎市与中巨摩郡芦安村的交界处，中间是最高峰观音岳，北面有地藏岳，南面有药师岳。凤凰山是这三座连绵在一起的山峰的总称，其海拔高度约两千八百米。

位于南阿尔卑斯国立公园核心的是号称“白峰三山”的北岳、间之岳和农鸟岳，它们都是海拔高度超过三千米的高峰。凤凰山隔着野吕川峡谷与“白峰三山”相对峙，处于“白峰三山”的最前端。无论是从凤凰山的位置还是从它的高度来看，它在南阿尔卑斯都属于最容易攀登的山，被称为“入门之山”。

有着丰富登山经验的矢村就是在这样一座很容易攀登的山里失踪的。由美子也曾死气白赖地再三要求与他一起去，但是凤凰山最开始有一段被称为“阿尔卑斯三坡”的艰难路线，攀登这样的山路对于由美子来说，体力上是吃不消的。而且这次登山是矢村单身生活中的最后一次登山，他希望能够随心所欲地到处走走。由美子这才勉勉强强地同意。

“反正我一去就会碍手碍脚的，是吧？”那条路线对于脚力不够的由美子来说，是很难攀登，但她看到矢村对盼了很久的独自登山那种兴高采烈的样子，就忍不住想挖苦他几句。

矢村虽然对此感到很为难，但还是没有同意带她一起去。作为补偿，矢村答应由美子在新婚旅行的时候带她去北海道。

如果当时自己非要跟他一起去的活，矢村也许就不会失踪了。一想到此，由美子就感到追悔莫及。

二

日本动员学生上前线，矢村差点儿就要被拉上战场的时候，战争结束了。一复学，矢村就狂热地开始了登山活动，仿佛想把战争期间失去的青春弥补回来。

正是矢村使荒废了的母校迅速地恢复了山岳部。随着和平的复苏，矢村成了山岳部的核心人物。他带头把登山活动搞得有声有色，充满了勃勃生机。

因长期战争而荒芜了的大山中，又重新响起了断绝已久的登山靴的声音。矢村还开辟了几条新的攀登路线。大学毕业参加工作之后，他仍然是一有机会就去登山。就在临失踪之前，他还在为母校山岳部派出的战后第一支海外远征队而四处奔忙。

人们根本无法相信，像矢村这样的人会在南阿尔卑斯的初级登山路线上遇难。当时的季节已经是四月底了，在冰雪融化比较早的南阿尔卑斯，雪崩期已经过去了。

虽然在北面的峡谷里和背阴处多少还留有一些残雪，就算碰上恶劣天气，也不会像冬天的山里那样难熬。何况在矢村进山期间，天气情况一直比较稳定。

但是，山里潜伏着数不清的无法估计到的危险。即使是富有经验的登山家，在一般地段或者由于不小心而出意外的事例也决非罕见。

矢村告诉家里人和由美子的登山路线是：自韭崎沿顿多克沼泽逆行而上，先攀登地藏岳，然后经观音岳和药师岳，最后从夜叉神岭下来。

母校的山岳部和校友们组织了搜索队。但是，只弄清了矢村曾于第一天在顿多克沼泽上面的凤凰小屋住过，以后就下落不明了。

搜索是从山脊开始进行的。三山之间的山脊棱线是凤凰山特有的碎花岗岩所构成的碎石路。因为这一带已经踩出了一条明显的山路，所以不会迷失方向。一过药师岳，山脊就变宽了，成为一片茂密的林带。在积雪期间，虽然也有人会在没有标记的树林中迷路，但是在那一年的四月底，残雪已经所剩无几，根本就没有迷路的危险。

可以考虑到的情况是，矢村在沿着山脊纵向行走的时候遭到了熊的袭击，或者是因为受了伤而无法行动了。在四至六月，出来寻找草莓的狗熊在山上迎面碰见登山人，有时会惊恐地突然扑过来。

不过，在一般情况下，狗熊发现人就会逃走。

如果被残雪所迷惑，在山脊的纵行线路上失足踩空的话，就会掉下山去。不管是掉向野吕川一侧还是掉向韭崎一侧，山腰两侧都覆盖着南阿尔卑斯所特有的茂密原始森林。要是误入这片林海当中，那可就有些麻烦了。

搜索队在山脊上没有找到线索，就分成两路，分别在东面和西面的原始森林中进行了搜索。然而，在那里也没有矢村的踪迹。

此时抢在搜索队的最前列积极进行寻找的是木田纯一。他是矢村的姨表弟，两人的年龄相仿，自幼便亲如孪生兄弟。他们上的是同一所高中和同一所大学；大学时，他们又一起加入了山岳部。当时正是太平洋战争局势日益困难的时期，登山活动也只能以体魄锻炼的名义勉强维持。

战后，木田也与矢村一样，因战争中所受压抑的反作用力，对于登山的热情越发高涨起来。他们俩经常结伴攀登北阿尔卑斯的悬崖峭壁。两人一起开辟了好几条新的登山路线。他们既是亲密无间的表兄弟，也是无可替代的登山伙伴。

在希望越来越渺茫的搜索过程当中，木田始终不肯放弃最后一线希望，他执著地在草丛林间进行了认真仔细的搜索。

但是，最终还是没能找到矢村的下落。他们只得放弃继续搜索。木田似乎觉得停止搜索的责任全在自己，耷拉着脑袋前来向由美子汇报情况。

“惊动大家这样找，还是没能找到他，也是没有办法的事情。”

“人手不够，也未尽到我们最大的努力。”

“不，木田先生，您确实已经尽心尽力了。我想，要是矢村有知的话，他会感激不尽的。”

“重夫是你的未婚夫，同时也是我的表兄。我们俩比亲兄弟还要亲。今后只要有机会，我还打算独自去寻找他。”

“多谢您的好意，可我已经死心了。这么多人分头搜寻都找不见他的踪影，我想是没有希望了。”

由美子想象着矢村在深山之中静静腐烂的情景。但奇怪的是那种想象并没有成为一种真实的感觉使她心碎。不久前，矢村在由美子的心中占据着最重要的位置。他就要成为她的丈夫而与她共度余生。女人的幸福与丈夫息息相关。即便将婚姻简单地比做一种契约，那么这也是一份决定女人命运的重要契约。

矢村一直是由美子生活的核心。现在突然失去了这个核心，由美子真不知道该如何是好。在这个没有矢村的空间里，她就像是丢了魂似的，自己仿佛变成了一具空洞的躯壳。

由美子第一次与矢村相会是在去奥多摩徒步旅行的时候。因为有的学生上体育课经常缺席，学校为补足课时就专门组织这些学生上“集中体育课”。当时由山岳部的人做向导，由美子那个班就由矢村带领。

矢村不仅热情地为那些不常爬山的学生担任向导，而且还凭他对大山所掌握的广博知识，教他们认识和了解了许多珍奇的动植物。

当时，他们有过一点接触。没过多久，矢村就毕业离开了学校。

如果就那样，没有第二次见面的话，也许第一次见面就会作为年轻人之间的普通交往而被永远地遗忘了。但是，就在第二年的夏天，当由美子与同学一起去上高地的时候，却意外地遇见了矢村，他是去那里攀登穗高岩的。当时，矢村的登山伙伴就是木田纯一。

矢村和木田为由美子腾出了一天时间，领着她游览了西穗高。因为这次重逢，由美子和矢村开始交往。

由美子家从明治以来就一直在筑地经营着一家名为“朝山”的老字号餐馆。虽然餐馆曾一度在战乱中焚毁，但战后很快便重建一新，并且除了总店外，还在东京都许多地方新开了分店，生意正越做越兴隆。

矢村家也是仙台一带的富裕世家。两家可谓门当户对。由美子是独生女儿，必须招婿入赘。而矢村正巧是老二，这也是两人将来能生活在一起的条件。

不久，矢村家请了正式媒人，来朝山家提亲了。他俩的婚事就顺利定下来了。两家决定待由美子毕业后，于五月份择吉日为他们完婚。

谁知就在即将举行婚礼的前夕，矢村独自登山，竟一去不返。

矢村的失踪实在是太突然了，以致亲戚当中有人猜测，会不会是矢村突然不想和由美子结婚，可事到如今又难以启齿，于是就假装登山遇难而躲藏起来了呢?

但是，由美子却坚信矢村绝不会如此。他俩彼此深深相爱已达热恋高潮。况且婚约已订，两人的关系得到了双方父母的认可。尽管两人还没有过身体的结合，但由美子已经做好准备，只要矢村提出这方面的要求，她随时都愿奉献出自己。

由美子觉得，为了等待结婚这种仪式而压抑情爱的高潮是没有意义的。但是，矢村却很能自我克制。他说：

“尽管结婚只是一种仪式，可既然咱们已遵守了婚前交往的尺度，那就坚持到最后吧！我想在接受了大家的祝福之后，再得到你那最珍贵的纯洁之身。”

当时的性观念还没有像现在这么自由。

由美子很理解矢村对性的老派作风。他越是爱由美子，就越是想等待那神圣的最后一刻，这就是矢村的性格。

矢村其实可以完全支配由美子，他却偏要将她摆放在充满憧憬的偶人陈列架上，等待那最后时刻的来临。他非常倾慕由美子，并且要不了多久就可以实实在在地占有她的身体了。在此之前，他不可能根据自己的意愿逃走。绝对不可能有那样的事情！

这就是一个爱着矢村并且也被矢村所爱的女子的自信。

三

笠冈道太郎失去了笹野麻子。那对于他来说，其实就等于丧失了青春。他感到，在麻子离去的同时，自己的青春也完结了。

但是，在失去了麻子的空白之中，有一种东西正在逐渐地困扰着他。最初他并不明白那是什么。在此之前，他的心灵一直由麻子占据着。而现在，他的心中被挖开了一条无边无际的黑暗的深沟，那里静悄悄地横躺着爱情的尸骸。在尸骸彻底腐烂并且随着岁月的流逝而风化之前，那条黑暗的深沟是不会被填埋的。那沟黑沉沉的，不知道究竟有多深。它的深度和黑暗程度与麻子在他心中曾经占据过的空间相通连，令他苦不堪言。

虽然那暗沟一点儿也没有被填埋，但是却有一个光点从那黑暗的无底深渊中越来越强地发出光芒。那是一种不可思议的光，虽然它强烈到了白热化的程度，却一点儿也不能将周围的黑暗照亮。

那像是一把凶器闪烁的寒光，从黑暗中刺来，洞穿笠冈的心脏才泻出一点星光。

陷入失恋痛苦的笠冈终于注意到了那束星光。与其说是他的意识使他注意到了，倒不如说是光束洞穿了他心脏的痛觉使他感觉到了。那的确是一束伴随着痛觉的光束。

不久，他终于明白那原来是一个人凝视的目光。有人在黑暗之中目不转睛地注视着他。那双眼睛聚集着白光，充满憎恶，正笔直地朝着自己逼来。

“长着这双眼睛的人究竟是谁呢？他为什么要用这样的目光瞪着我呢？”

笠冈从精神恍惚中清醒了过来，定睛朝着黑暗中射来目光之箭的地方望去。但是，他的视线立即被那可怕的目光反弹了回来，不得不将目光转向一旁。

“对了，是那个刑警的女儿！”

这时他才总算认出了那是谁的眼睛。如果是她的话，那么憎恨笠冈也是理所当然的。她的父亲是代替笠冈被凶手杀死的，因此在她看来，也许会把笠冈看成是杀害她父亲的罪魁祸首。父亲的职业对于孩子来说是无关紧要的，孩子只注重失去父亲这一事实。

“但是，当时的情况并不一定是松野成了我的替身。很明显，松野是追踪栗山到那里去的。栗山是松野正在私下追踪的人，对于松野来说，捉拿栗山才是他的目的，救麻子只不过是次要的事情。难道不是这么回事吗?”

如果是这样的话，松野的遗属就没有理由一味怨恨笠冈，认为松野是替笠冈而死的。

但是，当时自己的心中确实很恐惧，不想冒冒失失地牵涉进去而受到伤害。那种恐惧使自己在一把凶器面前畏缩不前。如果自己当时全力以赴帮助松野的话，不，哪怕只是伸一下手捡起刀子，松野就不会死。

“看来我的确是太窝囊呀!”

笠冈心中产生了一个念头：

“我应该再去试着见一见松野的女儿。”

笠冈还没有从失去麻子的沉重打击中爬起身来，松野的女儿又用那样的目光盯着他，就好像他是杀害她父亲的罪犯。这真让笠冈无法忍受。

如果能够缓和一下她对自己的怨恨，哪怕只缓和一点点，笠冈也很愿意去试试。而且笠冈很想向她解释一下。

这也可以说是一种补偿行为。笠冈在失去麻子之后，精神十分空虚，正需用什么来排遣一下。

松野泰造家住在练马区一角的警察宿舍内。因为父亲已经去世了，所以女儿得很快从这里搬走。房子是战后建的廉价的灰泥建筑，墙上到处布满了雨水渗透的痕迹，勾画出了道道难看的花纹。虽然当时治安还没有完全恢复，但住在警察宿舍里，即使是单身的少女，安全也是有保证的。

笠冈费了好大的劲儿，才打听到这个住处。他找到松野工作过的辖区警署，告诉他们自己是松野殉职时在场的见证人，好不容易才请他们说出了松野家的住址。

笠冈觉得，如果事先打电话给松野时子，问她是否方便，肯定会被她冷淡地加以拒绝。于是，他决定在晚上八点钟左右突然登门造访，那时对方在家的可能性最大。

虽说松野时子是个办事员，但是笠冈并不知道她在什么地方上班。笠冈按照从警察署打听来的地址和门牌号，找到了松野家，只见门上依然挂着已不在人世的“松野泰造”的户主名牌。

门上的窥视窗遮着布帘，里面透出了暗淡的灯光，说明住在这屋里的人已经回来了。

笠冈站立在门前，深深喘了口气，稳定了一下情绪，然后才敲响了门。屋子里有了动静，不一会儿便从门里传出了一个年轻女子的问话声。

“哪一位?”

虽然门上有窥视窗，但她根本没有从那里朝外张望。“我叫笠冈。晚上突然冒昧前来打扰……”

“笠冈?”

松野时子好像没能马上想起来这个笠冈究竟是什么人。

“我是笠冈道太郎，前些日子在令尊遗体告别仪式上与您见过面。”

“啊!”

屋子里发出了一声惊呼，接下来便没了动静。松野时子站在那里一言不发，似乎被惊呆了。

“那天因为是在殡仪场，所以连话也没能同您讲。但是我当时就在想，日后一定再找您，和您好好地谈谈。今天突然登门打扰，很对不起。”

“我没有什么话要对您讲!”

冷冰冰的话语立刻扔了过来。这种回答是笠冈事先就预料到的。

“我知道自己非常失礼。但是，我还是想见您一面，和您谈谈。”

“谈谈? 事到如今，您说什么也无济于事了。请您走吧!”

她的语调当中没有丝毫的客气。

“因为今天是晚上，所以我就此告辞了。我希望改天换个地方，请您务必与我见上一面。”

“为了什么? 我没有理由与您见面!”

“求求您啦! 您把我看成是杀害您父亲的凶手，我实在是难以忍受。”

“嘿嘿，那是您自己想得太多了。我可从来没有想过是您杀害了我父亲。他是作为一名警察以身殉职的，仅此而已。”

“求求您啦! 请您与我见上一面吧! 一次就行。”

“我不是正在与您谈话吗? 这就足够了。我是个独身女人，您在晚上到我这里来实在让我很为难。我也得注意对周围的影响!”

“实在是抱歉。”

“您走吧! 不然的话，我可要喊人啦!”

这个地方是警察宿舍，如果她呼救的话，闻声赶来的人是不会太少的。

笠冈实在是一筹莫展。在他们隔着门对话的这段时间里，房门就像是一个紧闭的蚌壳。

笠冈只好离去。但是，仅仅隔了一天，笠冈几乎在同一时刻，又去找时子了。这次他遇到了比第一天晚上更加干脆的拒绝。时子一听到笠冈的名字，二话没说就转身返回卧室去了。

笠冈对此并不灰心，第四天晚上还接着去，但结果一样。笠冈反而更固执起来。他觉得解开时子心中的疙瘩就会平息麻子的愤怒。

“你真窝囊!”

麻子的这句话不断地在笠冈的耳内回响。他认为，如果能够得到时子的谅解，就可以多少弥补一下自己在案发时的胆怯行为。

不知是第多少次了，有一次去时子家找她时，时子还没有回来，笠冈就将一张留言条从门缝下塞了进去。留言条上写着：

“我要无数次地来找您，直到您肯见我为止。如果您愿意与我见面的话，请给我来电话。”

留言条上还附有笠冈家里和工作单位的电话号码。

第二天中午，时子趁着午休时间往笠冈上班的地方打了电话。

时子一听出接电话的人是笠冈，就直截了当地说道：

“我同意见您，但只见一次。请您以后别再纠缠我！”

“什么？您同意见我啦？”

笠冈的感觉就像已经得到了时子谅解似的。

“晚上六点钟后，什么时间都可以，地点由您决定。”

“那么，今天晚上六点钟，请您到涩谷宫益坂的‘复活’茶馆来好吗!?”

“好吧。我去。”

说完，电话便挂断了。时子依然是那么冷若冰霜、爱理不理，但是无论如何，她总算同意见面了。这就是前进了一步，不，是多了一分宽容。

那天晚上，笠冈比约定的时间稍微提前点儿到了“复活”茶馆，可是没想到时子已经先到了那里。

当时，日本战后的贫困时期终于结束，正逐步恢复到战前的生活水平。市场上物资开始丰富，通货膨胀也得到了控制。恰好在那个时候爆发了朝鲜战争，日本经济开始走上了高速发展的道路。

闹市区灯火辉煌，街头充斥着震耳欲聋的爵士乐和布吉伍吉舞曲。电影院的前面张贴着露骨的色情电影海报。

“复活”茶馆是涩谷区第二次世界大战后最早恢复起来的茶馆，在年轻人当中很有名气。

笠冈一推开茶馆的门，时子那利刃般的视线就从昏暗的茶馆里射了过来，于是他马上就知道她已经来了。

“哎呀，让您久等了吧？”

因为时子先到了，笠冈觉得有点儿尴尬。

“不，我只是早来一点。因为我想尽早结束这次会面。”

时子的言词语气没有一丝缓和。也许是为了一反战争管制的单调，街上的服装花里胡哨。尤其是女性的衣着，更是十分大胆。然而时子却故意穿着朴素的单色套装，头发也只用发带漫不经心地向上扎起。由于她的头发梳得过于平坦，既夸张了前额的宽度，又使眼睛显得十分可怕。

宽宽的额头，细长而清秀的眼眉，高高的鼻梁，紧绷的嘴唇……仔细打量一下，她的容貌是相当漂亮的，却偏偏梳了那么个粗俗的发型，好像是故意贬损自己。

不光是发型，她的服装也像是罩上一身黑纱，把女性的线条美完全遮掩起来。时子的那副打扮使笠冈感到了她强烈的敌意。她是因为要与“杀父仇人”见面，所以才用这种铠甲将全身包裹得严严实实。

“有什么要说的事情就请赶快说吧，因为我不太喜欢这种地方的气氛。”

在女服务员过来问他们点什么东西之前，时子催促道。

“我要说的事情是……我想向您道歉。”

“我父亲是以身殉职，您没什么好道歉的。”

“但是，令尊是想救我们才与凶犯进行搏斗的。如果当时我尽全力帮助他的话……”

笠冈的眼前清晰地浮现着松野被栗山按倒在地的情景，松野拼命求助的叫声犹在他的耳边回荡。正如麻子所谴责的那样，自己确实是个懦夫。为什么自己当时不尽全力去帮助松野呢？事到如今，虽然悔恨在不停地咬噬着自己的心，但当时不知道是怎么回事，身体确实是完全不听指挥了。

“请不要说了！事已至此，您再说这些话也于事无补!”

时子打断了笠冈的话。恰在这时，女服务员走了过来。女服务员听到时子说话厉声厉气，不由得向她投去了惊讶的目光。笠冈忙点了咖啡，将女服务员打发走，然后说：

“的确，事已至此，无论我说什么，令尊都不能复生。但我想问您一件事情。”

“想问我一件事情?”

她那充满了敌意的眼睛里闪过了一丝轻微的迷惑神色。笠冈马上抓住这个时机问道：

“关于栗山这个名字，令尊有没有对您说过什么呢?”

“栗山？这个名字有什么不对头吗?”

时子第一次提出了反问。

“我想那两个字大概是栗子树的‘栗’加上高山的‘山’。杀害松野先生的罪犯名字就叫做‘栗山’。可是，这个叫做‘栗山’的家伙在警方的档案里却没有记录。因此，可以认为他是松野先生正在私下里追踪的人。”

“关于这件事，警方已经向我询问过许多次了。我父亲从未对我提过什么‘栗山’之类的名字。”

“私交的知心朋友当中有没有这么个人呢?”

“没有。可是，您打听这种事情干什么?”

“要是有什么线索的话，我打算尽自己的能力去把他找出来。”

“找到之后，您打算怎么办呢？”

时子那张毫无表情的脸上露出了嘲讽的冷笑。

“我还没想好到时候怎么办。但无论如何，我想先找到栗山的下落再说。”

“这么说，您打算学做侦探啦？”

时子的冷笑更加明显了。

“请不要嘲笑我，我是认真的。”

“我没嘲笑您哪！我只是觉得太荒谬而已。”

“荒谬？”

“是的。警方追踪罪犯的下落，这是理所当然的。可是，像您这样的外行，就算是学着侦探的样子去干，也不可能抢在警方的前头吧？况且，就算您能够捷足先登，比警方先找出罪犯，那又有什么用呢？”

“我至少可以……”

“您要是打算赎罪的话，我劝您最好还是算了吧！如果您以为那么轻而易举就能够赎罪，那您可就大错而特错了！”

“您的意思是说，我那么做太没有意义了，是吗？”

“即使您抓住罪犯，我父亲也无法死而复生啦！”

“我究竟该怎样做才能有意义呢？”

“我父亲的死并不是您的责任。”

“那只是您嘴上说的‘场面话’，其实您在心里头认为我是杀害您父亲的间接凶手，不，是真正的罪魁祸首。所以您刚才说我即使抓到了罪犯也赎不了我的罪过。”

“不管怎样，反正请您不要做徒劳无益的事情。”

时子的目光似乎有些退让。

“请告诉我，我到底该怎么做才不算是徒劳无益呢？”

笠冈仍然死缠不放，并变得固执起来。

“只要我父亲不能死而复生，您大概就赎不了罪吧？”

对于笠冈的纠缠不休，时子似乎有些难以应付。

“对于松野先生的死，我感到自己有责任。我愿意尽自己最大的能力进行补偿，不管以什么形式都行，也不在乎自己的补偿努力是多么微不足道。请告诉我，我该怎样做才能让您接受我的诚意呢？”

“我已经告诉过您了，不管您感到自己有什么责任，都是无济于事的。我失去了唯一的亲人，变成孤身一人活在世上，您能体会这种悲痛和寂寞吗？在我很小的时候，我母亲就因病离开了人世。从那以后，父亲对于我来说，既是父亲也是母亲。莫非您还打算今后代替我的双亲照料我的一生不成？”

时子望着笠冈，嘴角上浮起了一丝轻蔑的冷笑，好像在说：“怎么样？光在嘴上说得天花乱坠容易，实际做不到了吧？”

“只要您同意，我就这么做！”

笠冈脱口而出。那是一句和时子斗嘴的话。笠冈赌气地说出了这句话之后，两个人一下子都愣住了。

“您该不是在开玩笑吧？”

时子想要否定笠冈所说的话，没想到却起了相反的作用。

“我可不会用这样的话来开玩笑。”

“您真的知道您所说的话是什么意思吗？”

“我当然知道！”

“那种事情根本就不可能！”

“不。完全可能。”

当时，时子没有明确地表示拒绝，结果铸成了大错。两个人都陷入了欲罢不能的境地。

四

由美子失去了矢村重夫后，木田纯一很自然地进入了她的生活。由美子与矢村的交往是从他们在上高地再次相见开始的。当时，木田正作为矢村的登山伙伴与他在一起。木田经常从矢村的背后向由美子投去善意的目光，这种情况由美子是知道的。

但是，由美子的一颗芳心已经完全被矢村所俘获，她根本就顾不上去考虑木田的目光。

如今，矢村的失踪，使一直在他背后显露不出来的木田终于被推到了由美子的面前。

木田并没有趁着矢村失踪的机会马上去接近由美子。给人感觉他在与由美子接近这件事情上，比矢村还没有失踪的时候更加拘谨。由美子觉得从这一点上似乎可以看出木田对矢村的友情和他的高尚品格。

木田就连来向由美子报告搜索情况时，也显得顾虑重重。有时因为纯事务性的工作需要在外面与由美子见面，木田必定会带着某个人一起来，就好像是木田在回避两个人单独见面似的。

当由美子得知搜索工作停止了的时候，她邀请木田到她父亲开的餐馆吃饭，打算对他前一段时间的辛苦表示慰劳。当时木田曾向由美子询问可否带同伴一起去。

“我打算改天再向参加搜索的朋友们致谢。这次我想就咱们两个人来缅怀矢村。咱们也曾是共同登山的朋友，您说呢？”

“如果是那种情况的话，我就去吧。不过……”

“您怎么啦？好像很为难似的。”

由美子对于木田的吞吞吐吐感到有些莫名其妙。

“我想在最近一段时间内尽量不与您单独见面。”

“哦？为什么？”

“我不愿意迫不及待地接近您，就好像我早就在等着矢村失踪似的。我总觉得别人好像会当我别有用心。”

“真奇怪，您怎么会有那种想法呢？我很清楚，您并没有什么不良的企图。”

“可我有，所以才感到很为难。”

“嗯?!”

“我是有企图的。我喜欢您!”

“哎呀!”

由美子一时不知该如何回答才好。这是爱的表白。

“所以，我才想在最近这段时间里避免与您单独见面。”

“咱们是好朋友吧?”

“您说得一点儿也不错。因此，在朋友刚刚失踪不久就去接近他的恋人，这是很卑鄙的事情。”

“木田先生您想得太多了！还是想得再单纯一些吧!”

“带个同伴一起去也没有什么关系吧？对了，带青木一起去就行，因为他见过您几次。”

“真拿您没办法。”

由美子无可奈何地答应了本田的要求。她并没有发觉自己已经认可了木田的表白。

木田正因为是矢村的表弟，所以在容貌和体形上都与矢村有着微妙的相似之处。由于他的母亲与矢村的母亲是姐妹，因此他的身世也没有什么问题。所以，木田几乎没有遇到什么阻力就顺理成章地代替了矢村原来的位置。似乎由美子接受他并没有什么问题，反倒是木田那方面有一些阻力。

由美子的父母很快就开始为女儿考虑下一位女婿候选人了。因为女儿是著名老字号店铺的继承人，所以不能让她永远地等待已经失踪了的未婚夫。从父母的角度来看，如果不能早一天找到好女婿，将历史悠久的老字号店铺的未来托付给他，他们就不能放下心来。

幸好由美子和矢村仅仅只是订婚而已，女儿的处女之身依然完好无损，这真是不幸中的万幸。尽管对矢村的怀念已经深深地铭刻在由美子的心中，但是那种伤感早晚会随着岁月的流逝而渐渐磨平。如果给她找个新的对象，也许她就能尽快忘掉过去的恋人。

在确定矢村已经不可能生还之后，又过了大约一个月，父母将由美子叫到了面前。由美子一看到父母的神色，就意识到他们俩要对自己说些什么了。

果然不出所料，父亲开口说道：

“由美子，你刚失去矢村，我们就对你说这种事情，你大概会觉得我们不近人情。但是，我们希望你冷静地听一听我们的话。”

父母小心翼翼地提起了她的婚事。

“爸爸、妈妈，这样太无情了！不管怎么说，这么快就变心，我做不到！”

由美子表示了自己的不满。

“我们知道你的心情。所以，我们才一直等到了现在。可是，矢村已经没有指望了。木田他们这么努力都没能找到他，根本无法想象他还活着。就算他还活着，肯定也像人们所传的那样，是因为发生了什么事情而躲开了我们。”

“绝不会有那样的事情！”

“是的，根本不会有那样的事情。所以，他肯定是死在山上了。等一个已经死了的人，无论等到什么时候也是没有意义的。我们已经上了年纪，想早日给你招个好女婿，也可以使店里的前途得到可靠的保证。”

“你们是为了店里的前途才为我招女婿的吗？”

“不，绝不是那个意思。不过，目前这种情况不改变，我们是无法放心退下来安度晚年的。我们想早日看到外孙。我们不要求你马上就怎么样，但是希望你能忘掉矢村，考虑新的人选。”

“知道了。但是，请再等上一段时间吧。”

由美子不想让上了年纪的父母伤心，就决定在时间上往后拖一拖。

“那么，我给你提一个新的对象吧！”

母亲接替父亲开了腔。由美子感到很惊讶。父亲刚刚说过不要求她马上就怎么样，但其实他们早已经将“新的对象”物色好了。

“你觉得木田怎么样？”

由美子感到猝不及防。她万万没有想到，父母为她物色的“新对象”竟会是木田。

“木田嘛，他是矢村的表弟，身世比较可靠，而且与你好像也很合得来哩！”

“那，那种事情不是咱们单方面决定了就算数的，还得看人家木田的意思呢！”

由美子并没有一口回绝，因为她的心中已经有了一片允许木田闯入的小天地。父母刚开始提起她新的婚事时，她表示不满，那也是因为她的心里正牵挂木田。现经母亲说破，由美子才第一次发现，矢村原来的位置不知什么时候已经由木田占据了。那种心灵上的替换十分巧妙，几乎丝毫没让人察觉到。木田作为“新女婿候选人”取悦由美子父母的本事也确实高明。

木田是矢村的表弟，作为矢村和由美子共同的朋友，他以前就经常出入朝山家。矢村失踪之后，他成了搜索队与朝山家的联络员，到朝山家来的次数就更频繁了。他那种谦逊的态度和可靠的身世肯定赢得了由美子父母的好感。

但是，由美子却没有料到木田会被她的父母选中而成为矢村的取代者。木田对于朝山家的影响正日益增大，这一点在由美子的内心中竟然没有引起注意。

经父母的口说出来之后，由美子才恍然大悟有些不知所措。

"木田那方面，我想大概没有什么问题。"

母亲充满自信地说。

"'没有什么问题'？已经去提过亲啦？"

"没有。不过，已经暗中打听好了。他不是长子，希望很大。"

母亲也是朝山家继承家业的女儿。不知道是什么缘故，朝山家总生女儿，这家明治年间开张的老字号店铺至今已经招过三代上门女婿了。

到朝山家那样既有门第又有资产的人家做上门女婿，没有哪个男人会拒绝的。母亲的自信既是出于一个老字号店铺女继承人的自负，同时也因为有一个漂亮女儿的缘故。

"我感到很为难哪！"

由美子的口气软了许多。被母亲一说，她才发现原来有人可以替代矢村。对于这一发现，连她自己都感到吃惊。她对自己感到了困惑和厌恶，虽然自己为矢村的失踪而悲伤，却已经在拿别的男人来医治自己心中的创伤了！

但是，她的厌恶始终都是冲着自己的，而不是对木田。

"有什么可感到为难的呢？只要你没有什么不愿意，我们就打算马上派人正式向对方提亲。"

"这样太匆忙了吧？"

"一点儿也不匆忙。你也已经二十二岁啦！到明年再出嫁就晚了。因为女人的青春年华是十分短暂的啊！"

母亲的心思完全放在这上面了。

对于朝山家的正式提亲，木田家没有任何回绝的理由。木田家虽然是宫城县的世家，但是在木田的父亲这一代，他们家主要的山林发生了特大山火。从那以后，木田家便衰落了。

要是儿子能入赘到东京筑地的老字号餐馆去做上门女婿，家运可能就会重新兴旺。木田的父母实在是大喜过望，木田家总算要枯木逢春了。

然而，木田纯一本人却提出相反意见。他声明自己不愿意当矢村重夫的替补。多么漂亮的推辞！事实上却是由于矢村的失踪才使他得到了本应为矢村的位置，这一点是谁也无法否认的。如果矢村还在，是绝轮不到木田的。

“由美子小姐，我一直很喜欢您。矢村曾经俘获了您的芳心，我是多么羡慕他啊！现在，我得到了矢村的位置，真像是做梦一样难以置信。我能娶您为妻，实在是太幸福了。但同时，作为矢村的顶替者生理上有一种本能的反感，这也是事实。”

“快别这么说。我一点儿也没有那样想！”

“您现在大概是没有那样想。但是，我自己对此感到耿耿于怀。”

“您自己？”

“我不愿意在矢村还生死不明的情况下，就顶替他。”

“那么，该怎么办才好呢？”

“在我和您结婚之后，如果矢村从什么地方平安归来的话，请您与我离婚，并同矢村重新结合。”

“请您不要作这样的假设。”

从谈话中，由美子进一步了解到木田为人的诚实。

矢村失踪后过了大约五个月，在秋天里的一个吉利日子，木田纯一和朝山由美子结了婚。从此，木田纯一改姓朝山，成了朝山纯一。

第三章　青春纪念

一

“醒醒，你醒醒呀!”

矢吹祯介被妻子叫醒了。

“又做噩梦了吧？瞧你这一身的汗!”

妻子麻子担心地望着他。矢吹已有很长一段时间夜里不做噩梦了，近来感觉良好，今天却没想到又做起了噩梦。尽管战争已经结束好几年了，但那噩梦般的战争所造成的心灵创伤，仍在内心深处流着鲜血。它变成了名副其实的噩梦，深深地潜藏在矢吹的心底，在他的睡梦中浮现出来。

“把你给吵醒了，对不起啦!”

矢吹为自己打扰了妻子的睡眠而向她道了歉。

“你这是哪的话！我看你还是赶快把衣服换换吧!”

妻子说着便从床上爬起身来，准备去拿要换的内衣。就在她起身的一刹那，她的睡衣下摆就像是故意似的散开了。从散开的缝隙中，矢吹瞟到了她那丰满的大腿。虽然妻子的身体对于矢吹来说，已经十分熟悉了，但由于妻子这个无意的动作，却使矢吹感到了一种新鲜的冲动与刺激。

“不必换了!”

矢吹扯住了妻子。

“可是，穿着湿内衣对身体不好哇!”

“没关系，我的身体还没那么弱。不如咱们……”

妻子领会到了矢吹拦住她的真正意图。

“哎呀！”

她的脸上露出了惊讶的表情，并浮起了淡淡的红晕。

“别害羞嘛！咱们可是夫妻呀！”

“嗯。可是，如果纵欲过度的话，对身体是有害的呀！”

她有些犹豫，因为在睡觉之前他们已经尽情地做过爱。

“我的身体里有战争时期的‘储备’。你瞧，睡上一觉之后，就变得这么精神饱满。”

“哎哟哟，你可真了不得哟！”

年轻的妻子虽然用揶揄的口气这么说，心里却为丈夫的迅速恢复而感到高兴。她看了看身旁才出生不久的英司熟睡着，便欣然接受了丈夫的要求。

矢吹抚爱着妻子的身体，尽情地享受着。他得到了一种像是报复似的快感。不，也可以说，那就是一种报复，是对战争剥夺的青春进行的报复。因为战争把他的恋人也夺走了。当然，他爱现在的妻子。但是，妻子绝不能完全取代被夺走的恋人。尽管她长得很像他原来的恋人，但她永远也成不了他初恋的情人，只能是另外一个女人。

战争中，不许人们按照自己的意愿生活。在“保卫祖国”这句冠冕堂皇的口号之下，军人统治者们发动了这场愚蠢的战争，把老人、妇女和儿童也都推入了深渊。

矢吹祯介是在青年时期赶上了战争的不幸一代。为此，他没能感受青春时期美好的一切。但，他还算是幸运的。同一代人中的许多青年甚至失去了生命。

虽然矢吹在精神与肉体两方面都受到了重创，但他毕竟从战争中活了下来，终于活到了可以按照自己的意愿生活的时代。在战争中他是那样地渴望生活在这样一个时代。

后来，矢吹和麻子结了婚。麻子成了他失去的恋人的替身。对于他来说，他需要麻子。这里面有着双重的意思，一方面想弥补已经失去的青春，另一方面则是对那种怎么弥补也弥补不回来的损失进行报复。

矢吹已经年近三十岁了。虽然他曾经有过恋人，但是由于战争的缘故而与恋人天各一方。因此，在他和麻子结婚之前，他就有了那种意义上的“储备”。

战时，他不情愿地被迫禁欲。现在禁令解除，他开始纵欲，正在耗尽那些“储备”。

“你现在还在我的身上寻找我姐姐的影子呢！”

当激情逐渐消退下去的时候，麻子像是突然想起来似的冒出这样一句话。

虽然她装出一副若无其事的样子，但是矢吹心里很明白，这句话已经在她的心里憋了很久了。

“没，没有那么回事。”

矢吹毫无思想准备，语调中带出几分狼狈。

“好啦，用不着多做解释了！我心里很清楚，虽然你的眼睛在看着我，但心里看着的却不是我。你在我的身上寻找我姐姐的影子！”

“胡说！那是你太多心了。我这样地爱着你，难道你心里还不清楚吗？”

“我心里当然清楚啦！和你结婚是很幸福的。能与你结婚，我非常满意。你也确实是很爱我的。这些我心里都很清楚。但是，你到现在还在我的身上寻找从我姐姐那里得到的感受！我并不是在责备你，只是觉得你对我姐姐爱得这么深。她可真幸福啊！”

“你和你姐姐其实长得一模一样。你现在的年龄已经超过你姐姐死的时候了，你越来越像她。不过，我一次也没有想把你当做你姐姐。你就是你，你是我的妻子。请你不要再去想她，安心做我的妻子吧！”

“你得让我终生都陪伴着你！”

年轻的妻子娇声娇气地说着，将身体朝矢吹贴了过来。矢吹怜爱地抱住了她。他闻到了妻子的体香，一个成熟女性的体香。

他当时连做梦也没有想到过会有这么一天，可以在和平的卧室里闻到这样的体香。在那绝望的年代里，四下环顾，到处都密布着战争的阴云。

正如麻子所说的那样，矢吹确实曾有一段时间将她姐姐雅子的影子重叠到了她的身上。但是他与麻子结婚后，在夫妻生活当中，麻子身上所特有的东西已经将占据矢吹心灵的雅子形象逐渐消融了。矢吹觉得，麻子现在已经完全取代了雅子的阴影。

可谁想到，麻子却依然有截然不同的感受。这也许是因为随着战争的噩梦，雅子的影子重新又从他的记忆深处浮现了出来。

二

一九四三年十二月一日，矢吹祯介刚刚踏进东京某私立大学的校门不久，就响应第一次学生征兵动员，作为现役军人编入了佐仓的第五十七步兵联队。是年九月二十二日，当局取消了学生暂缓当兵的规定。矢吹虽然做了一定的思想准备，但是才刚刚度过了不到两个月的徒有其名的大学生活，就被不容分说地强行拉进战争，他实在抑制不住内心世界的动摇。

从一九四二年开始，高中的学习年限缩短了半年。为此，大学的入学考试提前到了八月份举行。矢吹为了应考而拼命地进行了复习，结果总算考上了大学，可是到十二月一日就应征入伍了。

十一月五日，他到征兵处体检。

矢吹怎么也忘不了当时的耻辱。在一群斜挂着“爱国妇女会”肩带的女人们面前，他被剥得一丝不挂。一个陆军下士命令道：“你们这些家伙，别这么磨磨蹭蹭的，快到军医那儿排队！”

检察官站在一大排一丝不挂的男人们面前，就像是捋着棍子似的，逐个摆弄着他们的生殖器，检查是否患有性病。这种检查被称为“M检”。“爱国妇女会”当中也有年轻的姑娘，她们忍受着比男人们更加难堪的羞涩，至少在检查时要竭力将视线从那一大排男性生殖器上移开。

“M检”刚一结束，那个下士就又下了一道命令：“伸开四肢，趴在地上！”

对于“伸开四肢”的话，矢吹一时没有弄明白是什么意思。他正在发呆的时候，那个下士冲着他吆喝道：

“你还愣着干什么？快趴下，把屁股撅起来！”

矢吹这才总算明白了那个屈辱的命令是什么意思，他既感到愤怒又觉得耻辱，不由得全身直打哆嗦。这就是所谓的“肛检”。

被检查的人们不管愿意不愿意都不得不摆出了一副四条腿动物的姿势。负责进行检查的军医站在他们的前面吼道：

“你们这些家伙，屁股真他妈的脏！在响应天皇陛下的号召前来接受重要的检查之前，应该先他妈的把肛门好好洗洗！”

征兵体检之后，希望参加海军的人可以报名。也许是因为陆军的内务班生活平淡乏味，而海军却风光潇洒吧？报名参加海军的人十分踊跃。

可是，矢吹却参加了陆军。因为他父亲再三劝说他参加陆军。他父亲说，陆军是在陆地上，生存下来的概率要大一些。

当时，有儿子的父母也只能靠这种想法来保护自己的孩子。

矢吹本来以为陆军比较安全一些，才参加了陆军。但是他万万没有想到，陆军的内务班生活简直就是一座恐怖的监狱。他每天都被老兵们揍得鼻青脸肿，眼睛肿得连东西都看不清。

老兵们一开口就是怒吼：

“你们这帮浑蛋，成天都是一副无精打采的样子！”

“得敲打敲打你们，好让你们增长些武士道精神！”

“用力叉开两腿！咬紧牙关！”

接着便是一阵拳打脚踢。

那些从战场上撤回来的老兵们就像是一群疯子似的，把无法退伍的怒气全都发泄到了新兵们的身上。特别是有文化风度的学生兵们，更成了他们的眼中钉。他们想出了所有能够想到的花样来整治新兵们。

什么“自行车”、“知了”“空战”、“电浴”、“莺过谷”等等，名目极其繁多，使人感到日本军队中的鬼花样和馊主意全都集中在整治新兵上。

虽然除了拳头之外，其他体罚受到禁止，但还是有人遭到脚踢棒打。甚至有人被打破了鼓膜；有人被打掉了门牙。矢吹也曾经被一个从大陆前线退下来的军官狠揍过一顿，口腔肿了起来，整整两天咽不下饭。

不久，部队中开始招募第二期待别飞行见习士官。矢吹觉得，虽然航空队的危险要大一些，但如果继续待在内务班的话，说不定战死疆场之前就会先死在那些老兵们手中。于是，他立即报了名。这次他去的地方是可怕的特攻敢死队训练所。

矢吹的父亲是位新闻记者，长年派驻海外。他冷静地注视着这场愚蠢战争的前途。当时，举国上下完全沉浸在一种悲壮而又激昂的情绪中，为了保卫祖国这个民族共同体，国民们都甘愿地献出个人的生命。在这样一种情况下持反战的态度，并预言日本将战败，的确需要莫大的勇气和反潮流的信念。

在和平年代的今天，回首当年，我们可以冷静地反思，在狂妄的军人政府领导之下，我们进行了一场多么愚蠢的战争啊！在军国主义意识形态下，一切道德观念都被强行置于清一色的“忠君爱国”和“大和魂”准则之下。在那种环境中，父亲能够不受国家的集体催眠术迷惑，实在是了不起。

因为有着这样一位父亲，所以矢吹既厌恶军队，又厌恶战争。他所阅读的书籍也多为当时遭禁的自由主义文学和无产阶级文学。

但是，那些书都严藏在自己家中，绝对不能让别人看见。即使朋友当中有人也在看同样的书籍，他也不敢贸然说出心里话。军方的密探和特高警察的爪牙也许已经混迹于学生当中。整个国家都笼罩着无限黑暗，信仰光明便成了一种罪恶。

“现在，日本正处于有史以来最黑暗的时代。我不能在这样的时代死去。隧道不会永远延伸下去，总有一天走到尽头。我一定要活到那个时候！”矢吹对自己说。

矢吹家和笹野雅子家离得很近，两家一直保持着来往。雅子与矢吹年龄相差一岁，两个人从小就亲如兄妹，所以他们相互间异性情感已经变得十分淡薄——矢吹曾经一度这么认为。但是随着战局的不断恶化，学生们纷纷被征去当兵，他终于认识到事实并非如此。

在举国一致强化战时体制的时代，男女交往是令人不能容忍的。但是，越是受到压制，他们眉宇间投向对方的恋慕之情就越加深厚。当时的时局十分紧迫，甚至连第二天的情况都无法预料。也许正是紧迫的时局将他俩的兄妹情感变成了恋爱之情。

大学的学习年限被缩短到了两年半，再加上为国出力的号召，在校生人数减少了一大半，校园里显得十分冷清。剩下的学生将在十二月一日出征，课堂上充满了“最后一课”的紧迫气氛。十月十六日，由文学系主持，在学生食堂举行了“出征壮行会”。哀婉的会场气氛就好像是在守灵一样。

意大利已于九月份无条件投降了。在美军的全面反攻之下，日本的兵员和武器装备损失十分严重，战局正每况愈下，这是有目共睹的。

思想单纯的学生们虽然将保家卫国当做自己义不容辞的责任，天真地应征，但是面对不利的战局，他们却无法掩饰心中的疑虑和不安。有些教授在那种情绪低落的气氛中如坐针毡，实在待不下去，便悄悄地溜出了会场。

开完壮行会那天，雅子在回家的路上等着矢吹。她正在一所女子大学念书。

一开始，矢吹还以为是偶然遇见雅子的。当他得知原来她是在特意等他的时候，心里很感动。

“既然要等我，在家里等不就行了嘛！”

矢吹留心查看了一下周围的情况后说道。在当时的社会情况下，青年男女只要被人看见走在一起，就会被骂成卖国贼。

“嗯。不过，我想就咱们两个人见面。”

她犹豫了一下，但还是下定决心说出了这句话。

“你觉得在家里不合适吗？”

矢吹根本没有想到去追究雅子那句话当中的深层含义，只是漫不经心地问了这么一句。

“祯介，你得向我保证。”

雅子抬起了头，用专注的目光直视着矢吹。那目光里带有一种咄咄逼人的气势，使矢吹不由得有些发慌。虽然他们俩青梅竹马，自幼便耳鬓厮磨，但是在矢吹的记忆当中，他们俩从来没有用这样的目光互相凝视过。

“向你保证？保证什么？”

矢吹好不容易才定下神来，向雅子问道。直到这个时候。他还把雅子看做“妹妹”。

“你不能死。要活着回来。”

雅子说。矢吹这才意识到，原来她是在说这次出征的事情。

“我怎么会死呢？不会的。”

“我要永远等着你，一直等到你回来！”

雅子一口气吐出了这番话，两颊泛起了一层淡淡的红晕。

“你要等着我……”

矢吹反复回味着雅子所说的话，终于从中体会到了这句话所包含的重大意义。

“雅子！”“祯介！”他们的目光交融到了一起，从兄妹之情飞跃成为了异性之爱。如果不是在那样一种年代，恐怕就不会有那样一种形式的爱情表达。

当时，男方无法对女方负起任何责任。对于在黑暗之中苦熬时光的他们来说，一切都是无法兑现的空头支票。谁都不能保证黑暗何时结束，也无法保证自己能平安度过这黑暗的年代。

但是雅子需要他，即使是一张空头支票，她也要永远等待下去，直到“期票”兑现的那一天。她用自己满腔的爱签写了“期票”的背书。

午后的校园里万籁俱寂，看不见一个人影。透过披上金黄衣装的白杨和银杏的叶梢，秋天明媚的阳光在地面上洒落了万点金星。这和平安定的景象使人们根本无法相信，惨烈的战争正在残酷地蹂躏着日本。

也不知道是哪一方采取的主动，他们俩的嘴唇相遇了。就在那一瞬间，他们的青春凝聚了。

按照和雅子的约定，矢吹在那场战争中活了下来。然而，雅子却没有守约。

一九四五年五月二十五日，从马里亚纳群岛的航空基地飞来大批 B－29 型轰炸机，对日本进行了一次大空袭。雅子就是在那次狂轰滥炸中丧生的。矢吹家的房子也在那天夜里被焚毁了。战争一笔勾销了雅子用爱情签写的约定。然而，矢吹却是在很久很久以后才得知雅子死讯的。

留给矢吹的只有那秋天里的热吻。他俩沐浴着透过重重金黄色的树叶洒落下来的阳光，将全部青春凝聚成了热吻。纷飞的战火和遥远的城镇仿佛全都不复存在了，整个世界只剩下了他们两个人。

矢吹的嘴唇上至今仍残留着吻雅子的那种感觉。那是他的青春和他俩爱情的纪念。

由于空袭，雅子尚未来得及绽放青春花朵便结束了短暂的人生。在此之前，矢吹在九州的特攻基地接受了特别攻击训练。他们连续几天都在飞机上挂着二百五十公斤炸弹，进行所谓“超低空接敌命中训练”。这种训练就是在海面上进行超低空飞行。从三千至四千米的高度，以六十度角进行俯冲。

他们根本不进行空战技术和着陆技术的训练，只是一味地反复练习用飞机去冲撞敌舰。

想来也并不奇怪，因为特攻飞机没有飞回来的必要，所以也就没有必要进行什么空战技术和着陆技术的训练。关键是要能够飞到有敌舰的地方就行了。

从表面上看，特攻队员都是根据特别志愿制度从国内各部队中选拔出来的，但实际上，矢吹他们却是根据命令被编入特别攻击队的。并且，他们连日来都被迫以“一架飞机换一艘敌舰”为目标，专门进行着用飞机冲撞敌舰的训练。

具有讽刺意义的是，矢吹由于应征入伍，反而逃脱了空袭。雅子的死讯，矢吹一直都不知道，就算他想知道也无从得知。由于一次又一次的空袭，笹野家的音讯已经完全断绝了。矢吹有很长一段时间甚至连自己家里的情况也无法知晓。直到他家被烧毁一个月之后，他才好不容易得知了家里的情况；只有他父亲一个还留在东京，母亲和兄弟都投靠长野县的亲戚去了。

矢吹与现在的妻子麻子邂逅相逢，是第二次世界大战结束后又过了好几年才发生的事情。

三

现在的生活与战时相比，简直像在做梦一样。男人和女人可以同在一个屋顶下生活。这是多么幸福呀！

夜里可以自由开灯，也无空袭警报惊醒睡梦。不但看什么书、穿什么样的服装都可以随心所欲，而且也不再受老兵无法形容的折磨。

靠父亲的关系，矢吹在父亲所在的那家报社里找到了一份工作，待遇还算不错。他们家在原来被烧毁的房屋旧址又建起了新的房屋，还生了孩子。

矢吹总算穿过了长长的隧道，来到了充满光明的世界。虽然他的内心深处还留有战争的创伤，但随着时光的流逝，那伤痛是会逐渐减轻的。今后无论遇到任何艰难困苦，都将比整个国家笼罩在黑暗的战争中强得多。

活到了和平时代的人，必须有效地利用自己的人生，甚至连已经死去的人那部分人生都应该充分地利用起来。

现在，矢吹和麻子的婚后生活虽日趋稳定，但正像麻子所指出的那样，他到现在还把她姐姐的影子重叠在她的身上，那大概就是心灵上巨大创伤尚未痊愈的证据吧？

也许那伤痛可以逐渐减轻，却一生也无法根治。

那唯一的一次接吻。

想起来，自己也许正是因为那唯一的一次接吻才得以从战争中生还！

可以说，是雅子的吻使矢吹活了下来，但也使他失去了太多的青春，并在他的心头划下了一道深深的伤痕。

第四章　罪犯线索

一

在东京都招募警察的时候，笠冈道太郎报了名。招募考核共分三项内容：新制高中毕业程度的学力测验、身体检查及身份询查。年龄要求在十七岁到二十七岁之间，但都、道、府、县多少有些不同。

笠冈于大学毕业后进了一家很有名气的公司，并成为公司的骨干职员。现在，他却要改行当警察。警务是一个完全陌生的领域，这对他来说真称得上是一个“一百八十度的大转弯”。

他对现在效力的公司并非无留恋之感，公司的上司也对他十分信赖。如果就这样顺顺当当地干下去的话，他很可能会晋升到相当不错的职位上去。

可是他却放弃了这一切，偏偏要去一个完全陌生的领域。他的年龄已接近应募要求的上限，在一起应试的人群当中，他似乎年龄最大。

笠冈也知道，自己这次改行是出于感情用事。但是，他怎么也忘不了笹野麻子所说的那句话“你太窝囊了”！似乎声音越远离声源，传到耳朵里就越响。麻子甩过来的这句话，随着岁月的流逝，在笠冈耳内造成的回音越来越大。

无论是睡着还是醒着，在他感到茫然若失的时候，“太窝囊了”这个词就会萦绕在耳边，如涛声，如鬼泣。那声音就像依附在他耳朵上一样无法离去。

为了消除这块心病，他要采取行动，自己去补偿自己“太窝囊了”所欠下的债务。

这个念头刚开始萌发，笠冈就与松野时子见了面。因为与她见面也是弥补自己“太窝囊了”的其中一环。

可是，时子却对他的想法嗤之以鼻。她用嘲笑的口吻不屑一顾地说：

“如果您以为那么轻而易举地就能够赎罪，那您可就大错而特错了！”

时子的这番话使笠冈心中尚处萌芽状态的念头变得坚定起来。

他暗暗发誓：不管容易不容易，我今后都要证明给你看。而且早晚有一天，我要把“太窝囊了”这个词还给笹野麻子。

就这样，笠冈使自己的人生航向发生了一百八十度的大转弯。他毫不困难地通过了学力测验和身体检查，但是身份调查却是异常的严格。当时，战后的混乱局面好不容易才平静下来，日本经济已大体打好经济复苏的基础。朝鲜战争的爆发，更使日本经济快马加鞭，海外贸易进一步扩大了。

在这种形势下，为了提高警察队伍的素质，（过去，有一些相当乌七八糟的人趁着战后的混乱，进了警察队伍）严格进行身份调查。不仅本人、家庭、亲戚、朋友关系要进行彻底的调查，而且已工作的人还要调查其工作单位。如果本人有前科或者被管教过，毫无疑问会被淘汰。即使是亲戚当中有人有前科或者与色情服务行业、暴力集团有关系，也一概拒绝。特别讨厌的是在思想方面，哪怕朋友当中有共产党机关的读者这样一点点微不足道的情况，也将不予录用。

笠冈已是一位公司职员，在有名气的公司里有了比较稳定的职位。因此，警方在调查时，对他为何要改行的理由就问得特别详细。他们认为，像笠冈这样改变生活道路的人非常罕见，说不定有什么不可告人的动机。

如果当上警察，工资会大幅下降，工作将变得艰苦而没有规律，有时还会有生命危险。单从表面上的物质条件来看，放弃优厚的公司职员待遇来当警察，这种改行确实需要有特殊的原因作为砝码才能保持平衡。

笠冈坦诚地向考官讲述了自己志愿当警察的理由，对方像是对此表示理解似的点了点头。然而，这种令人感伤的理由似乎并没有让警方在选拔时对他另眼看待。身份调查好像反而更加严格和慎重。据说，最终作出录取笠冈的决定，是因为松野时子证实了他所说的心愿。这是考官后来向他透露的。

据说，当委托辖区警署去找松野时子核实笠冈所说的话时，她似乎相当吃惊，睁大了眼睛说道：“难道他真的这样做了?!”

她看上去好像被笠冈的“实际行动”深深打动了。就这样，笠冈由公司职员改行当上了警察。

笠冈在警察学校接受了为期一年的初级警察培训之后，开始执行外勤任务。他就是在这个时候与松野时子结婚的。

笠冈对时子并没有多少爱，结婚的动机是出于责任和内疚。

笠冈第一次和时子在涩谷的茶馆里见面时曾提出，对于松野的死，他打算尽自己的能力进行补偿。当时，时子问笠冈，他是不是想代替她父亲照顾她一辈子。

那种不可能的事情，嘴上说说容易，她轻蔑地嘲笑他只会说漂亮话。能拿出行动来吗?

笠冈以实际行动回答了时子的冷笑。当他向她求婚的时候，时子已经笑不出来了。她本来很看不起笠冈，认为他只不过是要要嘴皮子罢了。可是没想到他竟然当真接连不断地以实际行动的车轮向自己压来。她被压倒、被碾碎，任命运摆布了。

笠冈以自虐的心情和时子结了婚。新婚之夜，笠冈粗暴地在时子的身体里烙上了男人的印记。当时他心里想的是：活该!

与其说是赎罪，倒不如说是复仇更恰当些。对于骂他“窝囊”的女人，这是持久报复的第一步。

复仇也罢，赎罪也罢。那都是笠冈要背负一生的债务。现在，他已经开始走上了偿还债务的生涯。

时子现在已经成了笠冈的妻子，并且完全被他所占有。这是否能证明她对他轻蔑的冷笑已被彻底碾碎了呢?

他们的婚姻可以说是自戴枷锁，但在新婚之夜占有时子身体的时候，笠冈确曾有过胜利的感觉。

可是婚后不久，他便意识到了那是多么错误的感觉。原来时子既未被笠冈的实际行动压垮，也未被感动。她那轻蔑的冷笑已经凝固封闭在了冷漠的面孔后面。

按理说两人只要结了婚，在共同的生活中，夫妻间的隔阂往往会在爱情雨露的滋润下渐渐消融。但是，他们的情况却恰恰相反。两人之间不仅无法萌生柔情蜜意，反而由于同居一室而感龌龊，相互妨碍。在这样的生活当中，隔阂越来越大，摩擦日渐加剧。

怎么样，侦探先生? 杀害我父亲的罪犯有线索了吗?

时子那没有感情的目光像是在不时地发出这样的问话。

尽管他们没有爱情，但是作为繁衍。他们还是生下了孩子。这就进一步加深了他们的悲剧。

笠冈以派出所工作为起点，开始了他的警察生涯。他不得不承认，自己由于感情冲动而选择的改行和结婚，全都是失败的。

他之所以还固执地坚持自己的选择，是因为不愿意向妻子和笹野麻子服输。如果就此辞掉警察工作，或者与时子离婚的话，那就等于永远屈服于她们了。

虽然笠冈也觉得这种逞强毫无意义，但这却是他终生的债务。

虽说当上了警察，但是笠冈并不能直接去调查杀害松野的罪犯的下落。

那是刑侦一科刑警们的工作。办案有一定的分工，外勤巡警是无法参与那种案件搜查工作的。

二

由于松野被害案的调查已经彻底走进了迷宫，搜查总部早就解散了。在松野的周围根本就不存在栗山这么个人。

对寻找栗山这件事，笠冈差不多就要灰心绝望的时候，却新发现了一些引起他注意的线索。

那时，他和时子才结婚不久。他让时子把松野的遗物拿给他看，希望从中发现一点有关栗山的蛛丝马迹。那些东西已经被搜查总部检查过了，但笠冈还想自己亲自查实一下。

说是遗物，其实主要是松野当警察时看过的一些警务方面的书籍。《警务要鉴》《搜查手续法》《搜查的写法》《刑法》《刑诉法》《法医学》《犯罪史》《心理学》等，全是有关警务的专业书。这些藏书说明了松野是一位兢兢业业、恪尽职守的警察。

趣味或娱乐性的书一本也没有。

“老头子没有爱好吗?”

笠冈惊讶地问道。

“他的爱好就是听流行歌曲。当没有案子的时候，他就会早早地回到家里，收听收音机里播放的流行歌曲。那是他的最大享受。”

“喜欢听流行歌曲？他还有其他的爱好吗？比如说，钓鱼、围棋、盆景花木啦，等等。”

“他讨厌钓鱼，说那是杀生。他也不喜欢比赛输赢。至于像盆景花木那类必须天天精心照料的东西，就更甭提了。”

“他可真是个一本正经的人啊!”

“所以，他直到死的时候还是个警察分署的普通刑警。”

时子自嘲地说道。松野基本上没有留下笔记之类的东西，在他的遗物当中找不到任何能证实栗山存在的东西。笠冈很快就对那些遗物失去了兴趣。如果在那当中找不到线索的话，那就根本无法继续追查下去了。

毕竟是专业搜查人员，不可能有漏掉未查的东西。

“谢谢了，收起来吧。”

“如果有什么东西对你有帮助的话，请随便用好了。”

“嗯。可这净是些相当旧的书啊!”

“是啊。父亲也只是保存着这些书，很少翻开看过。”

“咦?”

笠冈打算把书放回原处，无意中摸到了一本书，那书名映入了他的眼帘。

“怎么啦?”

“你看这本书。”

笠冈把那本突然摸到的书递到了妻子的面前。

“这本书有什么问题吗?”

那真是一本苍老的书。封面已经变成了茶褐色，浮现出斑斑污迹。书脊的装订线也已经断了。它看上去给人的感觉并不像是一本书，倒像是一摞废纸。

“老头子看医学书吗?”

“是《法医学》吧?”

“不是。这上面写着‘坏死’、‘坏疽’。”

“‘坏死’、‘坏疽’?”

“我也不太懂，大概是一种身体某一部分腐烂、脱落的病吧?”

“哦?”

“他为什么会对这种病感兴趣呢?”

“这个嘛，我可不知道。”

“老头子得过坏疽病吗?”

“在我的记忆当中，他从来没有得过那么复杂的病。他的身体很结实，偶尔患次感冒什么的，人们就会向他开玩笑说‘怎么连你也会生病啊?’”

“哦。如此说来，老头子为什么要看这样的书呢?”

笠冈歪着脑袋翻了一下那本书。突然，他那“哗啦哗啦”地翻动着书页的手指在某个地方停了下来。那一页上画着红色的旁线。

笠冈道太郎将目光定在了画着红色下画线的文字上，那上面写道：

“血栓闭塞性脉管炎，亦称特发性坏疽，别名叫做‘伯格氏病’。这种病所表现出来的四肢缺血症状，与动脉硬化闭塞症有相似症状。但是，和动脉硬化闭塞症相比，这种病多发生于年轻人当中，故被称为‘Juvenile gangrene(未成年坏疽)’，这种病的确切病因不明，其发病率约为万分之一。据认为，这种病一般多发生在亚洲人当中。在欧美，特别是在美国，很多人都认为这种病的形成原因与动脉硬化闭塞症相同。但是在临床上，这两者间是存在差异的。例如，除了发病年龄的差异之外，这种病与动脉硬化的病症不同，病变主要发生于中、小型动脉，愈后亦较好。另外，这种病显然与吸烟有关。”

在稍后一些的书页上还有一段文字下画着红线，其内容为：

“闭塞性脉管病变有时可发生在脑动脉以及全身各个内脏器官。出现在脑动脉的病变亦称为‘脑型伯格氏病’。关于这种病的形成原因，与吸烟有很大的关系。有人认为，香烟中的尼古丁对血管的收缩作用是诱发这种病的重要因素。”

在“与吸烟有很大的关系”和“尼古丁对血管的收缩作用”这两个地方，还特别画上了双道红色下画线。

笠冈的目光盯着画线的地方，他的记忆在飞速地检索。

“是不是我父亲在书上注了些什么呀？”

时子似乎被笠冈那专注的神情勾起了兴趣，也把目光凑了过来。“看这个地方。”

笠冈用手指了指画着红色下画线的部分。估计时子差不多看完那段文字的时候，笠冈问道：

“老头子没得过这种‘伯格氏病’吗？”

“他怎么可能患这种万分之一的人得的怪病呢？他可是全身完整，什么地方也没发生过脱落的啊！”

时子像是在提抗议似的说道。

“在亲戚和熟人当中呢？”

“据我所知，大概没有。”

“老头子不抽烟吧？”

“既不抽烟也不喝酒。他尤其讨厌抽烟，说它污染空气。在抽烟的来客走后，他总是嚷嚷着有臭味，哪怕是冬天也要打开窗户换换空气才行。”

“他嫌抽烟有臭味？”

“是的。他说，他一闻到尼古丁的味儿就会头痛。”

“尼古丁？对了，那就是尼古丁！”

他感到思绪豁然开朗，隔断记忆的那层薄膜破裂了。

“怎么啦？突然间这么大呼小叫的！”

时子惊诧地望着带有几分兴奋神态的笠冈。

“在此之前，我总觉得好像忘了什么重要的事情，可是怎么想也想不起来。原来是它，是尼古丁呀！”

“尼古丁怎么啦？”

“老头子被刺的时候，我曾闻到了一股强烈的气味。因为当时我有些惊慌失措，再加上自己不抽烟，因此从那以后，这个情况就被封闭在我的潜意识之中了。原来那是罪犯身上沾染着强烈的尼古丁气味呀！这也就是说，那个叫做栗山的男人肯定是与这种‘伯格氏病’有关系的人。”

笠冈的记忆在长时间的沉睡之后终于苏醒了，他为此兴奋不已。

“可是，刚才我说过，在我父亲的周围并没有患那种怪病的人哪！”

时子的语气始终很冷静。

“不，在某个地方应该有那么个人。就是那个家伙刺死了老头子的！”

“在某个地方？在什么地方？你该不是打算要查遍日本所有医院吧？”

“既然是万分之一的罕见病例，大概比较容易查找吧？至少比起没有任何线索的时候来，这是很大的进展啊！”

“是吗？”

虽然是关系到自己父亲的事情，可是时子却显得非常冷淡。笠冈心里十分清楚，她并不是对自己的父亲冷淡，而是对丈夫的发现不抱希望。

笠冈的发现对于追踪罪犯不起任何作用。搜查总部已经解散了，笠冈只是一名外勤巡警，他不可能抛开自己的本职工作，独自去调查自己分外的案子。

而且，那种“伯格氏病”虽说发病率为万分之一，但全日本人就多了。笠冈明白，要想在全国的医院从有坏疽病历的人当中找出特定的罪犯来，就算搜查总部没解散，也是一件如同大海里捞针一样的难事。

更何况要找的那名罪犯并不一定局限在国内的医院。随着战争结束，从海外撤回来的人也相当多。如果将国外的医院也列为调查对象，那就实在是束手无策了。

第五章　拥抱蓝天

一

清晨，去向敌方发起攻击的人大部分都没有回来。回来的人都是因为在途中发动机出现了故障，或者是因为受阻于恶劣的天气。

但是，尽管这些生还者都是出于迫不得已的原因才掉转了机头，他们还是被斥责为贪生怕死的胆小鬼。人们一旦被选进特别攻击队，就必须贡献出自己的生命，不管遇到什么样的情况都不能改变。因为特别攻击队队员活着回来，就会使费尽了心机才勉强树立起来的军神形象受到损害，从而影响部队的士气。

特别攻击在刚开始的时候确实曾取得过比较辉煌的战果。仅以小小的特别攻击机为代价，就击沉了敌方的好几艘航空母舰。特别攻击取得的这种战果，是普通攻击中使用几百架飞机都无法取得的。

但是，美军很快便从特别攻击带给他们的惊慌和打击中镇静下来。他们加强了对特别攻击的防御，逐渐使这种攻击的战果降到了零。

尽管如此，日本军部还是顽固地坚持特别攻击作战。因为对于他们来说，那已经是他们最后一招了。

美海军机动部队像刺猬似的以航空母舰为中心，组成了环形编队。在编队的上空，最新式的格鲁门“恶妇”式和 P－51“野马”式飞机严阵以待，简直连一只飞虫也难钻进去。

然而，日军的特别攻击机却在七七事变以来一直使用的破旧飞机上装上二百五十公斤炸弹，然后摇摇晃晃地飞向美海军舰艇编队。这种行动真可谓是“飞蛾扑火”。

特别攻击机只带着单程的燃料和炸弹，不带其他武器，甚至连一挺机枪也不带。即使有极少数特别攻击机十分偶然地闯过了“格鲁门”飞机的拦截网，也会受到美海军舰艇编队狂风暴雨般的防空火力的洗礼。

这种完全没有生还之路的攻击，其实是无谓的自杀。

尽管如此，军部仍顽固坚持空洞的精神至上论。鼓吹什么敢于用身体去撞击敌人是大和精神的体现，是只有日本人才能够做得到的攻击。这种攻击具有超乎想象的威力。“精神所到，无所不成”。只要坚持进行下去，就必定可以击沉敌舰。就这样，在“一死报国”的华丽辞藻掩盖下，把前途无量的年轻人推向了死亡的深渊。

矢吹祯介根本就不认为这种像大蚊子似的飞机能够飞到敌方舰队的上空。他也根本不相信军部所说的仅凭“大和魂”就能击沉敌人航空母舰的神话。

但是，他却把捐躯当成了一种为保卫祖国而义不容辞的责任和义务。虽然他向笹野雅子作了保证一定要活着回来，却根本无法想象自己能够在这场战争中生还。

受父亲的影响，矢吹也具有一定的反战意识。但是，自从被编入特别攻击队之后，他开始被那种悲壮的“舍身殉国”的爱国精神所感染，如同中了集体催眠术。

但是，就在出击之日渐渐临近的一天，矢吹亲眼目睹了一桩事情，使他从催眠术中清醒了过来。

那天，矢吹到基地的司令部去。那里有一位比他早些时候参军的同乡，是一名士官。司令部虽然不远，但这种地方矢吹并不大愿意去，但那位同乡说有话要对他讲，让他有空去一下，正好特别攻击队员在出击命令下达前闲着待命。于是，他便信步溜达到了司令部。

在司令部大楼里，他却没见着那位同乡的身影。当他在大楼里到处寻找同乡的时候，突然听到一间屋子里传出了说话声，其中夹杂着作战参谋的声音。

矢吹想赶紧离开，突然，一个声音却使他停下了脚步。

“……参谋官，这张战功奖状上的姓名错了一个字。大桥多喜男少尉的‘男’字写成‘雄’字了。”

说话的正是那位同乡。矢吹心想，原来他在这里呀！这时只听参谋说：

“什么？错了？那就重写一张吧！”

“可是已经没有多余的奖状了。”

“没了？空白奖状什么时候能到呢？”

“据说是已经没有纸张了，所以空白奖状不知什么时候才能到。”

“这可就难办啦!”

听参谋咂了一下嘴，接着说道：

“好啦，就那么寄出去吧!”

“嗯？姓名的错字就让它错着吗?”

“‘男’也好、‘雄’也好，都不是什么大错，这形势，每天死这么多人，谁还注意一个错字呀!”

“可是，如果姓名写错了的话……”

“没有关系!”

“是。”

看来参谋的话一锤定了音。矢吹呆呆地在那里站了老半天。他们的对话中所提到的“战功奖状”，是部队以航空部队总司令官的名义发给阵亡的神风敢死队员家属的。

矢吹也曾见到过那种奖状。

那上面印着这样一段话：“其战功卓著，忠烈实乃全军之楷模。故特授予此状，以昭示全军”。只要再填上阵亡地点、姓名及年月日，便大功告成了。看到那奖状时，矢吹曾受到了很大的震动，以死报国的代价难道就值这么一张印刷出来的奖状吗？虽然他知道，军人并非为得到这张奖状而捐躯。然而这样一张奖状，对于死者的家属们来说也很难得，因为它多少可以给他们所遭受到失去亲人的打击带来些许安慰。

可是，刚才参谋说的那番话给矢吹相当大的刺激。他居然轻描淡写地说什么‘男’也好，‘雄’也好，都不是什么大错!”

就是这个人在今天早上刚刚把神风敢死队送上了死亡线。当时，他曾慷慨陈词：

“诸位的肉体虽死，但精神永存。神风敢死队将战斗到最后一个日本人。早晚有一天，本人亦将决死，绝不会只让诸位捐躯。诸位请放心地去吧!”

那些神风敢死队员之中就有大桥多喜男少尉。

矢吹在那个时候才算认清了那些家伙的真正嘴脸。他们唱着精神至上的高调，将年轻人随手推向了死亡。

就为执行这样一个家伙的命令，小伙子们便献出了宝贵的生命。对于他们来说，阵亡的神风敢死队员根本就不是人，只不过是要填入奖状空白处的一个符号而已。可是就连这样一个符号，他们竟然都不管对错!

尽管如此，能得到奖状的人应该说还是幸运的。现在空白奖状已经用完了，下一批空白奖状还不知道什么时候才能运来。

我绝不为这样的家伙去死！矢吹当时暗自下定了决心。

二

有一个人当时在矢吹心中留下了极为深刻的印象。那是一位从缅甸战场回来的战斗机飞行员，名叫迫水，是毕业于航空士官学校的一名中尉。

他原来所属的飞行队，除了他之外均已丧生。他不得已回国，负责神风敢死队的战果核实和护航任务。

他是一位久经沙场的飞行员，是保持着击落二十几架敌机辉煌纪录的空中英雄。如此有才干的人却被送到了特别攻击基地，等着被编进神风敢死队。由此可见，日本的战斗力已经山穷水尽到了什么地步。

但是，迫水却总是默默地去完成上级交给自己的任务。

迫水经常对特别攻击队的队员们说：

“你们这些家伙，别急着去死！不管指挥所那帮家伙说什么，如果飞机出了故障或者天气情况不好，你们就只管飞回来，多少次都没有关系！既然已经加入了特别攻击队，早晚总有一死，但绝不必急着去死。”

有实战经验的人可不像那些只会在国内发号施令的上层人物。他们不会去宣扬歇斯底里的精神至上论，而是以冷静的目光注视着战争。

迫水的哲学是：军人以服从命令为天职，绝不能乱发议论，到时候唯一能自主的就是死亡的最佳时机和地点。这就是他在实战中悟到的心得。

特别攻击基地的夜晚相当安静。虽然也有人酗酒滋事，但那吵闹声却被四周的寂静重重包围着，不会扩散漫延。一旦出击，必死无疑。直接面对死亡的人想要借助酒的力量，在一瞬间消除其对死亡的恐惧和对生存的留恋，其结果却还是无法把目光从死亡上面移开。

在没有电灯的兵营里，人们点燃用菠萝罐头盒做的煤油灯。有的在写信，有的则只是呆呆地望着自己在墙上不停晃动的影子。

迫水中尉正在写着什么，这种情况是比较少见的。迄今为止，矢吹还从来没有见过他写信。迫水也没有讲过他家里的事情。他身上散发着孤独的气氛，似乎他是在举目无亲的情况下才孑然一身投军的。

“中尉先生，您写信可真是不多见呀！”

矢吹朝迫水搭话道。迫水脸上露出了一副不好意思的表情，就好像是小孩子在调皮捣蛋时被人发现了似的。

“这可不是信呀！”

“那……”

矢吹本想问是不是遗书，但又犹豫了。分配到这里来的人早已都写了遗书。有的人是把家信当遗书，有的人则另外单写遗书。

迫水虽然不是纯粹的神风敢死队员，但是他曾多次从鬼门关逃得了性命，这是那些学生兵出身的速成神风敢死队队员所无法相比的。看来，没有必要现在再重写遗书。

“这是一首诗！”

迫水像是看透了矢吹的心思，便告诉他。

“诗？”

“别显出这么一副奇怪的表情，我也可以写诗嘛！”

“这个嘛……是绝命诗一类的东西吗？”

“绝命诗？你要说它是首绝命诗，也不是不能这么说。但说实在的，这并不是我所作的诗。”

“那么是谁的诗呢？”

“想看看吗？”

“想。”

迫水点了点头，将笔记本递到了矢吹的面前。那上面写道：

披负着温暖的晨霞，
我把生命交付给翅膀。
太阳光支撑起我所有的坚毅，
金色的海染亮我燃烧的目光。

为了祖国，你哪怕被折断翱翔的双翅，
为了祖国，我也愿用碧血染红白云。
无论是夜的生命化做了流星，
我们的灵魂都将漂浮在这海空，
与永恒的阳光为伴，交相辉映。

虽然我们正在为祖国的尊严而战斗，
但我坚信将来总有那么一天，
在和平的蓝天中我们比翼双飞，
那时的阳光将会比此时更加灿烂。

“这……”

矢吹读完这首诗，抬起头来。

“怎么样？是首好诗吧？不过，我对翻译它不是很有信心。”

“您说这是您翻译的？”

“其实，这首诗是一位美国人写的。”

“美国人写的？”

“嗯。不管他是美国人还是英国人，好诗就是好诗。我很喜欢它，因此就按照自己的风格，将这首诗的意思试着翻译过来，并悄悄地一直带在身边。”

“这首诗是个什么样的美国人写的呢？”

“你想听吗？”

菠萝罐头盒做成的油灯十分昏暗，迫水中尉目不转睛地盯着矢吹。

“是的，非常想。”

“那好吧。”

迫水用力地点了点头。

当时，迫水隶属于第101独立飞行支队，进驻缅甸平原最前线的马圭基地。

整个缅甸都处于日军的控制之下，战线已经推到了若开山脉的那一边。但是，在那北面有个莱文机场，那是美国空军的最后一个据点，配备了陈纳德将军麾下的美国志愿航空兵“飞虎队”的P－40型飞机，连日与日本空军进行激战。

据司令部侦察飞机拍摄回来的照片表明，在这个莱文基地共集结了三十架大型飞机和四十架小型飞机。为了消灭这些美军飞机，日方共出动了二十七架97式重型轰炸机和十二架“隼”式战斗机，实施联合攻击行动。重型轰炸机以每三架组成一个小编队，再由三个小编队的九架飞机组成一个大编队，共组成了三个大编队，以密集的队形向目的地进发。战斗机则分散在重型轰炸机群的后上方，拉开了护航的架势。

机群编队的飞行高度约为六千米。低空弥漫着旱季缅甸平原的雾气，能见度很低。

在距目的地还有五分钟的时候，带队长机大幅度地倾斜机身，甩掉了副油箱，并下达了命令：

“投副油箱，准备空战！”

虽然还看不到敌机的踪影，但投掉副油箱可使飞机轻装上阵，随时都可以迎击敌机。

“注意前方，后方上空！”

空战最具威胁的方位是前上方，而后上方则是空战中最为有利的位置。

果然前方上空有什么东西闪了一下光，但凝神细看时，刚才出现在视网膜上的东西却像是出现了错觉似的消失了。然而实战告诉他们，那不会是错觉。战机正在成熟。

几秒钟之后，在右前方十五度方位出现了像芝麻粒似的黑点。

“发现敌机！”

“芝麻粒”在逐渐放大，并向着右侧方向移动。不久便可以识别出敌机是

P－40 型战斗机，共四架。

“迫水编队，阻止敌机的攻击！”

带队长机下达了命令。迫水率领另外两人驾驶着三架“隼”式战斗机，一翻机翼便像放开了爪环的猛禽一样，朝着敌机猛扑过去。剩下的日军战斗机则掩护着当时已经临近目的地上空的重型轰炸机机群继续前进。

四架敌机彼此的首尾之间分别保持着约五百米的距离，呈一条直线地猛冲过来。与其相对，日方三架战斗机则以迫水打头阵，针锋相对地冲了过去。

如果时机把握得稍微有点儿偏差，就算勉强打掉敌人的一号机。己方的一号机也将被敌人的二号机击落。

迫水在进入敌方二号机的射程之前，向敌一号机的发动机进行了一连串致命的扫射，敌机一下子喷出了烈焰。接着，敌二号机也起了火。雪白的花朵从坠落下去的机身中开放出来，与通红的烈焰形成了鲜明的对照。那是敌飞行员在跳伞逃命。

敌机一下子便被击落了两架，剩下的敌机心虚起来，连忙掉转机头溜走了。

空战在转瞬之间便结束了。虽然敌我双方的飞机数量差不多，但是双方飞行员的技术却相差悬殊。冒着浓烟栽落下去的全是敌机。双方火力刚刚交织的天空又恢复了原来的宁静，那里只有日军飞机在从容不迫地翱翔着。

在这段时间里，重型轰炸机机群已经飞到了目标区上空，倾泻了雨点般的炸弹，狂轰滥炸。

对地面的攻击大获成功，大多数敌机和地面设施被摧毁。敌方战斗机并没有怎么进行迎击。这大概是因为奇袭成功，敌机还来不及起飞吧？

燃料和时间都还绰绰有余。迫水意识到，今天是实现自己计划的绝好机会，那计划早已在他的心中酝酿很久了。己方飞机正在空中集合，准备向基地返航。

迫水证实了带队长机安然无恙之后，便突然调转了机头。他飞行在五千米的高度上。万里晴空，仅飘浮着几丝淡淡的白云，仿佛是用刷子在蓝天上抹了几下。空中没有敌机的影子，也没有敌机发现迫水的飞机而从下面飞上来。敌机大概因为刚才的空战已经丧失了斗志。在遥远的地方，耀眼的云连成了一座巨大的堤坝，那是云层造就的巨大连绵山峰，比喜马拉雅山还高。气流的状态很好。仪表盘的速度表、高度表、旋转表和罗盘仪等各种仪表毫无异常。太阳当空，放射出耀眼的光芒。迫水正与晴朗而宁静的天空进行着拥抱。在云飘、风吹和光照之中，迫水以操纵杆为纽带，使自己与天空结合在一起。

天空在冲着他微笑，阳光在温柔地拥抱着他。但是，这里的天空是敌占区的上空，不知道什么时候就会有敌人的战斗机从这和平而清澈如洗的蓝天中龇牙咧嘴地突然袭来。

在地面上，防空武器已经瞄准了他，正紧张地屏住呼吸，等待着猎物靠近。

不管这天空多么平静，多么清澈如洗，和它拥抱其实就等于拥抱敌方的女性。她倒背着的手中正握着凶器。

但是，至少现在凶器还没有亮出来。只要没有凶器，她就是一个美丽、丰满而宽宏大量的女性。

“我要开始干啦!”

迫水向天空宣告了自己的意向。他先是缓缓地下降，然后加速并开始拉起机头。他打开风门增加吸气压，并操纵升降杆使螺旋桨达到爬升飞行所需的转速。发动机增加了输出功率，飞机开始爬升。地面渐渐远去，放眼处是一片无穷无尽的天空。

太阳十分耀眼。迫水迎着那太阳进一步爬升上去。加重压力使他的脖子陷入了身体之内。不一会儿，地平线出现在头顶的上方，飞机完全倒了个过儿。这下，失重又使他陷入了精神恍惚的状态，仿佛被卷进了漩涡里面。血液集中到了头部，思维能力逐渐减退。就在这一瞬之间，迫水与天空完全结合为一体了。

在迫水即将神志昏迷之前，飞机又开始了俯冲。大地出现在正下方，如激流般地翻滚奔腾着扑面而来。过了一会儿之后，机头逐渐抬起，飞机恢复了水平飞行。

迫水重复进行着同样的操作，接连翻了三个筋斗。他的心情好极了。在他翻筋斗期间，敌人连一发炮弹也没有打来。迫水越发地骄傲起来了。

他把飞行高度下降到了两千米，又再次连翻了三个筋斗，地面上的防空武器一直保持着沉默，天空和太阳依然向他送着微笑。

在敌方基地的上空翻筋斗，这是迫水调到马圭以来一直在心中酝酿的计划。这虽然是一种诙谐的恶作剧，但也是一场豁出性命的赌博，既是战斗机飞行员表现自己幼稚英雄主义的危险举动，也是实现他微不足道的梦想和对敌人的一种示威。

因为终于如愿以偿，迫水感到心情十分舒畅。他将机头对准己方基地的方向，准备返航了。突然，他感觉到了在空中的某个地方似乎有些异样。实际上他并没有看见什么东西的影子在动，但是久经沙场的经验所磨砺出来的本能使他感到了什么。

在右四十度方位上空，飘着一些丝线状的层云，那云层的背后似乎有什么东西。

迫水定睛仔细一看，只见有个亮点在闪闪发光，高度约六千米，距离五千米左右，原来是一架敌机躲在云层里，不知什么时候悄悄地逼近了。

迫水就像一只竖起浑身尖刺的刺猬一样迅速调整好战斗诸元，朝着敌机飞去。这时，他看到了敌机的机身上印着一个红色乌龟的吉祥符。

看到那个符号，迫水吃了一惊。那是敌方的王牌飞行员，日方飞行员称之为“红死龟”，对其畏之如虎。他已经击落了十几架日方飞机。马圭基地也曾有一些恃才自傲的飞行员向他挑战，进行单打独斗，结果被他干掉了好几个。

迫水心想，真是在倒霉的地方遭遇了倒霉的对手。因为是在敌方基地的上空，就算是势均力敌的对手，自己也将处于很大的劣势。何况自己的燃料也已经不多了。再加上刚才连续翻了六个筋斗，身体已经很疲劳了。

“爱怎么样就怎么样吧！不是鱼死就是网破！和‘红死龟’格斗，也露露咱101飞行队一流飞行员的脸。”

迫水下定了决心迎上前去。然而，奇怪的是“红死龟”竟然在进入空战范围之前调转了机身，好像在说“我不想和你交手”似的，连续摇摆了几下机翼便逃走了。迫水也没有勇气追上去挑起决斗。

迫水见敌机对自己敬而远之，总算是舒了一口气，便向基地返航了。那“红死龟”正在一万米左右的远方空中目送着迫水，迫水感觉不到他有乘机发起攻击的迹象。

在向基地返航的途中，迫水突然想到，那“红死龟”是不是在自己开始翻筋斗之前就在那个空域了呢？他是不是因为佩服自己的那种孩子气而未发动攻击呢？不，岂止是未发起攻击，为了不让僚机对我进行攻击，他甚至还悄悄地对我进行了保护呢？

肯定是那样。否则的话，他在处于绝好攻击位置的情况下，绝不可能轻易放走我这只主动送到他嘴边上的“肥肉”。“红死龟”大概一边面带苦笑地注视着我的飞机兴高采烈地翻筋斗，一边对他的自己人说“在战斗中玩玩这种游戏也不错”，制止了他们向我发动攻击吧？因此，才没有一发对空炮弹打来，也没有一架敌机前来迎击。

迫水一飞到安全空域，冷汗就又不停地冒了出来。他意识到，是“红死龟”救了自己一命。

迫水回到基地的时候，以司令为首的全体人员正忧心忡忡地翘首以待。迫水在敌方基地上空翻筋斗的事情，本应该是谁都不知道的，却不知道怎么搞的，整个基地的全体人员都知道了这件事。

几天后，迫水所在的基地遭到了敌方战斗机群的突然袭击。十几架P－40型飞机超低空飞来，完全没有给日方留下丝毫反击的机会。他们朝着停机坪上的日军飞机不停扫射，使这些飞机一架又一架地起火燃烧。

“隼”式飞机的飞行员们躲在防空壕里，咬牙切齿地任凭敌机为所欲为。日军万万没有想到，在己方完全掌握着制空权的空域，敌机居然会一直反击到这个地方来。敌人巧妙地利用了这个疏忽。

在印着鳄鱼标记的P－40型“战斧”式战斗机当中，有一架在机身上画着红色乌龟的图案。

“红死龟！”

有人喊了起来。敌机在对日军基地尽情地进行了一番打击之后就开始返航了。但是，其中有一架却转身朝基地上空飞了过来。在地面日军众目睽睽的仰望之中，敌机迅速地向上爬升，机身上的红色乌龟标记清晰可见。

“那家伙，究竟想干什么？”

连迎击的工夫都没有，大家目瞪口呆地仰望着天空。“红死龟”在那里痛痛快快地翻着筋斗。

“他妈的！胆敢如此无理！”

机枪手感到心里窝了一股火，正准备射击，却被飞行队长制止住了。

“让他翻去吧！这是对迫水少尉的回敬，我们不妨收下这份‘礼物’。”

“红死龟”连翻了三个筋斗，然后大幅度地摇晃着机翼踏上了归途。那似乎是在对日方的沉默表示感谢。

战斗机飞行员虽然在空中与敌机交锋最激烈的时候，会抱有一种强烈的敌忾之心，但在战斗结束后，对出色的敌手却会产生一种友情似的感情。那大概是因为，战争是国家之间的斗争，而并非出于个人之间的憎恶。同时也是因为，飞行员不同于步兵，他们没有那种亲手用刀枪杀敌的感受。

他们作战的对手经常是敌机，而不是敌兵。因此，在拼上自己性命而进行的殊死战斗中，也会对强敌产生出一种敬意。在发自憎恶和敌意的战争中，这是一种人类矛盾的浪漫主义，是表现战争与人类愚昧的一种心理错乱。

“红死龟”在临飞走之际，投下了一件东西。

“是信筒！”

几名地勤机械人员朝着信筒落下的地方跑去。

“这首诗就装在那个信筒里吗？”

矢吹朝讲述完往事的迫水问道。

“是的，是用英文写的。诗的末尾写着这样一句话：‘愿待战争结束时，与君重逢在蓝天。’”

“这家伙倒挺有意思的。”

“是啊，在你死我活的实战中，他居然还有这份闲情逸致。可是现在……”

迫水的目光在空中游移着，似乎回忆起了在缅甸上空牺牲的战友们的面容。

“后来，那‘红死龟’怎么样了呢？”

背后的阴影中有人插话。不知什么时候，全体人员都聚集到了迫水的周围。

“第101飞行队一个一个地减员，最后只剩下了我一个人。后来又有人被‘红死龟’击落过，但是却没有听说过击落‘红死龟’的消息。我接到了回国的命令，来为你们这帮小子护航。但说不定下次出击就会遇上‘红死龟’呢!”

“中尉先生，您和‘红死龟’交过手吗?”

“在莱文基地上空翻筋斗之后，总是与他走两岔，因此没有交过手。但是，如果这次碰上了，一定要与他分个胜负。我想，无论是他获胜还是我获胜，我们都会像诗中所说的那样，如果死了，就把遗骨撒在碧空。”迫水中尉说。

迫水终于没能够与‘红死龟’在恢复和平的蓝天里比翼齐飞。在那之后不久，他便在天空中化做了一颗流星。

矢吹至今清晰地记得当时的情景，就像是昨天发生的事情一样历历在目。如果再多活两个月，迫水就可以在和平的时代生活下去了。结果却是矢吹代替迫水活了下来，而这条生路本来是属于迫水的。从那个时候起，这个生死命运发生转换的契机，便成了矢吹祯介至今所背负的沉重十字架。十字架上方闪烁的阳光，宛如燃烧着的火焰，始终灼烧着他心头的创伤。他害怕阳光，害怕给和平的天空带来光辉的太阳。

第六章　机缘巧合

一

“你可别像你爸爸那样！”

这是时子的一句口头禅。孩子从小就像听她念咒似的，听着这句话渐渐长大成人。

“你干吗总对孩子说这种话，有必要吗？”

笠冈道太郎一表示不满，时子就会说：

“你没有遵守诺言！”

“我已经竭尽全力去做了！”

“你竭尽全力做什么啦？！”

“为了遵守诺言，我放弃了原来的工作，当了警察。”

“有什么用？你找到杀害我父亲凶手的一点线索了吗？”

“我说过了，就是花上一辈子的工夫，我也要抓住他！”

“若是真能够抓住他的话，那当然好极了，就怕你没那个本事。得了，咱就尽量地耐着性子等吧！”

“我怎么觉得你的口气好像在说，抓不到罪犯才好呢！”

“搜查总部已经解散了，那案子又不归你管，你还能做些什么呢？”

“我看你只能编一段没有结尾的侦探故事，只不过你不是那位半七先生罢了！”

“你这个女人哪，心眼儿简直是坏透啦！”

“这种情况在结婚之前你并不是不知道吧？我觉得自己并没有对你隐瞒什么。我不记得我曾经请求过你和我结婚，一次也没有向你请求过！你要是不愿意，可以马上和我离婚嘛！”

时子嘲笑地说道。笠冈已经有好几次想到过要离婚了。他们两个人确实不应该结婚。

如果说这个世界上有属于自己的“唯一一位异性”的话，那么，她就是现在已经成了别的男人之妻的笹野麻子。而且，在这个世界上的所有女性当中，时子对于笠冈来说，大概是彼此相距最为遥远的女人。不应该结婚的男人和女人由于人生道路上的偶然机遇而结婚，他们为此付出的代价是高昂的。并且，他们终生都得为此而付出沉重的代价。

付出代价的并不仅仅是笠冈一个人，还有时子。时子从一开始就知道笠冈的心里并没有自己，她也没有指望过作为夫妻在同一个屋顶下的共同生活会培育出爱情来。她甚至没有做过任何努力去使两个人之间产生爱情。

她只是一个劲儿地积攒着诅咒和憎恶，用诅咒来代替爱情，用憎恶来代替夫妻的和睦与合作。那种时子思想上的强迫性观念，使她逐渐在憎恨和折磨丈夫这件事情上感到一种虐待狂的喜悦。她把这样做当成了自己生活的一部分。

在诅咒和憎恶当中，时子的心里有时也会突然对丈夫产生一丝温柔之情，就好像是怒海狂涛中暂时出现的风平浪静一样。因为在长期的夫妻生活之中，不可能每时每刻都保持着剑拔弩张。每当出现那种情况，时子就会连忙绷紧心弦，通过回想失去父亲时的悲伤和愤怒，重新激发起自己的憎恨。

时子连她自己也不太明白自己的心态。笠冈为弥补过失所做的一切，都已经到了可以想象到的最大限度。无论谁都不可能做得比他更好。尽管如此，时子还是不肯原谅笠冈。她拒绝原谅他。她也厌恶自己如此固执。她憎恶丈夫其实就是憎恶自己，揭丈夫心里的伤疤其实就是揭自己的伤疤。时子已经深深地陷入了自己所挖掘的心理陷阱之中。

笠冈也同样。如果狠下心来把婚离掉，他们就不会进一步互相伤害对方了。可是，笠冈也陷入了一种强迫自己和时子保持夫妻关系的状态。

“你说，你到底还想让我怎么做？”

“我一无所求。”

“那么，你就别再说什么我没有遵守诺言之类的话！”

“那话是你自己说出来的吧？我从一开始就说，这种事根本不可能办到的。可你偏这么做，自己被自己所说的话随便束缚住了手脚了吧。”

“那只是咱们两个人之间的事情，和孩子没有关系。你没有必要把一切都对孩子讲吧？”

“没那么回事儿！我可不想让孩子变成像你一样的人。因此，我要时不时地对时也说，让时也不要像你一样!”

“我什么地方不好啦?”

“你真的打算让我说出来吗?”

“你说吧!”

“那好，我说。你太懦弱了!”

“什么? 你说我‘懦弱’!”

“懦弱”这两个字对于笠冈来说是最使他痛心疾首的词语了。就是由于这个词的缘故，他才极大地改变了人生的道路。

“你说我什么地方懦弱!”

笠冈稍微提高了一些嗓门。尽管如此，他还是竭尽全力地克制着自己的感情。

“你也许是想要弥补过失，所以才和我结了婚的。但其实绝不是那么回事!”

“那么，你说是怎么回事?”

“你是在逃避! 你是逃到我这个地方来的! 你想通过这种做法来逃脱一切责任。你是带着一种像从前的武士剖腹自杀一样的想法和我结婚的!”

时子的话狠狠地刺到了笠冈心头最脆弱的地方。她早就看透了一切。尽管已经看透了，但她还是接受了笠冈的求婚。

“剖腹”这个词实在是用得再恰当不过了。笹野麻子骂笠冈“窝囊”，笠冈也认为自己对松野泰造之死负有不可推卸的责任。他曾觉得自己是为了弥补自己的“懦弱”和承担应负的责任，所以才和时子结了婚的。但是，此刻却被时子一语道破，在自己的潜意识当中确实隐藏着一种“剖腹”逃避罪责的想法。

从某种意义上来说，时子被当成了笠冈“剖腹”的工具。

从那个时候起，笠冈开始对警察工作失去了热情。搜查总部已经解散，这起走进死胡同的悬案又不属于自己的管辖范围，自己一个小小的外勤巡警不管怎么折腾也不可能破得了案。而且就算是发生奇迹，抓到了罪犯，时子的心情也不会释然。她肯定还会把那当成自己新的失败，从而越发严实地将自己封闭起来。时子就是那样一种女人。

笠冈开始觉得与时子针锋相对是一件十分无聊的事情了。于是，他便退避三舍，不愿意再与她继续抗争。这样紧张的抗争一旦松懈，随之而来的便是对生活的懒散。

夫妻之间一变得懒散，憎恨也就被稀释了。但与此同时，相互之间的关心也就不复存在了。他们仅仅是一个男人和一个女人在同一个屋顶下共同生活而已，相互之间连一丝一毫的关怀也没有。

那种对抗时的压力和紧张消失了，彼此都轻散了许多，因此日子也变得好过多了。双方现在就像空气一样安然相处，但绝不是洁净、清新的空气，而是沉积在阴暗处的陈腐、污浊的气体。

虽然这种空气正在慢慢地损害着双方的健康，但不管怎么说，已经腐朽的婚姻还是保持了苟且偷安的平衡。

时光就这样在笠冈夫妇的身边流逝。漫长岁月生活的苔藓掩盖了他们结婚的动机。从表面上看来，他们已和普通的夫妻没有什么两样了。

日月如流水般地逝去。日常生活的堆积不知不觉汇成了一条人生的大河，其源头已经在茫茫的远方渐渐看不清了。

笠冈已经从一个外勤巡警晋升为一名刑警，在东京都内的各辖区警署来回调动了好多次。他之所以成为刑警，是因为上司的推荐，而并不是因为他决心抓住杀害岳父的罪犯。就算他有决心，但只要不发生奇迹，罪犯就会一直躲在迷宫里面，怎么也无法抓到。

笹野麻子的消息也听不到了。笠冈虽然曾听到过风传，说她结婚生了孩子，但那以后情况如何便不知道了。

麻子抛给笠冈的那“懦弱”二字也没能避免岁月风吹雨打的侵蚀。但它并没有完全风化，而是作为一种内心深处的负担依然存在着。不过，这种负担锐利的棱角已经渐渐磨平，不再刺他的心了。而且它已经失去了作为一种负担的分量。

时至今日，回想起来，当时实在是太幼稚了。人的一生不能凭一时的感情冲动度过，冲动过后还将有漫长的生活。人在年轻的时候，很容易产生错觉，因为一时狂热，就误以为那就是整个人生之路。

一般的人并不像演戏那样轰轰烈烈。虽然在开始冲出人生起跑线的时候雄心勃勃，但人生的债务，荣辱的交替，使人在漫长的马拉松途中，那种富于情感而又罗曼蒂克的壮志豪情渐渐消失殆尽，开始麻木不仁地度过那像无穷无尽的涟漪一样不断涌来的一天又一天。

于是，人们领悟到，默默无闻、芸芸众生的人生，才是一般人真正的人生。

笠冈从一开始，就不是抱着要出人头地的野心才当上警察的。随着他作为一个小小的齿轮被安装到警察这部巨大的机器里面，连捕捉杀害岳父的凶手的念头也很快消失了。

他现在已经成了公司小职员似的警察。无论怎样去努力，前途已经是一清二楚了。本来警察系统内部就存在着“种族歧视”，分为“有资格”的特殊高级警察和一般警察，这是众所周知的。半路出家改行当警察的笠冈就算是一路顺风，充其量升到警部到头了。就算升为了警部，到了五十六七岁，也会被上司拍着肩膀劝退，告老还乡。

警方的破案方式从依靠名刑警个人办案转变为科学的集体办案之后，笠冈尤其感到垂头丧气。

那些经过科学和集体锤炼的年轻刑警们一旦组成专案小组进行系统的现代化搜查，像笠冈这种非科班出身的老派侦探式刑警便没有了出头露脸的机会。

既然没有出头露脸的机会，也就没必要硬出头。笠冈干脆退到了后面。在后面待着，警察工作其实是很逍遥自在的。破案工作有些地方与抬神轿很相似，只要围着神轿哼唷嗨哟地喊出声，就算不使劲，从旁边看上去，也像是在卖劲抬一样。

集体办案时，可以躲在集体中滥竽充数。因为人多，上级难以掌握每个人的情况，只要定期向上级汇报一下，就做得天衣无缝了。

如果不这样，那些毫无破案希望，就像是大海捞针似的琐碎繁杂的搜查工作，简直就无聊得做不下去。

不管怎么认真地干工作，刑警的前途，已经是命中注定了的。通常最终也就是当个百货公司或饭店的守卫，充其量在警备公司里能谋个差事度过余生。

署长一级的干部，因为有那么一点儿面子，所以可以当上汽车驾校的校长或私营公司的保安部长。但他们在大多数情况下都只能干最初的三个来月，再往后便待不下去了，不得不辞职了事。

这些人在职的时候勉强混个“高级警察”拿全薪，其实没什么真才实学。

笠冈在警署里是个供人驱使、爬不上去的中层刑警。回到家里自然遭妻子的白眼。她的眼睛里隐藏着一种轻蔑，就像个陌生人似的对他没有一丝一毫的关心。就连独生子时也，在母亲的影响下也将父亲彻底看成是一个大笨蛋。

笠冈感到自己成了夹在工作单位和冷冰冰的家庭之间的“三明治”，觉得自己正在腐烂下去。但是，他并不打算改变这种状况。任由自身腐烂，他的心情反而相应地要好一些。被发酵的适当温度温柔地包围着身心，不久将会被分解为一堆有机质，这使笠冈感受到了一种像受虐狂的快感。

事实上，笠冈的内心深处正在慢慢地腐烂着。

如果就这样下去，笠冈大概会如行尸走肉般地度过余生。但，就在这时却发生了一起案件，于是奇迹出现了。

二

小川贤一每天都要负责喂小松鼠。他扫完地之后，想把刚添满的新饲料盒放进笼子里去，便打开了笼子门。就在这一刹那，小松鼠哧溜一下逃了出去。贤一慌忙地关笼门时已经晚了，松鼠早逃到笼子外边。它滴溜滴溜地转动着那双圆圆的小眼睛，好像为突然得到的自由不知所措了似的。

“力丸，好乖乖，快回来！”

小川贤一尽量柔声细语地叫着花松鼠的名字。虽然已经养得很熟了，但还没到可以放养的地步。

力丸听到贤一的召唤，慢慢地返回到笼子旁边。回到距笼子只有几步远的地方，却无意钻进笼子里去。它只是朝里伸了一下头，接着便又跑开了。

贤一开着笼子门，用刚刚添加的饲料引诱松鼠。那是葵花籽、新鲜的苹果和奶酪，每一样都是松鼠最欢吃的东西。

看来力丸已经饿了，它被饲料吸引着，又回到了笼子门口。就差一步便进笼子了。是的，就差一步了！它开始慢慢地将头伸进了笼子。真香，真香啊！

贤一正在紧张地屏住呼吸等待着松鼠钻进笼子的时候，突然，玻璃大门被猛地一下撞开了，弟弟和妹妹从外边呱嗒呱嗒地跑了进来。好不容易才快要回到笼子里边的松鼠吓得蹦了起来，顺着墙根就钻到放木屐的鞋箱下面。

“哎呀，浑蛋！”

贤一冲着弟弟妹妹大声怒吼道。弟弟妹妹刚刚从外面进来，根本不知道屋里发生了什么事情。贤一是初中一年级学生，他的弟弟和妹妹分别念小学五年级和小学二年级。

“哥哥，发生什么事情啦？”

弟弟健二突然挨了骂，满脸都是惊讶的神色。

“得了，赶快把门关上！关严实点儿！”

贤一说这话的时候为时已晚。躲在木屐鞋箱下面的力丸已经从开着的玻璃大门的门缝中，朝着广阔的自由天地逃去。

“逃跑啦！”

“啊！是力丸！”

健二和妹妹终于都明白了事态的严重性。户外有许多松鼠喜欢的杂树林。如果它逃进了树林里，那可就没有办法把它弄回来了。

“啊！力丸这个家伙在那儿呢！”

妹妹早苗用手指着一个方向喊道。顺着她手指的方向望去，只见松鼠正待在房前种植的杜鹃花丛旁边紧张地朝这边张望着。因为关在笼子里一年多，所以它对离开主人家跑进未知的空间似乎感到有些害怕。

“力丸，回来！快回来呀！”

兄妹三人齐声呼唤着，可是力丸却只做出一副马上就要回来的样子，在房子周围的草地上拖着大尾巴奔来跑去。贤一他们一靠近它，它就会马上逃开，但绝不往远处逃。

“对了，去把网拿来！”

贤一让弟弟拿来了捕虫网。但是，力丸十分聪明，它把距离又稍微拉远了一些，在捕虫网刚好够不着的地方享受着意外获得的自由。三个孩子追着松鼠，不知不觉地进入了他们家附近的杂树林中。

贤一手执捕虫网走在最前面，健二和早苗拿着笼子跟在他的身后。

“小东西还挺聪明，敢嘲弄咱们!”

贤一觉得十分恼火，可是力丸却玩得自由自在。它让他们三个人跟在后面，自己则一会儿爬上柞树，一会儿隐身于茂密的灌木丛，一会儿又啃啃某种树的果实。尽管如此，它总在三个主人能看见它的地方，绝不跑得更远。它尽情地享受着好不容易才得到的自由，似乎非常清楚未知世界中潜藏着危险，需要把主人当成保镖。

“行了！快回来!”

贤一向松鼠恳求道。可是松鼠却将贤一的恳求当成了耳旁风，只顾在树林里到处蹦跳戏耍。

“我肚子饿啦!”

“我害怕!”

弟弟和妹妹开始哭丧起脸来。这也难怪，他们足足玩了一天，肚子饿了才回家，没想到为了追赶松鼠，跟着进入了这片从未来过的树林。这里的树木长得很密，简直弄不清方向。

天色已近黄昏，白日里就十分阴暗的树荫下布满了浓重的暮色。

“你们俩先回去吧!”

贤一向弟弟妹妹下达了命令。

“我们不认识路!”

两个孩子简直要哭了。

“真没办法！那么，力丸，我们就把你扔在这里不管啦!”

贤一不能因自己疏忽造成的后果，连累弟弟妹妹在树林里转来转去，何况他自己也有点儿心虚了。天色一暗，树梢的阴影和树根部就像是一群正要伺机猛扑过来的面目狰狞的怪物。

只好放弃力丸了。我们这么喜爱你，你却偏偏是这么傻！我们会再攒零花钱，买一只比你更加更加聪明的松鼠！像你这样的家伙，很快会被蛇或野猫吃掉的!

贤一正在心中咒骂的时候，力丸突然用一种极其尖厉的声音“吱吱”地叫着，开始在一棵小橡树的底下拼命地用爪子扒开一个被枯树叶盖往的坑。那情形有些异常，和刚才玩耍调皮的情况完全不一样。

“怎么回事?”

他们三个人忘记了胆怯，互相看了看对方。

“那个地方好像埋着什么东西。”

早苗开了腔。

“咱们过去看看吧!”

他们产生了强烈的好奇心。贤一为了维持做哥哥的威信，便一马当先地走在了前面。他们三个人已经走得很近了，可力丸并不逃走，它正忙碌不停地挥动着小小的前爪，拼命地扒着枯叶。

“咦？这儿的土是新土!”

健二指着力丸扒开的枯叶下面的土说道。那地方的土与周围土的颜色稍微有些不同，好像是挖开又填上的。力丸仍然在那里继续用它那小小的爪子奋力地刨着。

“咱们挖开看看吧!”

等他们三个人走到那儿后，力丸才很不情愿地跳到一旁。那里的土十分松软，用手就可以挖得动。他们往下挖了少许，健二抽动了几下鼻子。

“哥哥，怎么有股子怪味呀!”

听弟弟这么一说，贤一也注意到了这一点。他在刚才就闻到了那股怪味，但他还以为那是枯树叶的气味。

“哥哥，是不是有人在这里埋了奇怪的东西呀?”

早苗停下挖土的手问道，被好奇心冲淡的不安神色又回到了她的脸上。

“奇怪的东西？什么奇怪的东西?”

“是不是有人在这里埋了死狗或死猫什么的呢?”

“那是不可能的！宠物必须埋在宠物专用的墓地里。”

“咱们该回家了吧?”

“是该回去了。”

他们正打算要回家的时候，一直在那里继续挖土的健二突然发出了一声吓人的惊叫，一屁股坐在了地上。

“怎么啦?”

贤一虽然吓了一跳，但还是跑到了健二的身边。

“哥哥，你看那、那、那个!”

健二跌坐在那里，用发抖的手指着他刚才一直在挖的地方。那里露着一截像是树根似的东西。

“那是什么?”

“那，好像是人的手指头!”

“你说什么?!”

“太可怕了!”

早苗一声惊叫，转身就逃，另外两个人也紧跟在她身后狂奔起来。他们的好奇心早已被高度恐惧感冲得无影无踪，再也顾不上什么松鼠不松鼠了。贤一总算还像个当哥哥的样子，他强压着那种恐怖的感觉，跑在弟弟妹妹的身后。

三

六月二十八日下午六时许，中小学生的兄妹三人在追赶宠物松鼠时，追进了一片山林，他们在那片山林之中发现了地下埋着人手指头似的东西。这一情况，由那三个孩子的父母通过110匪警电话向警方报了案。接到报案后，辖区警署的署长立即率领全体刑警人员火速赶到现场进行了勘查。

现场位于东京都下东大和市芋洼地区多摩湖畔的山林中。这里是多摩湖东畔平缓的斜坡，坡上密密匝匝地长满了柞树、小橡树、杉树等。像这种地方，连情侣们也不会钻进来。

发现情况的三兄妹当中年纪最大的小川贤一，将警察们带到了现场。警方对现场进行了仔细的搜索，发现了一具非正常死亡的男性尸体，估计已经死了二十五至三十天。那具尸体浑身赤裸，仅穿着一条裤衩，年龄约莫五六十岁。尸体的面部被捣烂，脑后枕部发现有凹陷，估计是被钝器击打造成的。

警视厅总部接到第一次报告后，也派出了搜查一课和鉴定课的警察，由搜查一课课长率领来到了现场。

尽管已经是黄昏了，但警视厅总部和辖区警署仍然联合采取了一系列的初期搜查措施，如确认尸体、保护现场、保护证人等。根据验尸结果，死者情况如下：

1. 尸体为五十至六十岁的男性，身长一百七十厘米，肌肉十分发达；
2. 头部右侧有一块十日元硬币大小的斑秃；
3. 左上第二颗门齿缺损；
4. 全部牙齿均因尼古丁而明显改变颜色；
5. 右手中指缺少第一指节，左右脚均缺少小趾，剩余手指的指纹已全部被某种化学药品腐蚀掉；
6. 腹部两侧发现有两条纵向的手术疤痕，长度为十二厘米；
7. 脑后枕部及头部侧面有凹陷性骨折，估计是由钝器击打造成的。

虽然了解到以上这些情况，但尸体仅穿着一条俗称为“猴儿胯”（一种瘦腿半截短裤）的男式内裤，没有任何可以证明其身份的东西。

在埋尸处附近丢着一只空火柴盒，大概是由于长时间在野地里风吹雨打的缘故，火柴盒的标签已经脱落了，仅能够辨认出“烹……中……”这两个字。无法断定这个空火柴盒是不是罪犯或者被害人带到这里来的。

从现场找到的东西只有这个空火柴盒。后来虽然进行了地毯式的仔细搜索，也没发现凶器、罪犯的足迹、遗留物品之类的线索。

从现场以及尸体的情况来看，毋庸置疑，这是一起杀人弃尸案。于是，负责维持这一地区社会治安的立川警察署成立了一个由一百零三人组成的搜查总部，由刑事部部长担任搜查总部部长。

在搜查总部的第一次搜查工作会议上，大家首先对被害人的身份进行了分析。根据被害人右手中指缺了一截的情况，怀疑他与暴力集团有关。缺的这一截，很可能是流氓间为赔礼道歉或盟誓而割掉的。

对此，也有人提出了不同的意见：

“流氓无赖的割指盟誓一般都是割掉一截小指。再说，从被害人所留下的伤疤来看，他的断指似乎并不是由利器所造成的，而是由于化脓而脱落的。而且他脱落的并不仅仅是手指，其左右脚也都缺少了小脚趾。”

但是，从被害人的右手中指缺了一截分析，不管怎样都是一个十分重要的特征。因此，大多数人都认为，不能排除他与暴力集团有关系。

大家还进一步对被害人头部的创伤进行了分析，认为不能排除交通事故造成的可能性。从这一点考虑，也可能是凶手撞了被害人之后，将尸体掩埋起来，企图掩盖其交通肇事逃逸罪。

在这次搜查工作会议上，为了查清被害人的身份，搜查总部制定出了搜查方针：

1. 调查现场附近的过路人、目击者；

2. 调查现场附近的公司退职人员、待业人员；

3. 调查现场附近的木匠、泥瓦匠、施工人员、推销员、收款员、售货员等流动人员。

根据以上搜查方针，搜查人员分为五个班，开始正式的搜查活动。

第一班为遗留物品搜查班，负责调查“猴儿胯”、紧身短裤、短袜等内衣的生产厂商及销售处。

第二班为被害人踪迹搜查班，负责在下列人员当中或在下述地方调查被害人的踪迹：与暴力集团有关系的人、江湖艺人、船员、家庭状况混乱的人、私生活不检点的人、品行不端的人、与医院有关系的人；桑拿浴室、土耳其浴室、公共澡堂等。

第三班为现场鉴定班，负责调查当地的地理情况，检查现场实际情况，寻找遗留物品等。

第四班为嫌疑人搜查班，负责挖掘有关嫌疑人的情报。

第五班为交通肇事逃逸搜查班，负责清查现场附近的过往车辆，并查出它们与交通事故的关系。

第三天，即六月三十日，尸体被转移到慈惠医科大学法医学教研室，由佐伯正光教授主刀进行了解剖。解剖结果如下：

1. 死亡原因：颅骨凹陷性骨折所造成的脑压迫。

2. 自杀还是他杀：他杀。

3. 已死亡时间：二十至三十天。

4. 受伤部位及受伤程度：头顶往后约八厘米处有直径约五厘米的凹陷性骨折；右耳上方约五厘米处的头部右侧颅骨粉碎性骨折，前颅及颅左侧发现由相反一侧击打所造成的脑挫伤痕迹。

5. 凶器的种类及使用方法：估计是用铁锤、棍棒状的钝器从后向前、从右向左猛力击打。

6. 尸体的血型：B 型。

7. 其他参考项目：

A. 经证实，被害人胃中的食物有蕨菜、紫萁、朴蕈、水芹、山香菇等野菜，还有动物性肉片（鉴定结果为某种贝类或大马哈鱼、嘉鱼和香鱼等肉的一种）以及荞麦面条等。这些食物吃进胃里已三至四个小时。

B. 关于被害人腹部的手术疤痕以及两脚小趾和右手中指的缺损，经慈惠医大附属医院外科医生验尸后作出了鉴定。认定为“为治疗坏疽而进行的腰部交感神经结切除术及两足小趾、右手中指截肢手术后留下的疤痕”。另外，从被害人腹部的手术疤痕推断，他得的似乎是特发性坏疽（伯格氏病）。这种病又叫做“血栓闭塞性脉管炎”，发病后会呈现出四肢缺血症状，血管痉挛、血管壁营养障碍，久之，足趾会发生干性坏死和溃疡。另据认为，这种病与抽烟有很大的关系，烟草中的尼古丁对血管的收缩作用是诱发该病的重要因素。

死者的全部牙齿几乎都因尼古丁而改变了颜色。从这一点来看，可以认为死者是由于大量吸烟而诱发了“伯格氏病”的。

在进行了以上解剖检查之后，验尸医生谈了自己的看法：

“欧美式的手术方法一般是横向开刀，现在采用欧美式手术方法是很普遍的。然而，我们检验的这具尸体却是纵向开的刀，估计那是五十年代医生的手术方法。在两条手术疤痕当中，右侧的那条要陈旧一些，左边的手术是在右边之后做的。这种病从发现自觉症状到进行手术治疗，一般需要两至三个月的时间；手术之后的进一步治疗也需要两至三个月的时间。因此，估计这个人至少住了一年医院。再加上定期到医院去复查就诊的时间，他养病的时间估计在两年以上。”

据认为，这是一种很难医治的疾病，发病率为万分之一，一般多发于亚洲人。搜查总部了解到，作为对付疑难病症的一项举措，日本厚生省也正在加速进行调查研究，并成立了以东京大学石川教授为首的“伯格氏病调查研究班”。

搜查总部坚信，既然是“万分之一”，那就肯定可以查清被害人的身份。他们在向全国的医院、诊所以及医生协会进行查询的同时，也向“伯格氏病调查研究班”提出了请求，请求对方予以协助。

四

笠冈道太郎作为辖区警署的警员参加了这次搜查工作。解剖结果出来时，他突然觉得遥远的记忆仿佛受到了刺激，但并不是那么清晰。

他对“伯格氏病”这个稀奇古怪的疾病名称确实有着一种久远的记忆。但是，无奈时间隔得太久远了，记忆已经完全长满了锈，仅凭着轻微的刺激，怎么也不能从记忆的海底浮到意识的表面上来。

笠冈全神贯注地思考着，不停地在大脑中进行着搜索，结果在回家的路上没有注意到交通信号灯就穿越人行横道，被一位司机臭骂了一顿。就在挨骂的一刹那，他突然想起来了。

那是个本不该忘记的疾病名称，笠冈不知不觉地将它忘在脑后，说明他在精神上已经堕落了。但现在已经顾不上自责，他更多的是感到震惊：“栗山”的亡灵经过了二十几年之后居然又复活了！

“这难道会是真的吗?”

笠冈对自己的想法产生了怀疑。虽说是万分之一的发病率，但是一亿人当中就会有一万个人得这种病。很难认为杀害松野泰造的“栗山”就是这个被害人。

被害人的年龄估计为五六十岁。虽然只是当时一瞬间观察到的情况，但笠冈依稀记得“栗山”在刺杀松野的时候，似乎是个三十岁左右强壮有力的年轻人。从那时至今已经过了二十几年，栗山现在的年龄应该有五十多岁了。

“不不，不可能有那么凑巧的事情。”

笠冈拼命地否定了这个想法。但是，这个念头总萦绕在他的脑海，挥之不去。

“没准真是他呢!”

假设那个被害人是栗山的话，那么会怎样呢?

当时栗山好像做了什么坏事，正受到松野的追捕。他杀害了松野就更进一步加深了他的罪孽，因为他坏到了头，所以终于恶贯满盈，被别人杀死了。如果是那样的话，杀死栗山的罪犯就是他那帮狐群狗党，更说不定那帮狐群狗党也与杀害松野有着间接的关系呢!

想到这里，笠冈摇了摇头，这种假设实在是太异想天开了。事到如今，就算是栗山的亡灵复活过来，自己也无能为力。“栗山”——这两个字还不知道是否确切呢!“栗山”这两个字是笠冈根据松野的发音随意套上去的，而笠冈也许会听错呢!

总而言之，除了“栗山”这个极其含糊不清的名字之外，其他什么也不清楚。

“在这次搜查工作当中，还是按照老一套抬神轿瞎起哄的方法跟着混吧！”

笠冈在心里拿定了主意。

他所负担的是第一班的工作，负责调查被害人的内衣的制造厂商和销售处。那是被害人身上穿着的唯一一件衣物，因此这项调查极为重要。但是，他心里想的是，如果自己是一个前途无量的年轻干将还说得过去，可是已经到了现在这把年纪，前面等着自己的只有一堵退休的灰色墙壁，自己岂能够愚蠢地去调查什么“猴儿胯”呢？

笠冈也穿着“猴儿胯”。他很讨厌现在的年轻人所喜欢穿的三角裤那样的东西。他很看不起他们，明明是男人，却居然要去穿那种女人的紧身裤！

现在四十来岁到六十多岁的战前派和战时派（分别指在第二次世界大战之前和大战期间度过青年时代的日本人）当中，大部分人都应该是穿“猴儿胯”的。要想查证一条“猴儿胯”的来历，那可真是不着边际的事情。笠冈虚情假意地说“为了节省时间和人力，咱们分头去调查吧”，他将警视厅总部的年轻搭档支走，自己却大偷其懒。只要能够使报告书前后相符，上司就什么也不会说。在辖区警署，他是个老资格了，就连署长都让他三分。警视厅总部方面也对这样资深的老警察比较客气。

最近，笠冈变得极易疲劳。胃部总是不舒服，一点儿食欲也没有。多年来，他对自己最得意的一点就是身体的健壮，可是似乎随着年龄的增大身体也开始像要散架了。

当他一旦从岗位上退下来之后，还将有一段“余生”必须度过。他有必要事先储备一些体力。必须趁现在就调整好体力和健康，不能早早地就将生命的燃料耗费殆尽。儿子时也尚在读书，还没有结婚。今后很多很多的地方都需要用钱。

世俗的功利主义绳索，拉回了笠冈对栗山的亡灵刚刚引起的某些关心。

在搜查工作会议上，最关键的问题有以下三点：

1. 发现尸体的地方是作案的第一现场呢？还是在别的什么地方将被害人杀死后，把尸体运到那里去的？

2. 是单纯的凶杀案？还是与交通事故有关？

3. 是单独作案？还是两人以上的共同作案？

关于第一点，从尸体赤身裸体的情况来看，作案之后转移尸体的说法比较有说服力，但是并不能完全排除现场作案的可能性。另外，关于第二点和第三点，虽然也提出了各种各样的不同看法，但所有的看法都缺乏证据，没有超出推理的范围。

搜查总部对被害人胃中的存留物进行了详细检查。不久之后，检验报告送来了，说是化验出了亚铁巴比妥。

这是一种巴比妥酸类的持续性安眠药，作用力极强，亦可用于抗痉挛。根据这个新的情况，搜查总部进一步怀疑被害人是在被迫服下安眠药睡着之后被杀死的。这也就是说，第一个问题的答案极有可能是凶手在别的地方杀死被害人之后将尸体运到了那里。这样一来，第二个问题的答案也很有可能就是单纯的凶杀案。

但是，也不能完全排除被害人服下安眠药之后，迷迷糊糊地闯到马路上被汽车撞了的可能性。因此，搜查工作在刑事犯罪和交通肇事两方面同时展开。

五

被害人只穿着一条极为常见的“猴儿胯”，要想查明他的身份，最有力的线索就是坏疽手术的疤痕。搜查总部制作了两万张附有被害人彩色照片的通告，发放到全国各地的大小医院、牙科医生、诊所、保健站、各警察署等。他们还得到了各报社及电视台的协助，公开向公众征集有关信息。

搜查总部还进一步在日本医生协会、日本牙医协会的机关报以及《朝日周刊》《星期日周刊》《读卖周刊》《产经周刊》等周刊上刊登了有关报道，广泛呼吁全国的医生及医务工作者予以合作。

另一方面，警察厅鉴定课确信死者以前曾经有过犯罪历史，他们通过联网计算机系统向“全国犯罪情报管理系统”进行了咨询。“全国犯罪情报管理系统”是一种实时处理系统。随着犯罪活动范围的日益扩大，为了对犯罪情报进行集中管理，该系统在计算机当中整理并储存了约三千万条搜查资料，内容包括：有犯罪前科者、暴力集团成员、通缉犯、离家出走者、与犯罪有关的车辆牌号、犯罪手法、指纹等。对于警察派出所和巡逻车等搜查第一线提出的咨询，可由各县警察总部的咨询中心通过数据通信线路与警察厅的“全国犯罪情报管理系统”联网，计算机一运转，终端显示屏幕上立即就能将答案显示出来。

这是一种高效率的检索系统，比起以前那种烦琐、费时的原始调查法来，真是不可同日而语。它几乎可以在用户提出问题的同时，就做出回答。

但是，本案的罪犯却不露一丝破绽地将被害人的指纹全部毁掉了。因此，即使将其他特征输入计算机，也会因为缺少数据而被告知“无法应答”。对于这个罪犯，就连这样的新式武器也完全失去了效用。

在大众传媒的协助下，通过公开调查，虽然获得了为数众多的信息，但都是些与罪犯不沾边的“泡沫信息”。搜查工作触礁搁浅了。

六

小川贤一至今尚未从发现尸体所受到的惊吓中完全恢复过来。他有时会梦见死者从地下伸出手来卡住自己的脖子，以至惊叫而醒。全身都被汗水湿透，整夜无法安睡。

妹妹早苗的情况则更为严重，她常因恶魔而颤抖不止。弟弟健二是最不在乎的，只是他再也不到湖畔那片树林去玩了。

松鼠力丸制造的一个机会，使那具尸体重见了天日。但它似乎并不知道自己起了重大的作用，依然在那狭窄的笼子里面跳着八字舞。那天贤一给警察们带路，到树林里去时，力丸聪明地跑回笼子里了。

从那以后，贤一在打扫力丸的笼子时变得特别小心谨慎。如果再让它逃到树林里去的话，谁也不敢去追了。

贤一以前一直在正门的水泥地上为力丸打扫笼子，现在不敢了。他要把学习室关严实后再在里边进行清扫。这样，就是松鼠从笼子里逃出来，也还是在家里。不过在房间里，打扫得不如以前彻底。

“没办法，谁让你不听话的！”

贤一一边嘟囔着，一边用一把小扫帚扫着笼子底。当他将笼子倾斜过来，准备将抽出来的底板再插回到笼子里边去的时候，有个东西滴溜溜地滚了出来。这东西原先似乎卡在底板和笼子的夹缝之间。

“咦？这是个什么东西？”

贤一伸出手指将那东西捏起来一看，原来是只什么螺的空壳。那只螺壳呈螺旋形状，长约三厘米，直径为两厘米左右，顶端稍微残缺了一点儿。螺肉也许是被松鼠吃掉了，壳里什么也没有。乍看上去，它有些像蜗牛，只是稍大一些而且壳也比较硬。

“这是种什么螺呢？”

好像在什么地方见过，但是却想不起来。他从不把螺壳类动物当做饲料给力丸吃。

为什么这种东西会跑到笼子里边去呢？贤一觉得很纳闷儿。他正想将那只螺壳随手扔掉，突然，他的手停在了半空中。原来，他忽然想到了一件事情。

如果贤一不给力丸喂那东西，那就谁都不可能把那种东西放进笼子里边去。贤一一直严禁健二和早苗随便给松鼠喂食。

这么一来，就只能认为这只螺壳是力丸从外面带回来的了。它能够将这种东西从外面带回来的机会只有逃出去的时候。当时，贤一他们被尸体吓坏了，顾不上管力丸就逃回到家里，将他们所发现的情况告诉了父母。但是，当贤一为警察带路再次到现场去的时候，力丸已经自己回到了笼子里面。

如果是力丸将这只螺壳带回来的话，那肯定是在那个时候。而它捡到螺壳的地方就是埋尸体的现场！

这时，贤一的想象更加活跃了。

埋尸体的现场附近并没有这种螺生存。湖里也没有这种螺。这么说，这只螺壳该不会是罪犯丢在那里的吧？

经过这么一想，贤一越来越觉得情况就是如此。根据发现尸体后报纸和电视的报道，死者的身份似乎尚未查清。虽然那是一具十分可怕的尸体，甚至会出现在他的睡梦中，但是因为是他们兄妹发现的，所以贤一很希望能够早日查清尸体的身份，将罪犯捉拿归案。

也许这只螺壳可以成为追捕罪犯的一条线索。

贤一决定把螺壳送交警方。他一路打听着找到了搜查总部，恰好有一位在发现尸体那天见过面的刑警正待在那里。那是位约莫五十来岁的人，长着一张和善的面孔，看上去并不像是个刑警。

“哟，是你呀！今天有什么事情吗？”

他还记得贤一，便和蔼地冲他笑着问道。他在听贤一讲述的过程当中，逐渐收起了笑容。

“你拿来的东西很好，谢谢你啦！我们正因为材料缺乏而一筹莫展呢！过几天警方再正式向你表示感谢。”

“不必感谢，只要有用处就行。”

“肯定会有用处的。太谢谢你啦！”

刑警抚摸了一下贤一的脑袋。贤一心想，把东西送到警方来，算是送对地方了。但是，在那之后，搜查工作似乎并没有因为那只螺壳而取得什么进展。

接受螺壳的那位刑警就是笠冈道太郎。他虽然对中学生的协助表示感谢，并收下了那只螺壳，但是他并不认为那东西会成为什么大不了的线索。

螺壳之类的东西是什么地方都可能有的。那只螺壳乍看上去和蜗牛很相似，也许它就生活在现场附近的树林和田地里，笠冈漫不经心地接受了那只螺壳，心想如果它能掩盖自己偷懒，那可真是名副其实的白捡便宜。笠冈虽然收下了螺壳，但随手就将它扔进搜查总部办公室分配给他的办公桌抽屉里，很快将这件事忘得一干二净了。

第七章　债务催人

一

来到病房前，两个人打了个照面，都不由地“啊”了一声，颇感有些意外。从车站出来后，笠冈时也就无意间注意到了一位与自己同方向而行的姑娘。这位时髦俏丽的女郎在时也的前面飘然而行。她大约二十岁，一头秀美的长发被不经意地束在脑后，身着一件粉红色花的连衣裙，裙子的下摆不时地被微风轻轻撩起。时也似乎觉得在什么地方见过她，可怎么也想不起来了。也许是哪位在街头擦肩而过的美丽女郎的倩影从记忆深处浮现上来了。

年轻女郎也去坐落于街角处的 A 大附属医院。

也许她是去探视病人的吧？被这位美丽佳人探望的幸福的人会是谁呢？时也一边胡乱猜想着，一边尾随着那女郎。姑娘可能也意识到了时也，便稍稍加快了脚步。

时也也加快了步伐，像是要追上她。这若是在人迹稀少的黑暗的小路上，姑娘准会被恐惧感驱使着奔跑起来。然而，此时正是夏季的白天，从车站出来向同一个方向去的人络绎不绝。可是他俩怎么也不会想到竟会是去同一所医院的同一间病房探视同一个病人。

这是一所大型的综合医院，它设置了从外科、内科到眼科、牙科等十四个临床科室，其中尤以外科最为有名，病床数超过了八百张。在这样一所大医院里，同时来看望同一个病人，真可以说是巧合。

“啊，你也是到这儿来的？”

“你也来探望石井先生?”

两人相对而视，几乎同时开口问道。

“不知道是这样，真是太失礼了。”她深深地低头致歉，那模样像个稚气未脱的小女孩。

“不，不，是我失礼了。你是不是把我当成流氓了?”

“说真的，是这样的。谁让你一直从车站跟着来的呢?”她嫣然一笑，右颊上露出了一个小酒窝，呈现出一副天真无邪的、充满青春活力的脸庞。

“我本来没打算跟着你，可事实上真成了在尾随你了。自我介绍一下，我叫笠冈时也，A大法学部四年级学生。”

“喔，我也是A大的，在英美文学部三年级。我叫朝山由纪子。”自我介绍之后，时也才明白，那种似曾相识的感觉，并非是来自在街头擦肩而过得来的，而是在校园里见过的倩影留在了脑海中。

这天，笠冈时也是到A大附属医院来看望大学时的前辈石井雪男的。石井家在日本桥开了一家老字号的做和服的绸布店。石井雪男将来注定要继承这份家产的。然而，他在大学学习时，就执著地相信名字里的“雪男”，即雪人在世上是存在的，并以殷实的家资为后盾，多次去喜马拉雅山探寻雪人。大学毕业后，这种“雪人热”愈发升温。当石井获悉北美发现雪人的消息后，就准备去那儿探险。他到穗高山做前期训练，不料从一处并不起眼的岩石上跌落下来，造成右大腿骨折，浑身是伤，起码要一个月才能治愈。幸好路遇的登山者喊来了救援队，把他救出。目前他在病院里被强迫静养。

不用说，他出院后也不能马上从事剧烈的运动。雪人探险计划不得不暂且放弃。

两人一进病房，石井就高兴地怪叫起来。他住在高级病房区最为舒适的一间单人病房里，这里配有彩色电视机和收音机。但即便如此，也解脱不了石井的孤单寂寞。

“前辈感觉怎么样?”

时也望着浑身裹满绷带、像木乃伊一样的石井，强忍着笑问候了一声。

“怎么说好呢? 搞成这副模样。虽然幸运地捡了一条命，可如此大好时光身体连动都动不了，真是活见鬼了。”

石井用羡慕的目光望着窗外夏日晴朗的天空。透过普通病房的屋脊，天空上层的积云泛出白金般的光芒。虽然室外温度已近三十度，而病房里的空调却习习地送来宜人的冷气。

“没出大事，这已是不幸之中的万幸了。老老实实地待上一个月，就又可以去探寻‘雪男’、‘雪女’了。再说，你以前那么自由自在，这次就当是交点‘税’，在这里老实地休养吧。”

“哎，你真是站着说话不腰疼，净说些风凉话。”

“不，真是这样的。我想，这件事对‘雪人’是大有好处的呀。”由纪子在一旁插嘴道。

“什么？就连由纪子也说这样的风凉话？”

“就是嘛。说实在的，我想你要是在那儿丢了一条腿才好呢。这样一来，你就不会去找什么雪人了，只好安心在家操持家业。姨父、姨母也能放心地退休了。”

“唉唉，你可不要说得那么可怕。”

“前辈，朝山小姐说得对，你也应该适可而止，别再让两位老人为你操心了。”

“你们想以小辈的身份给我提意见，是吗？你们俩什么时候认识的？”

石井似乎这时才注意到他们两人间的亲密关系。

“我们是从车站一起来的。偶然在病房前碰见，还吓了一跳呢。”

“真没想到前辈还有这样一位漂亮的女朋友。”

“原来是这样。笠冈，你怎么知道由纪子的名字的？”

“进来之前，我们相互介绍认识的。”

“你小子手脚还是那么快啊！由纪子是我表妹。由纪子，这小子是我们学校登山部的后辈。”

“请多关照。”

“请多关照。”

两个人互视着微笑地点点头。

“笠冈，你怎么能在这个登山的大好时节里，蜗居在东京呢？咱们登山部的伙伴们此时大概正在北阿尔卑斯或南阿尔卑斯露宿吧？”

“今年计划横穿南阿尔卑斯山，七月初他们就进山了。”

“那你为什么没去呢？”

“和就职考试冲突了。”

“那种考试丢到一边儿去好了，趁现在多登几座山吧。”

“那可不行。我家老头子可不是那种财大气粗的。我不能总这样晃荡下去。可比不了前辈您哪。”

“你言之差矣。你们可能把我的雪人探险行动当成是花花公子的儿戏了。雪人肯定是存在的，如果找到的话，是对学术界的一大贡献，能上电视，能出书，可以收回老本来的。”

“难道你是出于商业意识才这么干的吗？”

石井一边喋喋不休地说着，一边情不自禁地手舞足蹈起来，疼得直皱眉头。

笠冈时也和朝山由纪子起身告辞，又一起乘上了返程的电车。现在，两人更加熟悉了。

在返程的电车里，时也为了进一步了解由纪子的情况，旁敲侧击地问了许多问题，得知由纪子家在筑地区开了一家有名的餐馆“朝山餐馆”。

然而，由纪子对家中经营着东京屈指可数的老字号餐馆不以为荣，反倒有些难为情。时也预感到会和由纪子再次相会，到了不得不分手的时候，他直视着由纪子的眼睛，问道“能再见面吗?”她迎着时也的目光，“嗯”地点了一下头。

时也看到了她眼中的欣然允诺。

二

最近，笠冈道太郎注意到自己的体重在急剧下降。每年一到夏天，体重总要减轻一两公斤，可今年却减少了六公斤。而且一点儿食欲也没有，浑身疲惫得像灌了铅一样。他担心体重还会继续下降。

以往他的体重总是比较稳定的，二十年来一直保持在五十七或五十八公斤。照现在这样下去，可能会降到五十公斤以下了。

特别是近些天，他总感到有食物堵在胸口，连水也喝不进去，还不停地打嗝，嘴里满是从胃里呃出来的令人生厌的臭气。

“这阵子你嘴里特臭。”

妻子时子毫不客气地说。不用她说，只要将手掌放在嘴前吹一口气，自己也会闻到有口臭。这不是从口腔中发出的，而是从胃的深处泛出的恶臭。

“我总觉得近来胃口不正常。”

“是啊。你现在食欲不振，人也瘦了许多，还是去看看医生吧。”

“嗯，好吧。”

笠冈之所以爽快地答应去医院也是因为确实感到身体不大正常。进入知天命之年，一直健康的身体也到了该大修的时候。

他害怕去警察医院，因为一旦真被检查出有问题，就会被从一线上撤换下来。他虽然对未来不抱任何野心，可是出于一名警官的本能，他还是十分想留在搜查的第一线。

为此，他去了儿子时也所在大学的附属医院。

医生听了笠冈的自述后，又做了常规的听诊，而后让笠冈平躺在诊断床上，在他的腹部按按这里，压压那里，不断地询问有没有痛感。检查得如此慎重，笠冈不安起来，担心是不是得了什么严重的疾病。

那天只是初诊，第二天又做了 X 光拍片。他在医生的示意下喝了一大杯造影剂，难受极了。这是他第一次喝钡餐。那像稀黏土似的钡餐造影剂，虽然有些甜味，可只喝一口就觉得胸口被填满了，加之再让喝些撑开胃部的发泡剂，肚皮被撑得像要爆裂开似的。医生还不允许他停顿，叫他一口气儿喝下去。

医生让笠冈躺在透视台上，将摄影装置一会儿水平着，一会儿斜立，一会儿让笠冈侧卧着，一会儿又让他仰卧着，从各个角度拍了一些片子。最后告诉他两天后来看结果。

两天之后，笠冈按约定的时间来到医院。值班医生已经将他的 X 光片挂到读片灯上等着了。看着这张在读片灯映照下的脏器片子，笠冈难以想象这上面拍摄的就是自己身体的内部。

医生仔细地看着 X 光片，一言不发。急不可耐的笠冈开口问道：

“有什么不正常吗？”

医生这才扭过头来对笠冈说：

“只不过是你这个年龄常见的胃炎罢了。”

“是胃炎吗？还是来检查对了。我说近来胃怎么总不舒服，原来是胃炎在作怪。”

“为了慎重起见，我看再做一下胃镜检查吧。”

医生好像随便说道。

“难道不是胃炎吗？”

“现在还处在检查阶段，不能下结论。胃镜是将相机直接插入胃中摄影，所以不会有疏漏的，可以拿到更清晰的片子。”

笠冈在想，光是喝钡餐就已苦不堪言了。这下要吞下胃镜一定会受不了的。

医生似乎看出了笠冈的心思，安慰他说：“现在胃镜先进得很，进入体腔的部分很少，没有多大痛苦。”

好歹检查到这一步了，还是借此机会彻底检查一下吧，笠冈心想。从一开始检查就拿了些药，可至今症状丝毫未见好转，病因何在呢？最好早日解除缠绕身心的烦恼。这次是在繁忙的工作中挤出时间来检查的，只好一不做二不休，再找机会就难了。

笠冈决定第二天去接受胃镜检查。医生的过于慎重使他更加担心起来。难道自己的体内正发生着什么病变吗？否则，医生对常见的胃炎不会这样慎重。

难道……笠冈慌忙打消了刚刚浮现出来的不吉利的想法，似乎这种想法会促成事实似的。

“不会有事儿的，是想得大多了，肯定是胃溃疡。”

他使劲儿地晃着头，要把那一瞬间冒出的不吉利的想法从他脑海里驱除出去。

笠冈走出门诊部，忽然看见不远处有一对年轻男女并肩而行。

男的背影非常熟悉，原来是儿子时也。

“这小子现在怎么会在这儿溜达呢?”

笠冈感到奇怪，本想打声招呼，可是他们那副亲热劲儿使他打消了这个念头。现在上前打招呼，会使他们难为情的。

笠冈根本不认识和时也在一起的姑娘。她看上去颇有教养，虽说从背后看不见长相，但她和时也说话时的侧影显得很标致。他在想：“时也这小子什么时候也有女朋友了?”

同时，他才恍悟到儿子已到了找对象的年龄了。

想来儿子时也明年就要大学毕业了，有一两个女朋友也不足为奇。然而痴迷于登山运动的儿子，竟会和这样一位美丽姑娘同行，真让人感到有些意外。

他们好像是从住院部出来的。这儿是 A 大的附属医院，所以时也来这里也是正常的。

听说这家医院是独立经营的，但医生和实习生都是 A 大的教授和学生。入院患者亦多是和 A 大有关系的。

笠冈思忖着，他们可能是来探望谁的呢？为了不让儿子看见，他混到了人群里。

胃镜诊断结果是慢性胃炎，胃前壁有轻度溃疡，决定采用内科疗法治疗。

笠冈如释重负。慢性胃炎随着年龄增长谁都有可能得，这不算什么病，何况现在溃疡也不很严重。

也许是精神作用，听了诊断后，胃里顿时舒服了许多，肚子也感到有些饿了。

以往只把他当做是一个同居男人看待的妻子，这次也显得很高兴。

“好极了。现在时也还未独立，你若倒下了，我们明天就要流落街头了。”

“有我没我不都一个样吗?”笠冈挖苦地说。

“你说什么呀？你可是我们的支柱呀？你还得顽强地活下去，至少要撑到时也结婚。”

说起结婚，笠冈便想起了头一天时也和那个漂亮姑娘在一起的事，他把这事告诉了时子。时子惊愕地说：“时也有了个女朋友？这小子还真不含糊呢。”

“怎么，你也一点儿不知道吗?”

“我不知道。这小子只喜欢登山，我还以为他找不到女朋友了呢，这下不用担心了。”

“也可能只是一般的同学吧。”

“你不是看见他们那股亲热劲儿都没好意思上前打招呼吗？况且他们一起去医院探视病人，关系相当亲密了。”

“看你，好像在说别人家的孩子，要真是那样，应该了解一下那姑娘的身世。”

“你操心过头了。时子还是个学生，他和那姑娘兴许还处在同学与恋人之间呢。”

时子听说自己的儿子有了个漂亮的女朋友，非常高兴。

三

多摩湖畔杀人弃尸案的搜查工作陷入了僵局。被害者的身份依然没有搞清。近来，连“据传说……”之类的民众报告也没有了。

据证实，被害者的胃里有食后数小时的鲫鱼、油香鱼或嘉鱼等河鱼肉，所以对多摩湖畔的河鱼餐馆、饭馆进行了调查，可依然一无所获。

河鱼烹制的菜肴没有是单人吃的。据认为，被害者还和凶手一起在小饭馆一类的地方吃了河鱼和山珍等。在吃饭时，抑或在饭后被下了安眠药。

总之是在酒足饭饱之后，在药物作用下安然入睡时，凶手才举起了凶器。

值得注意的是，凶手刻意要掩盖被害人的身份。

如果被害者的身份被查明的话，这将直接威胁到凶手。也就是说，一旦了解到被害者的身份，凶犯很快就会被缉拿归案。

但时到今日尚不清楚凶手与被害者共同进餐的地点。

自六月一日解除禁渔令以后，到处都可吃到香油鱼。若是人工养殖的香油鱼，在禁渔期间也能吃到。但是，鳟鱼、嘉鱼等在东京都内和多摩川下游的饭馆里就很难吃到了。搜索工作已涉足到三多摩地方的偏远地区，仍然是毫无线索。

笠冈在病情查清之后，又打算参与搜查工作了。有些事情就是这样，过于穷追不舍一般难有结果，一张一弛倒会事半功倍，这是刑警老手的经验之谈。

笠冈又重新鼓起了干劲。一天，他无意中拉开写字台的抽屉，从里面骨碌碌地滚出一样东西。拿起来一看，他忽然想起这是发现被害者尸体的那位中学生从案发现场拾到的螺壳。

前些天因一直想着做胃病检查，他把这事忘到九霄云外去了。螺壳送来已半个月了，若这是搜捕凶犯的重要线索的话，笠冈疏忽的责任就大了。

现在已不好再在搜查会议上提及此事了。他只好走后门，请国立科学博物馆这方面的专家做一下鉴定。

鉴定结果，表明这个螺壳是个田螺的壳。这种田螺属日本产的圆螺类。在施农药灭螺之前，生长在这一带稻田和沼泽的泥土中。

这个鉴定结果使笠冈心头感到豁然开朗。他原以为螺壳类动物就是海里的。这种田螺在儿时曾经常在田间、沼泽中捡过，可现在却全忘了。联想到被害人的解剖报告，在其胃里有河鱼肉，同时也有某种贝肉，那贝肉会不会就是田螺呢？对，一定是田螺。田螺有可能是与河鱼一道上桌的，另外还有荞麦面。

被害者所吃的食物主要是山珍。在这方面搜查本部的判断是没有错的，人们甚至调查了三多摩偏远地方的旅店。

但是，三多摩出产田螺吗？或许出产。以前田螺在这一带的田间俯拾即是，并非稀罕之物，是小酒馆、小饭馆里常见的下酒菜。近来，由于农药污染已经难觅其踪了。

笠冈很久没有吃过田螺了，也没有看到菜单上有田螺这道菜。许多在都市生活的人不知道田螺能吃。

笠冈拐弯抹角地向同事们打听谁吃过田螺，有两个回答说在外地出差时，在乡下旅馆里吃过。

“什么味道？”

笠冈还是在儿时吃过，现在完全忘了食田螺的滋味。

“吃起来很有些嚼头，稍有点土腥味。”

“它生活在田间的泥土里，所以才会有土腥味的。”

“若人家不说是田螺，我还不知道呢，原以为吃的是海螺呢。你打听田螺干什么？”

“没什么，只是想起来随便问问。谢谢。”

笠冈若无其事地回避过去。他感到，一种被害者吃过田螺的猜想已在胸中成形。吃田螺的地点不在多摩川流域，搜查本部已把这一区域搜查遍了。被害者一定是在多摩川流域以外的什么地方吃的河鱼、田螺和野菜、荞麦面等东西。被杀害后又被移尸到多摩湖畔的。

河鱼和野菜、荞麦面等在任何地方都能吃到，而问题就是田螺。

笠冈再度走访专家。他由东京饮食业联合会介绍到银座的一家专营地方菜肴的“田每”饭馆。

店主回答了他的问题。

“以前在小酒店和饭馆里经常上田螺这道菜。可近来因受农药的影响，田里的田螺少了。如今只有在高级餐馆或风味餐厅才能吃到，不过那也只是做成凉拌或煮制的佐酒菜，没有单以田螺为主原料的名菜，因其味道远不及法国蜗牛，所以缺少诱惑力。”

“在东京都内除贵店之外，还有其他店有这道菜吗？”

“我想还有吧。用田螺做下酒菜，很受外地顾客的欢迎啊。”

“你熟悉这些餐馆吗？”

“这就难说了。菜单上一般没有，多是根据顾客的喜好和厨师的意愿，临时加的菜。”

“在哪里能买到田螺呢?”

“有专门从事采买的商贩，他们或从产地直接购入，或在菜市上采购。”

“田螺有没有什么特别的产地?”

“当然有。天然田螺差不多快灭绝了。现在全是养殖的。”

“在哪里养殖?”

“比较有名的是琵琶湖的长田螺，和此地的厚木圆田螺。”

“厚木——是神奈川县的厚木吗?”

“是的。厚木的田螺很有名，约占全国产量的四到五成。”

“那么，厚木附近一定有很多饭馆卖田螺喽?”

“当然，那是产地嘛。”

“田螺与河鱼、山野菜同时上桌不奇怪吧?”

“很合适。这原本都是珍馐嘛。”

笠冈匆匆道谢完就跑了出去。在半路的一家书店里买了本厚木一带的地图和导游册。

笠冈的目光被吸引在了流经厚木市区的相模川上。相模川的上游分支成中律川和小鳟川。

想来之所以叫“小鳟川”，一定是河里的鳟鱼很多。笠冈以前就听说相模川是钓鳟鱼的好地方。

厚木市区及其近郊有许多温泉和游览胜地，仅导游册上就写有广泽寺、七泽、鹤卷、饭山、盐川等。

其中有一处引起了笠冈的注意。

这就是“中津溪谷”。据导游册上介绍，中津溪谷是中律川上游的汇流处至半原之间的溪谷，溪水清澈，水量丰富，两岸怪石峭壁林立，森林茂密，构成了三位一体的溪谷美景，素有关东耶马溪之称。

风味小吃有山野菜，鳟鱼、香油鱼、烤嘉鱼片、丹泽荞麦、田螺……看到这儿，笠冈眼中一亮，被害者胃里的东西这里都有。

厚木近郊的饭馆可能也经营这些小吃，但导游册上只介绍了中津溪谷。

陷入沉思的笠冈，忽然感到眼前一亮。掉落在现场附近的火柴盒上残留着的“烹…中…”两个字，如同电光一样浮现在眼前。

那“中”字会不会是“中津溪谷”的“中”字呢?“烹”与田螺联系在一起可组成“烹饪”。

中津离发现尸体的地方不是很远，可能凶手在神奈川县杀人之后，故意移尸到人口稠密的东京，借以转移视线；也可能是凶手在请被害者进餐后，担心警方会从食物种类中推断出见面的地点（抑或是案发现场），将尸体转移到多摩湖，其目的无非是想把搜索的视线吸引到盛产河鱼和山珍野味的内多摩地区。

不管怎么说，内多摩地区和丹泽地区都应该调查。都道府县警察对所管辖的地段界线分明，这无意中形成了搜查的死角和盲区。神奈川县的警方对警视厅有一种强烈的对抗意识，无意中搞得警视厅对跨县到神奈川去调查一事也只好敬而远之了。以前因事先未跟对方打招呼就去调查，事后遭到埋怨或抗议的事也时有发生。

正因为这种潜意识作祟，才将搜查的范围强行限制在了自己管辖的三多摩地区。

“总之，值得调查一下厚木附近地区。”

笠冈得出了“田螺结论”。但这里还有个难题，就是如何向搜查本部提及这个“田螺结论”呢？

中学生小川贤一交来的田螺壳，在二十多天后才被重视。在此期间，自己因忙于胃病检查，而将它遗忘在抽屉里。由于自己的疏忽而失去了时间，之后单枪匹马调查又用去了二十多天。

如果现在提出报告，肯定会遭到责难。为什么此事关紧要的情况压了四十多天？这可是揭示被害者与凶手会面地点的重要资料。除指责自己懈怠失职外，把单独从事调查说成是想独抢头功，自己也无话可说。

笠冈为难了。若不提出自己发现的新资料，搜查工作就始终会漫无边际地抓瞎。若提供出资料，又会受到责难。这该如何是好呢？

在这样的情况下，也只有悄悄地独自调查了。东京都内的事已处理完了，可以在同事面前找个借口出去。可即便到了神奈川县也不好办，未跟神奈川县警方打招呼就进行调查，事后又会有麻烦。

“看来只有利用假日进行义务调查了。”笠冈心想。

一进家，时子就说洗澡水烧好了，让他马上去洗澡。洗完澡，饭桌上已摆好了冰镇啤酒。最近时子突然变得温柔贤惠了，让人感到受宠若惊。洗澡水也是新烧的，要是以前她早就跳进去先洗了。穿着熨洗好的浴衣，坐在饭桌前，笠冈想今天太阳从西边出来了。

“你这次突然做胃病检查，让我重新看到了你存在的价值。你是我们的顶梁柱，一定要永远健健康康的。喝一杯吧，我来给你斟酒。”时子亲自给斟酒，这恐怕是结婚以来的第一次。笠冈与其说是喜，不如说是有些迷惑不解。

“哟，这不是田螺吗？”

“是的，今天去了趟超级市场，看到挺稀罕的，就买了些回来，挺想吃的吧。”

“小的时候，常到稻田和小河里去摸田螺，叫什么‘筑堰摸鱼’。在小河里用泥和石头筑起小坝，抓鱼和泥鳅。脚窝里有很多田螺，摸出来放到盛满水的水桶里，不知不觉地会生出许多小田螺。咦，这东西超级市场里常有卖的吗？”

碰巧在笠冈追查田螺的时候，吃这道菜。

笠冈蓦然预感到这身份不明的凶手可能和“栗山”是同一个人。他嘴里含着田螺，慢慢地品味着，一股野味的浓香溢满口中，同时也勾起了那已淡忘了的乡愁。

笠冈又抖擞起沉寂了许久的激情，想大干一场。

数日后的一个星期天，笠冈要去中津溪谷查找线索，离家的时候，时子埋怨他说：“今天大家都休息，就你积极。”

“在案件未破之前，刑警是不能休息的。”笠冈回答道。然而这种情况是在案情搜查进展顺利的时候，像现在这样处于悬案的情况下，刑警们也和人们一样休假。

“你就不能正常休假吗？”

“也不是不能，刑警也是人嘛。有时也想集中休假，老家在外地，回去一趟得用好几天，可我是出生在关东的。”

警官一年有二十多天的正常休假，可没有人能全部用完。你若要行使这种正当的权利的话，那你就要准备在下次晋升时受影响。但笠冈没有申请正常休假，倒不是害怕受到不利的影响，而是感到没有必要。“你找个时间休次假，真想全家去旅行一趟。”

笠冈惊愕地看着妻子，她可从来没说过这样的话。

“有什么可惊奇的？我们结婚以来，一次也没旅行过，就是新婚旅行也没有过。”

当时，正处在战后治安尚未恢复时期，加之他们的结婚属非正常婚姻。所以，哪儿也没去。

“你是说想和我一起去旅行吗？”

笠冈真不敢相信。结婚以来，妻子对丈夫的厌烦怨恨一直在不断地加深，可最近却来了个一百八十度的大转弯。在家庭这个温馨的港湾内，好好犒劳一下工作疲惫的丈夫，这在以前是绝对没有的事。笠冈感到受宠若惊，不知所措了。

当然，温存总是件好事。有位哲人说过，没有温存就谈不上生活。从这个意义上讲，时子是追回了生活下去的资格。

妻子看上去丝毫没有娇揉造作的样子。究竟是什么使妻子发生如此之大的变化呢？一定是她的内心发生了什么转变。此时笠冈却产生了强烈的逆反心理，他不愿意直截了当地接受妻子的温存。

时子的软化使笠冈在结婚二十多年后方才体验出家庭的味道。究竟何故，没有细细地品味，但笠冈现在很乐意走进这个家门了。从前可不是这样，他只是把家当成寄宿的场所。

“处理完这个案子，我就请假，咱们去旅行好吗？”

“真的！那太好了。时也也一定会高兴的。”时子高兴地说。

“嗯？时也也去吗？”

儿子受母亲的影响，从小就不爱搭理父亲。有时在外面偶尔碰上，他也会躲开以避免打招呼。上小学时有“父亲参观日”，可时也不愿意让笠冈去，总是由时子代替。

“这孩子是很想父亲的，只是不愿意直接表露出来罢了。他是个很腼腆的孩子，若听说咱家要首次一起去旅行，一定会非常高兴的。”

“一家三口去旅行。好，一定办到！”

笠冈向妻子作出了承诺，同时也是对自己下了保证。

四

中津川发源于丹泽山区的雅比兹主峰，全长三十六点四公里，在厚木市域内与相模川汇流。它是相模川的一条支流。河面在爱甲郡清川村附近变窄，形成了溪谷。溪谷的中心在汇流点以东约一公里的石小屋桥附近。这里有许多家旅馆和饭店。

笠冈之所以看上中津川，是出于一种非常模糊的理由，这就是犯罪现场遗留的火柴盒上有“烹…中…”两个字，而“中”字可猜想是“中津”。另外，导游册上介绍的那里的风味小吃，与被害者胃里残留的食物相同。

这次来义务调查，并没有寄予太大的期望。去中津溪谷要先乘小田线特快到本厚木。在本厚本换乘汽车去半原，再从半原沿溪谷边的小路逆流而行，徒步走二十分钟便到了。从东京都内乘电车和汽车总共不用两小时，便已置身于浓绿与山的雄伟之中了。沿溪谷的小道宛如一条绿色的隧道。今天因为是星期天，溪谷的入口处禁止各种车辆驶入。

在途中水深流缓的地方，一伙年轻的外国人在戏水打闹。再溯流而上，一家旅馆映入眼帘。这家旅馆面向溪谷建在断崖之上，门前挂着一块招牌：山珍河鲜　美味佳肴。因是星期天，有许多是举家来此休闲的。笠冈打听有没有田螺这道菜，店家回答说，这里已多年不经营这道菜了，并告诉他：“你去桥畔的中津饭店看看，那里也许会有田螺。”笠冈又沿溪而行。夏日的骄阳透过茂盛的树叶洒下斑驳的阳光，溪谷两岸更加陡立，水流愈发湍急。

溪谷里荡漾着清新的空气，可笠冈的脸色却很难看。这并非是因为第一次探询就没有收获所致。前些日子治愈的胃病似乎又犯了。乘汽车的时候，胃就开始有些隐隐作痛，有一种像是往后背扩散的感觉。

阳光透过枝梢像一把把锋利的匕首刺向笠冈，他感到头晕目眩，有些站不住，便面向溪谷坐在了路旁。

小憩了一会儿，疼痛减轻了一些。

笠冈按着痛处慢慢地站起来，不多久看见了溪谷左岸有几户人家。溪谷边的岸石上晃动着许多人影。溪水畔野炊的人们、嬉水打闹的青年男女的欢声笑语伴着汩汩的水流在岩壁激起回声，一派明朗旖旎的景象。在这片房屋的深处架有一座精巧的水泥桥——石小屋桥，这里便是中津溪谷的中心部位。

面向溪谷并排坐落着五六家旅馆和饭店。旅馆的屋檐下放着水槽。里面游动着人工饲养的湖鳟鱼。厚木警察署在这里设有一所夏季警察派出所，但一个警察也没见到，看来都外出巡逻去了。

第一家最大的饭店门前挂着“烹饪旅馆　中津饭店”的招牌。笠冈看到上面镶嵌有火柴盒上残留的两个字，精神为之一振。

笠冈立即从中津饭店开始调查。这座建在溪谷崖边的饭店，坐在屋里便可将溪谷的全景尽收眼底。

饭店设有旅馆部和小吃部。一进大门就是陈列土特产品的装饰架。再往里是一个可以俯瞰溪谷的大厅，贴在墙壁上的菜单写有凉拌田螺和红焖田螺。

然而，被害者进餐的时间推算至今已有两个多月了，店里的人已记不清了。而且，正如笠冈所见，这个距东京都中心仅两小时距离的绿荫王国和溪谷别有洞天，吸引着许多的游客。每逢周末和节假日，人们蜂拥而至，前来钓鱼、郊游。

凶犯与被害者会面的时间是在假日还是在平时呢？不得而知。在这茫茫的游客人海中，若要人回忆起两个月前某位客人的印象（而此人又刻意掩饰了其特征），真是有点强人所难了。

笠冈也只能对这位特定人物说出些含含糊糊的特征：“五月下旬至六月上旬之间，来吃过蕨菜、紫菜、蘑菇、水芹、小米、生蕈等野菜。鳟鱼、嘉鱼、油香鱼等河鱼，以及荞麦、田螺。缺颗上门牙，右手中指第一关节前部缺损，五十岁至六十岁的男性，至少有一人相伴。”

在这种情况下，最有效的探询手段应该是被害者的照片，可笠冈却没有。因是业余调查，就连唯一的证据火柴盒也没有带来。就算带来了，那火柴盒经风吹雨淋早已面目皆非，也不会起多大作用。笠冈要来一盒中津饭店的火柴，大致看了一下，这是一种极为普通的馈赠火柴，到底与掉落在现场的火柴盒是否一致，很难判断，唯一的线索就是被害者显著的身体特征。

没有什么事情浮现在店主的记忆中。

“来我们店里的客人一般都点这几样菜。”

店主对失望的笠冈抱歉地说。笠冈并未期望能一下子就证实自己的猜想。可这次拖着病弱的身体，利用宝贵的假日来调查，这样的结果，还是着实让他大失所望。

还有几家旅店，虽然设备比较差，但“被害者一行”也有可能去过这几家店里吃饭。

胃又痛了。好不容易来到这儿，应该到石小屋桥一带所有的旅店、饭店去询问一下。

笠冈拖着受胃病和疲劳双重折磨的身躯，艰难地向下一家旅店走去。

一连询问了三家，结果却是徒劳的。另外，旅店之外的小吃店里是不经营田螺的。

田螺与中津溪谷的联系就这样断了吗？随着饥饿的来临，胃更加痛了。笠冈想吃点东西垫垫，也许能暂时减轻些胃痛。他在最后一家小吃店里吃了一碗荞麦炒面，据说这还是中津溪谷的特色小吃呢。

夕阳西下，落到溪谷对面的山峦背后去了，游玩的人们纷纷打点行装准备返回。笠冈吃罢荞麦面感到精神稍好一些，呆呆地站在那里，望着从岩石上飞流直下的溪水所溅起的水雾。绿色始终是那样浓郁，流水清澈见底，真是一日游玩休闲的绝好去处。等这次案子结束之后，一定带时子来，徒劳了一天的笠冈眼前突然浮现出妻子的面庞。以前在外地出差从来也没想起过她，笠冈不禁为自己心态的变化感到惊诧，以前我也是缺少体贴呀。

笠冈在碧澈的溪水中看见了自己的心理活动。忽然他觉得背后有人，回头一看，原来是刚才在中津饭店被问询的那位中年妇女。

“啊，刑警先生，您在这儿，真是太好了。”

见到了笠冈，她显出了放心的神色。

“什么事？”

笠冈心里已有了某种预感。她果然说：“我心里有点儿事想对您说。”

“心里有事，是什么事？”笠冈不由得大声问道。

“也许和您要了解的情况无关。”

“但说无妨。”

有无关系，听了之后再作判断。

“六月二日下午四时左右，有两位男顾客来到本店，点的就是您刚才问的那些菜。”

“是不是有一人少颗上门牙，右手中指短一截呢？”

“菜是由另一个顾客点的。他始终背着我，所以没看清牙齿。可他右手戴着白手套。”

“戴着手套？”

“是的。因为他只是右手戴着手套，所以引起了我的注意。我想他大概是受了伤。你这么一说，我觉得好像是中指少了一截。”

“和他一起来的那个男人长得什么样？”

“是位看上去挺有派头的中年人，谈吐文雅，举止庄重。”

“你还记得他们的身材和装束的特征吗？”

“记不大清楚了，好像两个人都穿着普通的西装。不过，给人的感觉是那位点菜的客人穿得考究一些。饭钱也是他付的。”

“那两个人是乘车来的吗?”

“我想大概是的。把车停在停车场里，我们这边是看不到的。”

笠冈吃荞麦面的小吃店最靠近桥，停车场就在桥边。就是说中津饭店在离停车场最远的位置上。

笠冈忖思着这个未确定犯人会不会是为了不让别人看到他的车子，而走到离停车场最远的中津饭店的呢?

“这么说，引起你注意的是其中一位客人右手戴着一只手套喽?”

“这是原因之一。那位客人还掉了眼镜。”

“眼镜?”

“是的。他们在三楼单间里吃饭，那位客人在眺望溪谷美景时不慎将眼镜掉了下去。他慌慌张张地下到溪涧。找了很长时间，可只找到了破碎的镜片，镜架好像落到了岩石当中找不到了。于是，同来的另一位客人说，反正镜片碎了，已没有用了，我送你一副新的好了。那位戴手套的客人这才恋恋不舍地停止了寻找。”

“原来是这样。这为什么会引起你的注意呢?”

“同来的那位客人好像特别注意时间。没找到眼镜要走的时候，那位戴手套的客人忘了拿走擦眼镜布，他看到后就把它拿走了。他自己说眼镜已不能用了，不让人家找眼镜，他却把一块眼镜店白给的擦眼镜布都带走了。我看这个人挺怪的。事后，我倒把这事给忘了，是刚刚才想起来的。”

“你说的很有用。那么眼镜是掉在什么地方了呢?”

笠冈忘记了胃痛。那位身着考究的客人之所以注意时间，很可能是他的杀人计划已迫在眉睫了。掉在岩石缝隙中的眼镜肯定不会被人拾起的。岩石在河床上，涨水时可能会被冲到下游去。

相反，擦眼镜布上可能会印有眼镜店的店名，所以他为了以防万一，把日后可能成为证据的东西全部带走了。这与企图彻底隐匿被害者身份的做法是一致的。

“我带你去看看吧!”

“那太好了。”

“近来在梅雨季节涨了好几次水，我想可能已经找不到了。”

“不管怎样，还是先看看吧。”

笠冈随女招待返回了中津饭店，这里已没有客人了。

“他们是在这间包房里吃的饭。”

这是三楼的一间有六张席位的单间，窗口朝着溪谷。白天可提供给游客休息、用餐。夜晚可安排游客住宿。壁龛、梳妆台、矮桌等家具一应俱全。

“戴手套的客人靠着窗坐，另一位隔桌坐在他对面。”

女招待说明了一下他们当时的位置关系，坐在溪谷一边的人正好倚靠在窗框上。

“戴手套的客人就在那儿掉下眼镜的吗？”

“掉下去的时候我不在场。他们从三楼慌慌张张下来，说是眼镜掉下去了，说着就向河滩跑去。”

“两个人一起下来的吗？”

“同来的那个人稍晚一些下来。我也一起去帮他们找来着。可在那堆岩石周围，只找到了破碎的镜片，镜框怎么也找不到了。

女招待指着窗口正下方的岩石，那里是溪谷的河床，奇形怪状的岩石重重叠叠。为了能使旅馆紧靠河床，在楼房外砌了一道墙，高度有一楼屋顶那么高。可能是为了隔开河滩上游人的视线。

“镜片要是从这里掉到岩石上，肯定要报销的。”

笠冈俯视着河床，喃喃自语道。

“到河滩上看看吧！”

“好的。”

一走下河滩，使人感到两岸更加陡峭，溪谷幽深，流水声震耳。这时太阳已隐入对岸的山背后去了，整个溪谷笼罩在阴影之中。

“镜片就碎落在这块岩石上。”

女招待指着一块被水冲刷成扁平的白色岩石。这是一块含有大量石英的闪绿岩。

“他们捡走镜片了吗？”

“没有，破碎的镜片还有什么用？”

“戴手套的男人是在找镜架吧？”

“只要找到镜架，配个镜片就行了。”

“那个同来的男人说镜片都碎了，镜架也没什么用。他这才作罢，不再找了。是这样的吧？”

“看来他很喜欢那副镜架，显得很遗憾的样子，可到底还是没找到。”

“如果有的话，一定还在这一带的岩缝里。”

笠冈立即在这片岩石的缝隙中找了起来。

女招待劝说道：“都过了这么久了，就算落在岩石缝里，也早就被水冲走了。”

“多谢您了，我再找找看，您先请回吧。”

笠冈道了谢，让她回去了。虽然知道此举是徒劳无功的，但他仍不肯善罢甘休，从这个眼镜架上或许能查出被害者的身份呢。

覆盖着溪谷的阴霾愈来愈浓了，它预示着笠冈的寻找一无所获。不要说镜架，就连一小块眼镜碎片也没找到。两个多月，多少次水涨水落，那轻巧的镜架、小小的眼镜碎片早已荡然无存了。

笠冈确定自己的搜查徒劳后，一种极度的疲劳感觉向他袭来。这种疲劳感觉压得他全身站不起来，只好坐在岩石上。就在这时，他感到胃部像针扎般的剧痛，迫使他佝偻着身子，顶住胃部，可胃就像在身体里翻了个儿似的疼痛难忍。他从来没感到过这样的剧烈疼痛。

笠冈呻吟着，乞求地向饭店一边望去，可偏巧一个人也没有，绝望的眼睛里只看到苍茫的夏日夕阳。“谁来救救我!”他想放声喊叫，可痛得发不声来。

就在他痛得难以出声的时候，突然从他胃里涌出一些东西，就好像是凝固了的病魔从食道中逆流而出。

笠冈开始大量地吐血。血块喷射在岩石上，飞溅到周围的沙地和草丛里，染污了岩石和杂草。

剧痛几乎使笠冈失去知觉，可就在这时他忽然想到了那镜架被跌落后的另一种可能。

五

“啊！有人倒在这里了。”

“哎呀，不得了，他吐血了。”

两个像是钓鱼的人从溪谷里回来的途中，发现了笠冈。他们一个人留下来照料笠冈，一个飞快地跑到中津饭店去求援，几个人闻讯赶来。其中正好有一位临时警备所的警官，大伙先把笠冈抬到中津饭店的一个房间内休息。因一时剧痛神志不清的笠冈很快恢复了意识，血和胃里食物被吐得一干二净，反倒感到稍微舒服了一些。

笠冈向警官表明了自己的身份。

“要叫医生来吧?”

警官担心地说。吐在岩石上的血虽不是很多，但看上去也够怕人的。

“不，不必了，让我在这儿稍稍歇一会儿，马上就会好的。”

“你的脸色很难看。”

“不用担心，一会儿能给叫辆车来吗?”

“准备一辆我们署的警车吧。”

“大可不必，说实话我是利用业余时间来调查的，也没跟你们警署打招呼，太招摇了不好，请不必客气。”

笠冈谢绝了那位面善的派出所警官。他脸色不好是因为吐血的缘故，此外还有一个重要的原因。

笠冈现在才想清楚了一件事，那就是最近妻子为什么突然变得温柔了。

时子说什么，听了他讲胃不舒服之后，才意识到他在这个家里顶梁柱的重要性。但依她的性格，这点儿事是不足以化解她心里多年的积怨的。

时子是为了报复眼看着她父亲被杀而袖手旁观的笠冈，才同他结婚的。她最近的温顺言行令人难以置信，特别是今早出家时，她还说想全家出去旅行，让人惊诧不已。

这一切都和此次病变有关系。自己绝不单单是得了胃炎，一定是得了很严重的病。医生对笠冈说是浅表性胃溃疡，可能事后又悄悄地叫妻子去，告诉她笠冈得了不治之症，没准还忠告妻子说反正已经没救了，现在要像待客一样待他。

“我不久就要死去了。”笠冈十分绝望，心里一片灰暗。如果真是那样，自己还能活多久呢？一年，不，也许只有半年了。照现在的情况来看，也许更短。

这时他又想起了二十多年前笹野麻子投来的“懦夫”这句话。

“要就这样死去，结果一点也洗刷不了胆小鬼的恶名，对麻子也好，对时子也罢，自己始终欠着一笔债。我已无法偿还这笔人情债了。”

这是一个遗憾。身体出了故障，但精神好像在体内深处燃烧。“这笔债务纵然无法还清，也要尽力去偿还。”

要是就这么放弃的活，那不就等于向命运投降了吗？他涌上了一个念头：必须加紧干。

“我求你办件事，”笠冈对警官说。

“啊，什么事？”站在床边的警官凝视着他。

“这家饭店后面与河滩之间不是有道围墙吗？”

“是，有的。”

“请去查一下围墙内侧，或许在那儿能找到一副眼镜架。”

“眼镜架？”

“它可能是目前我们搜查案件的重要物证。开始我一直以为是掉到河滩上了，光在那一带找了，可现在觉得有可能落到墙头上之后被弹落到围墙内侧去了。对不起，只好请您去看看了。”

“我马上去查一下。”警官很爽快地走了去。

“上面可能还留有指纹哪。”

笠冈叮嘱了一句。不一会儿，警官回来了，看他的表情就知道有所收获。

“找到了，是这个吧？”

他递过来一个用手帕包着的黑边镜架。右眼的镜片已经破碎了，而左眼的仍完好无损。笠冈放到眼前看了看，好像是副老花镜。

“我想可能是这副眼镜架，真没想到它会落在围墙里边。倒也是的，围墙就在那扇窗子的正下方，所以刚好落在墙头上，镜片碎了，一部分就会掉到河滩里，难怪在河滩里怎么找也找不着哪。”

女招待十分佩服笠冈的眼力。笠冈终于得到了可能是被害者遗物的东西。这副眼镜的尺寸与被害者的脸宽相符，如果上面再留有指纹的活，就很有可能查出被害者的身份。

笠冈感到自己是以吐血的代价换取了这副眼镜。现在对引出眼镜的田螺壳可以姑且不问了。

眼镜腿上留有右手大拇指的指纹，因它是落在围墙的内侧，避免了河水的浸洗，才侥幸地保留住了指纹。

被取样的指纹，立即被送入“全国犯罪搜查资料”系统查询。计算机输出的结果表明：栗山重治，六十岁，原籍神奈川县伊势原市沼目区一八×号，现住国立市中二一三一九×。

栗山三十一岁的时候因犯强奸未遂罪被判处一年六个月的徒刑。其后，又因强奸妇女，伤害他人被判过刑，身负三桩前科罪名。

眼镜的所有者是栗山重治。但目前尚无法断定他就是被害者，也无法判定他就是杀害松野泰造的那个“栗山”。

警方立即指示要更细致地调查栗山重治的身世。记录在案的地址已建成了住宅区，没有人知道栗山的消息。警方在栗山原籍的伊势原市政厅了解到栗山有过婚史。他于一九五三年五月结婚，一九五七年九月经法院判决离婚。现在，栗山的前妻田岛喜美子居住在静冈县的伊东市。

刑警立即飞往伊东市。田岛喜美子在市内经营着一家小饭店。她看上去有四十出头，体态丰满，虽未正式再婚，但估计背后有肯为她出钱的人。她一听到前夫栗山有被害之嫌，脸色变得严峻起来。

“栗山现在何处？你知道他的消息吗？”刑警单刀直入地问道。

“有关栗山的事我想也不愿意想。他在哪里，是死是活与我无关，分手后就彻底不和他来往了。”

“他也没来联系过吗？”

“他不知在哪儿打听到我开店的消息，没皮没脸地来要过一次钱。我怕他总来，在门口把他骂走了。”

“那是什么时候的事情？”

“大约是在一九七〇年或一九七一年的夏天。”

“你和栗山为什么离婚呢？不介意的话，请告诉我。”

“必须得说吗？”

“因为你的前夫栗山先生有被害之嫌啊。”

“请不要对其他人讲，那人是性变态。”

“性变态？”

“这个男人不把我捆起来，让我穿上鞋子，就引不起性欲。刚结婚时，他只是让我穿着长筒袜就行了，可后来渐渐显出了本性。最后他把我吊起来用鞭子打，用火钳烫。再这么下去非让他折磨死不成，所以我就上诉法院离了婚。”

“你们没有小孩吗?”

“没生小孩真是不幸之中的万幸了。要有了孩子，事情不就更复杂了吗?”

“恕我冒昧，打听一件事。栗山先生是否得过坏疽病?”

“得过。那是种叫什么伯格氏病的怪病，手指、脚趾都会烂掉。”

喜美子简单干脆地说出了刑警想要得到的答案。

“他是什么时候得的那种病?”

“那是结婚前的事，我不太清楚，好像是在他三十二三岁时得的。据说还在T大附属医院接受了神经和手足手术。结婚后，他还常以伤口痛为借口，让我去俱乐部等地方干活儿，自己却游手好闲的。我如果回来晚点，他就骂我在外面放荡，狠狠地折磨我。那家伙不是个正常人。”

“栗山在得病之前是干什么的?”

“他这个人干什么都没有长性。结婚时在一家现已破产的证券公司工作。可不久他因私自挪用客户的存款，事情败露而被解雇了。后来又干过出租车司机、卡车司机、饭店的勤杂工、汽车推销员、小酒馆的看门人等，反正干什么都干不长，最后还得靠我挣钱来养活。他整天东游西逛的，这也是促使我们离婚的理由。跟这种人在一起生活骨髓都要让他吸干了。”

“你知道不知道他在证券公司工作之前是干什么的?”

栗山的前科都是在结婚前犯下的。有前科的他怎么能到证券公司工作呢?这是刑警想要了解的。

“我一点儿也不知道。他吹嘘自己是神奈川世代财主之后，一俟继承家产便可成为百万富豪。可结婚的时候，他们家里人一个也没来。婚后不久我才知道，他家哪里是什么世代财主，仅有一点土地还让不动产商骗走了，全家人连夜逃了出来。他只是为了和我结婚才信口胡吹罢了。栗山虚荣心很强，总想一下子发个大财，还经常大言不惭地说要发大财了。即使是花我赚的钱，他和他那些游手好闲的朋友出去游逛，也是大肆挥霍，摆排场。我是被他的外表所欺骗，才傻乎乎地跟他结婚的。可是，他真的被杀了吗?”

看来喜美子在和栗山结婚时并不知道他犯过罪。

“你可否知道谁和栗山有怨仇呢?”

“他那种爱慕虚荣的性格，不知会在什么地方得罪人，可我并没有注意到。”

“他有特别亲密的人吗?”

“也许有些酒肉朋友，但我跟栗山的朋友没有来往。”

“那么，你知道有个叫松野泰造的人吗?”

这是笠冈委托刑警询问的。

“松野?”

“以前淀桥警署的刑警，大约是二十七八年前的事了。”

“如此说来，那时我才十五六岁哪。”

“不，不是太太你，是他与栗山的关系。”

“对于栗山婚前的情况我一概不知。那人与栗山有什么关系?”

“噢，你要是不知道就算了。”

这个问题刑警自己也不太感兴趣，就急忙打断了询问。

从喜美子那儿了解到栗山重治患过伯格氏病，接受过腹部两侧神经切除和两足小趾截肢手术，时间是一九四九年，与解剖的结果一致。

这是一种万分之一发病率的疑难病症，而且其发病时间也相吻合。笠冈拖着重病的身体查出的那个男子也有这种病历，也就可以说基本判明了被害者的身份。

这时候，笠冈正躺在病床上。医生诊断他是因为溃疡发作引起了胃穿孔，造成了胃大出血，并诱发腹膜炎，所以医生不仅为他做了手术，同时也给他输了鲜血。

第八章　忌讳青春

一

朝山由纪子和笠冈时也自从在石井雪男的病房里偶然相识之后，便开始了彼此之间的来往。年轻人也不需要什么特别的理由。两人都在对方那里找到了某种感觉。

“我仿佛很早以前就认识你。”

时也刚一说出口，由纪子就双颊绯红地点了点头。

“我也是……”

“所谓的很早以前，不知这么说好不好，就是在出生之前的意思。”

“哎呀，我也有这种感觉。”

他们相互凝视着，这是爱的表白。两人都意识到这是命运的安排。

时也不久就参加了工作。工作单位是颇有名气的市中银行。估计是父亲从事的职业在招考时赢得了银行的好感。待遇也高于一般标准，即使是马上结婚，每月的工资也够用了。

时也参加工作之后，对由纪子的态度更加积极了。由纪子是老字号店铺“朝山”家的千金，前来提亲的一定很多，现在也许已经有了意中人。

时也虽然知道这些情况，但他感到有了工作就等于获得了向女方求婚的经济资本。

“时也，到我们家去玩玩吧？”由纪子说，她意识到时也与自己的将来有着重大关系。

自己选择的男人一定要让父母中意。

有关时也的事，由纪子还没有向父母讲，她打算讲之前先将时也引见给父母，在培养了好感的基础上再和盘托出。

他俩只是有同命运的预感，并没有用话挑明。唯恐他们之间会出现什么障碍。

“嗯？我可以去你家吗？”时也吃惊地说。他还没有被邀请到异性朋友家里去过。

“当然喽，想让你见见我父母。”

“见你父母？”

时也愈发感到惊讶。在异性交往中，被引见给对方的父母，就意味着在征得双亲的同意。

“你能来吗？”

“当、当然，我很高兴去。”

在由纪子凝视的目光下，时也慌乱地点了点头。

“你别太紧张了，心里想着是到我家来玩，顺便见见面就行了。”

“你父母知道我的事情吗？”

“我简单地跟母亲说了几句，我母亲可是个通情达理的人。一说起你的事，她就叫我一定带你到家里来。”

“你父亲怎么样？”

“父亲也是个好人，不大爱说话，但很温和。只要是我说的事，他都听。父亲和母亲是恋爱结婚的。”

“不过，你母亲是招婿的吧？”

时也从由纪子的只言片语中，听说过她父亲入赘这件事。

“即便是招婿，也能够和相爱的人结婚呀。母亲与父亲相亲相爱，是自愿结婚的。”

“要是你遇到了那样的人敢和父母说吗？”

时也又毅然决然地迈进了一步。

“你是想让我去说？你真坏。”

由纪子用嗔怪的目光瞪了时也一眼，撒起娇来。

第二个星期天，时也去朝山家登门拜访。朝山由纪子的家在银座七丁目的“朝山餐馆”的背后，与“筑地饮食街”仅一尺之遥。居住区与“朝山餐馆”有走廊相通，但丝毫也听不到餐馆那边的嘈杂声。由纪子穿着朴素的碎白条花纹的和服在门口迎接时也。时也平时看惯了身着轻快西服的由纪子，而现在面对的却是包裹着一身稳重的和服的她，不禁瞪大了眼睛，不敢相认了。

“有什么好惊奇的?”

在由纪子的催促下，时也才恢复了常态。进到屋里，他首先被领到了由纪子的卧室。被年轻女子带进自己闺房的男人，一般可以说是获得了相当的好感和信赖。

时也掂量出了这件事的分量。这是一间极普通的、有六张席大小的日本式房间。室内摆设有写字台、书架、小巧的梳妆台和衣柜，房间的一角有一架立体声组合音响。

房间布置得很简朴，丝毫没有朝山家独生女的闺房那种奢华之感。写字台上装饰的蔷薇花和音响上摆放的博多人偶，才多少烘托出年轻姑娘的居室应有的那种气氛。

“屋里有些脏乱，你感到意外吧?”

“不，就好像看到了不加掩饰的你，我很高兴。”

“真的? 听到这话我就放心了。母亲总说把房间装饰一下，要像个女孩子的房间。可我讨厌那种过于装饰的屋子。人居住的房间只要有书和音乐就够了。”

这话听起来有些冠冕堂皇，可时也一点儿也没有觉得反感。

正像她所说的只需要“书和音乐”一样，堵满了墙壁的书架上全都是国内外出版的文学书籍。唱片盒占据了书架的一角，书和唱片都参差不齐地排列着，有些凌乱。一看便知不是在用“全集”等做高雅的摆设。

“听听唱片吧。”由纪子说道。

“你父母呢?”

时也非常注意他们的存在。

“等一会儿咱们去客厅。我不想一进门就把你带到客厅去。光在客厅里待着，就好像没把你真正迎进家里来。”

“可是，我一下子就钻到女孩子的房里不出来，他们会不会认为我太不懂礼貌了。”

“没关系的，我已经跟母亲说了。别担心了，还是听音乐吧。一会儿我父母就会出来的。”

由纪子拉开唱片盒，高兴地问：

“你喜欢什么曲子?”

“随你放什么都行。”

时也回答着，他感到今天的会面意义重大。由纪子要把他作为“意中人”介绍给父母。这将是决定两个人命运的“面试”。由纪子想用听音乐来让他放松一下紧张的情绪。

在由纪子介绍下，来到朝山夫妇面前的这位青年，具有男子汉刚毅的性格，经常体育锻炼养成的强壮体魄，浑身散发着青春的朝气。

初次见面说话得体，彬彬有礼。母亲由美子当听到女儿说要把男朋友带来让她见见时，心里就感到有些意外。虽然由纪子说只是一般的男朋友，但从要把他带到家里、介绍给父母这一点上，母亲直觉地感到这不是位普通的同学或朋友。

“由纪子，这位男朋友和你的关系不一般吧？”

母亲不由得认真发问。

“不是的，妈妈，你太多心。我只是想给你们介绍一下，他是我最要好的朋友。”

由纪子笑着敷衍道。

“照你这么说，又何必特意给我们介绍呢？”

“怎么？难道妈妈对我和什么样的男人交往不感兴趣？”

“那倒不是。因为你讲得太突然了。”

“所以嘛，您一定要见见，向父母引见自己的异性朋友，这是同异性朋友交往的原则嘛。”

然而连父亲也被叫了来，可见由纪子的用意了。因此，对于今天的“首次见面”，母亲感到很紧张。

要是女儿带来的是个不三不四的人，该如何是好呢？她昨晚担心得一夜都未睡好。

“你也真是的，又不是什么恋爱对象，别胡思乱想的了。”

丈夫取笑道。可母亲心里仍然不能平静，这可是女儿第一次把男朋友带到家里来。

结果，来到家里的是位很好的青年，超乎了他们的想象，母亲这才放下心来，同时也感到高兴。

丈夫纯一虽然笑话妻子，但他心里也很不安。当他见到了时也后，便一下子高兴起来。特别是他听说时也喜爱登山，更感到意气相投了。纯一在年轻的时候，也参加过大学的登山部，精神饱满地登过许多山。两人围绕着登山的话题喋喋不休地谈论着，不时地从他们口中蹦出几个女人们不知晓的山名和登山术语。

“我们给晾在一边儿了。”

母女两人相视而笑。

“噢，还没打听一下你家里的情况，令尊在何处高就？”

朝山纯一在宽松融洽的气氛中切入了实质性问题。这个问题早就该提出了，可刚才他们都沉浸于登山的趣闻中。

“我父亲是警察。”

“什么？是警察！”

纯一的声调蓦地变得僵硬了。

“是刑警，刑侦技术不是很高明，所以一把年纪还是个受人管的普通刑警。”

时也像是在说自己的事一样羞于启齿。母亲时子经常教育他“将来可不能像父亲那样”，久而久之，时也便对父亲的职业、甚至父亲本人产生了一种蔑视感。所以他最不愿提及父亲的事。可是这个一直回避的问题终于被提出来了，也只好迫不得已回答了。他没能注意到纯一表情和声调的变化。

然而，由美子和由纪子两人却都觉察出来了。

“是刑警啊？”

纯一马上恢复了平静的口吻。这个话题没有继续下去。他们又接着谈论起登山，可不一会儿就像断了油的机器，戛然而止了。

刚才那种和谐的气氛，难以置信地没有了。

由美子和由纪子插着话，斡旋应酬着，想挽救一下这冷落下去的气氛，可是于事无补。纯一始终没有搭腔。

“那么，我失陪了。”

朝山纯一像是被人用绳子拽着一样，兀地起身走了出去。

“爸爸怎么突然走了？人家时也好不容易来一趟。”

由纪子用惊愕和责怪的目光看着父亲离去的背影。

“你爸爸一定是想起了什么事。”

母亲打了个圆场。

“可这是失礼的呀。”

“是的，真对不起，他这个人经常这样。”

由美子向时也赔不是。

“不，哪里的话，是我在你们忙的时候来的，打搅了。”

时也匆匆站起身来。

“怎么，不再待会儿啦？”

“告辞了。我还要到别的地方去转转。”

时也像火烧屁股一样着急着要回去。今天本来只安排拜访朝山家的，可是从刚才的气氛中感到了由纪子的父亲对他似乎不太欢迎。

会面的前半程进行得很顺利。情趣相投，侃侃而谈，甚至连那母女俩都埋怨说“我们给晾在一边儿了”。

后半程便有点话不投机了。其原因大概是因为时也父亲的职业，纯一的态度是在听说了时也父亲的职业之后才冷下来的。

时也想，这是意料之中的。明治以来，筑地地区有名的老字号餐馆的千金小姐与一个刑警的儿子，完全不般配。尽管还不是正式求婚，但为了不让他有勃勃野心，清楚地知道门第的悬殊，故而采取了冷淡态度。

像“朝山”家这样有钱人家的小姐的婚事可不能像萍水相逢、一见钟情那样草率，在考虑本人素质如何之前，首先要考虑对方的门第、家产、父母的职业、家族成员及血统等。

“总之，是我的奢望太高了，在由纪子好感的诱惑下，做了一场不该做的美梦。”

时也沮丧地离开了朝山家。似乎由纪子在背后叫他，但他还是头也不回地走了。他从来没有像现在这样，对父亲的职业，特别是对社会地位的低下，痛心疾首地加以诅咒。时也还不知道，就在这个时候，父亲因大出血，病倒在中津溪谷。

二

“你刚才是怎么搞的？对笠冈先生太失礼了。由纪子关了房门在屋里哭呢。”

时也逃也似的走后，由美子责备起丈夫。

“把由纪子叫来。”

朝山纯一对妻子的指责充耳不闻。

“叫由纪子来干什么？”

纯一并没有回答妻子的问题，而是命令说。

“不必多问，喊她来。”

不一会儿，眼睛哭得红肿的由纪子来了。

“由纪子，你和刚才来的那个笠冈时也的关系，究竟到了什么程度？”

纯一突然问女儿。

“什么什么程度？只是一般的朋友关系。”

“是吗？那太好了。从今天起，不要再和那小子来往了。”

纯一不容反驳地命令道。

“爸爸！”

“你？”

面对母女们的不满，纯一又说道。

“那小子根本就配不上你，懂吗？从现在起非但不许见他，也不准和他联系。由美子，你也不准为他们传电话。”

“你，笠冈今天是第一次到咱家来，为什么你就这样？”

由美子替女儿问道。由纪子茫然不知所措。

“那小子不地道。”

“你说，笠冈先生哪儿不好？”

“凭我做父亲的第六感觉，不是男人是无法明白的。他是个骗子。”

“无根无据的，对人家也太失礼了。”

“父亲有保护自己女儿的义务。在男女之间的关系上出现差错的话，吃亏的总是女人。不管怎么说，我不允许由纪子跟那小子交往。”

由美子还是第一次看见丈夫如此蛮横。他作为入赘的女婿，总是自我控制着，像是躲在妻子的背后。可这次他却充分地暴露了自我。

“爸爸，为什么不准和笠冈先生来往呢?”

由纪于意外平静地问道。

“我刚才不是说过了，他配不上你。”

“哪儿不般配?”

“全都不般配。现在只是普通的朋友关系，绝交了也没什么问题。男女关系就像燃烧的火，你自以为只是朋友关系，可不知不觉间就会熊熊燃起扑不灭的爱情之火。到那时，你才悟出对方的本质就为时已晚了。这把火还是趁着星星之火时扑灭的好。”

“爸爸，这不是你的心里话。”

“是心里话。”纯一大声说道。

“是吗?这不是你的心里话，你是嫌弃笠冈先生的父亲是个刑警。”

“你在说些什么?”

“就是，这才是你的本意。一开始你们俩谈得那么投机。可一听到他父亲是刑警，你立刻就冷谈了，才弄得他马上就回去了。”

“没那么回事!”

“不，是的。爸爸是不是干了什么怕警察的坏事?”

“浑蛋!”

纯一突然扬手打了女儿一个耳光。

“啊!你干什么?!由纪子，你也不该对爸爸说这种没分寸的话。”

由美子站在丈夫与女儿之间不知所措。纯一这还是第一次打女儿。这使父母女儿都感到震动很大。

父亲的参与产生了相反的效果。由纪子把时也引见给父母是打算征得他们同意后，再正式倾心交往。

命运之火已开始燃烧，但还处于像父亲所说的小火苗阶段。父亲的反对反倒像火上浇油，被压抑的恋情越发炽热了。他们的距离顿时缩短了。这一代年轻人，是不会屈从于父母的阻拦的。

联系的方法有很多。由纪子不可能总是待在家里，在校园里，他们能自由地接触。即使回到家，由纪子也有办法和时也取得联系。

这种瞒着父母的暗中交往，给他们的恋情涂上了一层苦恋的色彩，燃起了更加炽热的爱情之火。

三

“英司在干什么?”

矢吹祯介在吃饭时问道。

“出去了。”

麻子紧蹙双眉。

“又骑摩托车啦?”

“嗯。”

麻子无可奈何地点点头。她想丈夫一定会叹气地说这小子真没办法。可他并没有叹气，只是凄然地歪着头说。

“一家人星期天一块儿吃顿晚饭该有多好啊。”

“真对不起。”

麻子替儿子表示了歉意。

矢吹安慰妻子说：“你不要感到内疚，英司这么大，也该懂事了。”

“这孩子已经到了该懂事儿的年龄，可越大越让父母操心。”

“英司按他自己的方式摸索他的前途，你也不要唠叨个没完。”

“我连自己儿子的脾气都摸不准，这孩子的心太野了。”

“这个年龄的孩子都这样。他们有走向广阔人生的任一方向的可能性，同时也会在四处碰壁和焦躁与矛盾中苦恼。”

“关键是太任性啦。你年轻的时候，只有上战场一条路，而如今的年轻人绝不是那样的了。在富裕的社会中，自己也受不了穷，从父母手中要零花钱，不够花还可以打打工，轻轻松松地挣些钱，又不乏女朋友。生活过于富足，反倒欲壑难填了。”

“所以烦恼也就多了嘛。我们这一代人可没有那种烦恼。当时被灌输的是人生只有二十年，到了二十岁就要以身报国。正因为有了这种信念，才没有了迷茫和烦恼，这也许就是宿命。但人生是无法选择的，不为自己的意愿所左右。从这个观点上看，这些站在选择人生歧途上的年轻人，真是可悲啊。”

“要想发展，可以向任何一个方向发展，可现在的年轻人就是不做，只依靠着社会和大人们，真是懦弱的一代。”

“你最讨厌懦夫了。”

矢吹以痛苦的表情看着妻子。他自己虽是神风敢死队的幸存者，若被她知道自己背负的十字架，又不知该说什么了。

“是的，我讨厌懦夫。虽然我自己也不是很勇敢，但不能容忍别人懦弱。教育英司不要成为那种怯懦无能的人，可他不是躺着看电视，就是热衷于摆弄他的摩托车。我觉得他可能会成为我最讨厌的那种孩子。”

麻子回忆起自己因不能容忍胆小懦弱而失去的青春。若没有那天夜雾下发生的事，自己也不会成为矢吹的妻子，也就不会生出英司这孩子了。想到这儿，她心里一片苦涩。

矢吹自然不知道那天雾夜留在麻子心里的创伤。那是永远不能倾诉于人的青春伤痕。

“英司至少还迷恋摩托，能热衷于一件事，说明他不是没有魄力的。”

“那种热衷有什么益处呀，只能把摩托车的性能错认为是自己的能力，飞奔着才感到心情好些。在学习上、运动上不能胜人一筹，所以就想开着摩托车满世界乱跑，招摇过市惹人注目。把自己看成和摩托车一样强，自欺欺人。哎，我真后悔给儿子买了那辆摩托车。当时我跟你说不要买，你就是不听。”

“不给买也一样，反正他会去借别人的车骑。同样是危险，倒不如让他有一辆自己的摩托车。”

“要是出了事故怎么办啊?”

“我也非常担心。可如果不给他买，他也会千方百计弄来骑的。我想通过骑摩托可以使英司振作一点。”

“可实在太危险了。”

“他是个男孩子，不能总把他放在保险箱里。如果不让他骑摩托，他可能还会干出其他更危险的事来。”

“你太袒护那孩子了。”

“没有的事儿。”

“再那样下去，他再过多少年也绝对考不上大学。”

这是麻子最担心的。现在就连去私立高中也得拉关系，还要付出一笔数额不小的捐款。

“如果考不上，就不要硬让他学，找一条适合这孩子发展的道路就行了。”

“不行。现在没有学历就找不到好工作。虽说什么学历无用啦，要凭实力啦，可学历是让你站到以实力竞争的起跑线上的最起码的资格，没有学历是不会让你站在起跑线上的。”

“也许是你说的那样，可他本人没有这个心意，你打他屁股，强求他，又能怎样呢?”

“你要是这么说，那孩子可真没多大出息了。我也没说让他出类拔萃，出人头地。我只是想让他和普通人一样，不管结果如何，希望他拼命努力。”

“现在他还没有这个愿望。”

“等他有这个愿望就晚了。这孩子不是没有愿望，而是没有气魄。”

“英司还有一个他可以热衷的东西。年轻的时候，不可能完全按大人设计的那样去发展。现在英司还处于青春期。人生中能自己随心所欲的时间是短暂的。英司也不会总迷恋于摩托车。摩托车只是他的青春，至少可以让他在青春时代做他喜欢做的事。”

“你这是想让孩子代替自己夺回在战争中失去的青春吧。”

“不能这么说。我的青春是你，因为有了你，我的青春之花才得以盛开。”

“撒谎！我是姐姐的替身。”

“又说这话了。照你这么说，是不是你自己也有情人，而我也是替身了呢?”

“没，没有的事儿。”麻子慌忙否定。

“不过，英司由我来好好开导开导他。”

矢吹下了结论，呷了口妻子泡的茶。

“全拜托你了。我知道你工作很忙，可他对母亲的话根本听不进去。”

不久，矢吹便遇到了超出儿子青春的事情。一天，他意外接到警方的传讯。他去了才知道，说是英司吸食芳香剂，不仅如此，还在涩谷车站的行李寄存柜里，发现了他为贩卖而贮藏的五百毫升芳香剂。

贩卖芳香剂，必须持有剧毒药品专卖执照。据警察说，英司被拘留这是第一次，但发现他很早以前就吸食过挥发剂和大麻类毒品。本来，应该受到送少年教养院处罚的，但考虑到他父亲的社会地位，这次只是训导一番就释放了。今后要严加管教。

矢吹看见被带到自己面前的满不在乎的英司，感觉儿子的心灵被腐蚀的程度比想象的要厉害得多。

四

矢吹英司在警察局和父亲见面时，出于羞愧不敢正视。他原以为母亲会来，可来的却是父亲。

英司爱父亲，在某种意义上可以说胜过爱他母亲。父亲在一切方面都比自己强。他觉得不要说在年龄和人生经验上，就是在人生基本构造上就有着很大的差异。

即使他到了父亲的年龄时，也绝对达不到那种水平。

因此，英司对父亲充满了敬仰，以父亲为楷模，可无论怎样努力，也无济于事。这种绝望感使得英司心灰意冷，并变成了对父亲的逆反情绪，故意在他面前装出破罐破摔的样子来。

英司觉得比不上父亲就干什么都没劲儿。他弄不清父亲究竟强在哪儿，正因为了解不到目标的情况和距离。英司变得更加焦躁，更加绝望。恐怕做父亲的并未觉察到英司的焦躁与绝望。

父亲把英司从警察局领出来，连一句叱责的话都没说，回来的路上只是冷冷地问："芳香剂味道好吗？"

英司怄气地说："这种东西味道能好吗？"

"既然味道不好，为什么还要吸呢？"

"没有别的东西可以吸嘛。"

"是吗？"

父亲点点头，一声不响地把儿子带进附近的一家酒吧。

"与其吸那玩意儿，不如和爸爸一起喝点酒。"

父亲温和地说。

"爸爸，你为什么对我的事不生气呢？"

被父亲领进酒吧后，英司感到惶惑不安。

"生气有什么用呢？"

"怎么没用？我可是吸了芳香剂呀！我还吸了更坏的东西，干更坏的事，可你为什么还那样毫不介意呢？"

"倒不是不介意。我一个劲儿地在想，怎么做才能解除你的苦恼呢？"

"我的苦恼？我没有什么苦恼。"

英司冷笑着。他竭力想装出恶棍的笑声，可在父亲面前却显得那样笨拙。

"是吗？那太好了。你不是因为有苦恼才吸什么芳香剂的吧？"

"爸爸，你喝酒也是因为有苦恼喽？"

"喝酒有时是为了忘却烦恼，有时也是因为高兴。"

"那我也只是因为高兴才吸的，至少它不去让人发酒疯。"

"爸爸从来没发过酒疯。吸芳香剂对身体有害，未经许可不得贩卖。我想，你不该违禁吸那东西或贩毒。你这样的年龄，还应该有许多乐趣。"

"您别说了。即使是亲生父母，我也不想连自己的喜好什么的，都让他们一一地教我。"

"这就不好了。父亲是信任你的。可你不能总让母亲为你担心哪。"

"哼，我才不愿意看到妈妈呢。她一看到我就唠唠叨叨，说什么好好学习，说什么懦弱无能啦，没有魄力啦，也不知道她自己有什么能耐，却说什么她最讨厌的是懦弱的男人。所以，我下决心要做一个她最讨厌的人。"

他向父亲数落着对母亲的不满。

"你不能这样说自己的母亲。"

"爸爸从来不像妈妈那样指使我做这个、做那个的，感觉对我很放任。"

"我年轻的时候，二十岁就被征兵上了战场，明知上战场就会战死，可别无选择。人生只有二十年，青春的义务只有以死报国。所以我不想干预你的青春。青春短暂，稍纵即逝。我想让你的青春自由自在的，不要被学习考试所束缚。纵然在这种自由中走些弯路，我也是信任你的。肯定有什么事使你心理负担过重，我想使你摆脱出来，所以你要照直说，我不是管教你，而是想以你父亲的身份帮助你。”

“别说了，尽说好听的。我一点儿也没有和你谈话的心情。什么指教也好，帮助也好，干涉也好，放纵也好，我都讨厌。我讨厌一切，也讨厌看到你这张脸。”

英司对父亲怒吼道。其实，他心里最讨厌的是他自己。

矢吹英司已记不清自己是什么时候受到排挤的。在初中一二年级时，他还能像个普通学生那样学习，可后来逐渐地对学校的课程感到厌倦了。

教师讲的话，一耳朵听，一耳朵冒，只要一坐到教室里，瞌睡就来了，觉得那些听得进这样枯燥无味的课程的同学，真像是另一个星球上的人。

其实，其他人也把英司看成了外星人。即使同在一个教室里，英司的心却似乎飞到了另一个星球上去了。

有一天，班里的一个优等生让英司办一件奇怪的事。那个学生把英司叫到一个角落里，说要是英司把某一个电视连续剧一集不落地看下来，将剧情讲给他听，他就一个月付给英司一千日元。这个电视剧在当时最受中学生的青睐，英司也一直在看。

既看了电视剧，又能得钱，英司感到赚了便宜。这个学生后来又不断增加其他的节目，随之“工资”也涨了。他在支付“工资”时，一再嘱咐此事不可外传。

不久英司终于明白了这个同学的用意。他在一些优秀的竞争者面前，把英司看后讲给他的连续剧，装成是自己亲自看过的样子，绘声绘色地讲给他们听，为了迷惑竞争对手，才使用了这样一个骗局。

然而，使英司吃惊的不是这件事的本身，而是他“雇主”的对手们对剧情也能侃侃而谈。在班里，根据总分数的平均值，可分为成绩好的或成绩差的，或者说是有野心的和无野心的两种人。前者以宝塔尖为目标，展开激烈的竞争，为了超出对手，采取了一切手段。

雇佣成绩差的同学从事“电视工作”就是出于这一目的，其费用都是父母给的。

在了解到内情之后，英司彻底脱离了升学竞争的行列。不是因为他感到同学卑劣，而是觉得不值得和这样的人竞争。

教师也不将英司这类落伍的学生放在眼里，只顾及优秀生，为有更多的人考入一流的重点中学而竭尽全力。但为了挽救一名落后的学生，就不得不牺牲很多优秀学生。这样做不仅一点都不算教师的成绩，还会遭到众多优秀生家长的抨击。教师们不会做这种费力不讨好的事而以教师生涯做赌注的。

现在教师所说的优等生，就是总分平均值高的学生。只在某一学科中显示出超众的成绩和才能，但各科平均分数不高是抬不起头的。

伟大的天才是具有极端偏颇的才能。这与全能运动员那种面面俱到，而没有特长毫无等同之处。

在奇才一显身手之前，让他们经过总分平均值这个碾压机碾压，改造成均衡发展型的人，并批量生产，这就是当今的教育体制。

衡量现在教师的标准也和保险、信贷的外勤人员一样，根据进重点中学率的高低而论。这虽然有些可笑，却是不容改变的事实。

“你为什么要这么拼命学习？”英司有一次这么问他的“雇主”。

“为自己呗。”“雇主”似乎认为这种问题不值得一问。

“学习就那么有趣吗？”

“不能说有趣没趣，总之是为了自己。”

“你所说的为自己，是想考个好学校吧？”

“考个好学校将来就轻松了。”说到这儿，他马上以警觉的目光看着英司，问道，“你不会也想报考一个好学校了吧？”唯恐又多一个竞争对手。

“你别开玩笑了，我可一点儿也没这个想法，就是现在有了，也来不及了。”

“说得也是。”“雇主”这才放下心来。

“你每天学习几个小时？”

“你可不要对别人讲。”

“那当然喽。”

“好，如果你讲了，我就再也不让你做我的电视监视器了。这与企业秘密一样。”

“放心吧。我还不愿意丢掉这份业余工作呢。”

“一天要学习五个小时。”

“啊？从学校回家后吗？”

“当然。在学校的功课不算。”

“那么，你连吃饭、睡觉的时间都没有了？”

“学习以外的时间要压缩到最少限度，特别想看的电视就和吃饭的时间结合在一块儿。”

“雇主”对自己的“雇员”放松了警惕，比较坦率地透露了内情。这件事使英司惊叹不已。

“你这么用功，将来想干什么？”

“当医生或工程师。我老爸让我成为一个能赚钱的人，当律师也可以。对了，补习学校的教师也挺好。反正一天上两三个小时的课，就能挣到钱，而且也比较体面。你要是没有出路，我可以雇佣你做勤杂工。”

“我还能当勤杂工？”

英司没有生气，和他谈话，自己好像是个呆子。事后他才发现，更令人气愤的是这件事本身。

英司打那以后，断绝了攀登高等学府的念头。

他不是在看穿了“重点”的虚伪才主动退出的，而是被从竞争的激流中排挤出来的。

英司花了钱，经二次招生考进了东京都内的一家私立高中。在这所学校一年级第一学期里，他还想挽回一些成绩，但同班同学大都是些中考落第之辈，有着一种“反正我们是多余的”的强烈意识。不管走到哪里，分数就把人分成三六九等，所以他们充满了自卑感。

教师们也丝毫没有激发这些学生奋起学习的热情，只是忙于在补习学校里捞外快，有的教师还自己办私塾学校，在课堂上就公开劝学生去他的学校学习。

学生们在课堂里悠然地吸烟，上课时传看色情杂志。教师对此视而不见。

有的学生在下课铃响了之后，提出问题，教师却说：

“我的课已经结束了，已是不付钱的自由时间了，下堂课时再回答。”听到这话，英司心里那仅存的一点斗志，也被彻底粉碎了。

“我们这些等外品再用功也无济于事。”学生们经常逃学，泡在咖啡馆里。

教室里充满了冷落荒废的气氛。对学生来说，咖啡馆和教室没有多大差别。

英司也很快加入了逃学者的行列，开始在咖啡馆里与其他学校的坏孩子交往，在咖啡馆里尝到了稀释剂、大麻等毒品的味道。说稀释剂不来劲儿而改吸芳香剂，也是在咖啡店里结识的坏朋友教的。

在迪斯科舞厅，英司还结识了一些不良少女。他们在昏暗中随着摇摆舞的节奏扭动着身体，跳着摇摆舞，感到有一种学校里没有的感觉。就像迪斯科那低沉的曲调一样，被竞争淘汰出来的少男少女们共有一种阴郁的心情。

英司只要和他们在一起，心里就会意外地感到坦然。虽都是些思想不健康的伙伴，但彼此“同病相怜”。

和这些朋友在一起，没钱也有吃喝，上咖啡馆没钱总有人代付。有时在不知是谁租借的公寓里过夜，自然也有过性交体验。

读完高二时，一位在迪斯科舞厅认识的“飞车族”的年轻人让他坐在摩托车后面，这是一辆七藩牌的摩托车。他陶醉在强烈的刺激之中。摩托在高速公路上洒下震耳欲聋的轰鸣，时速达到一百五十公里，方向盘稍有偏差就会粉身碎骨。他感到浑身火热，从车上下来时，汗如雨浇，似乎小便都失禁了。

比起这个刺激，摇摆舞、毒品、性交都是些“小儿科”了。英司很快就考取了双轮车驾驶执照，加入了“飞车族”。

他们在星期六的夜晚聚集在一起，在深夜的公路上，风驰电掣地狂奔疾驶，全然无视交通信号，也不管最高限速。

其他车辆遇到他们都急忙躲闪。警察也只能茫然目送。这时的公路，甚至整个世界都成了他们的天下，他们就是世界的中心。

他们曾被嘲谑为头脑简单而被排挤出社会，蜗居在阴暗角落，可现在他们复活了。这些在社会和学校里屡吃败仗的人们，首次尝到了胜利的喜悦。他们英姿勃发地跨上摩托，让社会屈服于脚下。

“为什么不早点儿玩这个？”

英司得到摩托车这个为他征服社会的忠实仆人之后，对以前没有摩托车的生活感到遗憾。

摩托车是绝对不会背叛英司的，它忠实顺从地执行主人的每一个命令，彻底为他洗刷了耻辱。

摩托车不要求自己的主人做出努力，只要取得驾驶执照，它就会像阿拉丁的神灯一样，完全按照主人的意志，发挥出它的优良性能。

为了便于双脚着地，英司用特制部件将摩托车的坐垫改薄，车把放低。将把手换细，将车闸和离合器杆换成进口车的部件，又在消音器、车轮、曲杆箱罩、油箱等处作了不少改动，表现出了他的独创能力。

经过多次改装之后，摩托车的性能提高了，就连外观也被改装得面目皆非了。车子的性能和装饰代表着主人的能力和威望，所以飞车族们往往要为此倾其所有。

摩托车现在对英司来讲是被赋予了人格的恋人，可以说是英司的全部。少女们簇拥在驾着摩托车的英司周围。

“英司，把我带上。”

少女们向英姿勃勃地跨着摩托车的英司投去了热情羡慕的目光。这目光在校园里是根本无法得到的。

“到哪儿去？”

“哪儿都行，只要是英司喜欢的地方。”

她们陶醉在高速之中，在难以置信的急速转弯中，兴奋得几乎小便失禁。

“快些，再快些！”

“也许会摔死的！”

“没关系，只要和英司在一块儿，死也不怕。”

“我不会让你死的！”

英司使劲加大油门，速度表的指针不断上升。

那是与死神亲吻的速度，可以说是死神之手在支撑着一丝平衡。稍有闪失，就会把玩摩托车的人摔得粉身碎骨。

正因为如此，在达到性能和技术极限的这种速度中，孕育着死亡的寂静。

“真稳啊。”

“像静止着一样吧？”

“真像。”

“摩托，在达到极限速度时，跟停着一样。”

“我才知道。”

“摩托停着不动，而道路和世间万物都在向后移动。”

“我们到哪儿去？”

“哪儿都不去，就这样在这里。”

“那为什么要骑着它飞奔呢？”

“为了体验静止，像是一个人静止在世界中心的真空中。”

“这太妙了！还有些动，让它完全停住。”

他们现在在高速公路的宇宙中，像光一样飞驶。摩托车似宇宙飞船一般停在一点上。

“现在真想做爱。”

女孩陶醉在速度中，说出了异想天开的话。

“我们来吧？”

“怎么样做呢？”

“你到前面来，咱俩对着。”

“太可怕了。”

“还是不行，摩托在吃醋呀。”

在这种体位下，自卫本能起了作用，速度马上降了下来，唤醒了恐惧。

“摩托会吃醋吗？”

“会的。在这种完全‘静止’时，是在和它性交啊，只有和摩托结合在一起，才有那种感觉。”

“咱们练习练习，这能办到吧？”

英司在和少女对话中，体验到了他与极速疾驶的摩托和少女之间的“三角关系”。

五

手术之后，笠冈道太郎的病情有了好转。他最关心的事是病倒之后的搜查进展情况。他的搭档、本厅搜查一课的年轻刑警下田来探视，并向他汇报了工作的进展。

笠冈等于排挤了下田，有些不好意思见他，下田却没太在意。在警视厅中，自命不凡的刑警很多，下田却显出了与他年龄不相称的大度。

“啊，下田先生，我这次擅自行动，真对不起。”

笠冈坦诚地表示了歉意。

“没关系。你不顾自己身体，在星期天还热心地义务破案，使我很受感动，我要好好向你学习。”

下田从心底发出感叹，毫无奚落之意。

“不，不，向我学习就麻烦了，别取笑我这个老头了。”

笠冈认真地回答，接着又问起他最牵挂的案情。

“搜查工作进展如何？”

下田扼要地讲述了已查明被害者的身份和找到了其前妻田岛喜美子的事。

“那么，最近栗山重治和田岛喜美子之间有联系吗？”

“据说，最后一次是在五六年前，栗山来要过钱。”

“她没谈到与栗山特别亲近的人或怀有怨恨的人吗？”

“没有。好不容易查到了被害者的身份，可线索又断了。”

笠冈拼了命才发现的重要线索，没有多少进展，下田感到无颜以对。

“栗山的前妻有什么可疑点吗？”

前夫如果依然纠缠，对她来讲，只能是个讨厌鬼了。如果她现在又有了别的男人，不想让人知道还与前夫有来往的话，完全可能有杀人的动机。

“这一点我们也做了认真调查，认为田岛喜美子是可以信任的。她目前在伊东市经营着一家小饭馆，彻底和栗山断绝了关系。询问了周围的人，也都说没见过栗山这个人。”

“她开的小饭馆经营什么东西呢？”

笠冈兀地从小饭馆联想到了田螺。下田似乎猜到了笠冈心里在想什么。“没有田螺和山珍，在伊东主要经营生鱼片。”

“田岛喜美子没有新丈夫吗？”

“有一个叫小松德三郎的市议会议员常常照顾她。这人以前是个渔业主，现经营着一家旅馆。据说那家小饭馆也有他的投资。”

“小松知道喜美子结过婚吗？”

“知道的。”

“小松对栗山有怀恨的可能吗？”

“不会的。小松精力相当充沛。他在市内和热海还关照着好几个女人。听说最近他和热海的一个艺伎打得火热，逐渐疏远了田岛喜美子。”

“不错。很难想象他会为独占半老徐娘而去收拾她的前夫。”

“总之，小松和喜美子与这个栗山没关系。”

“那么，在中津溪谷和栗山一起吃饭的那个男人是从哪儿来的呢？”

笠冈自言自语地嘟囔着，下田回答不出这个问题。这时。护士来换输液瓶了。

“哟，我待的时间够长的了。请您不要总牵挂着搜查的事，好好治疗。本部长和咱们的头不久也会来看您，他们要您多多保重。”

刚才没有考虑到笠冈的身体状况，一直谈论着笠冈关心的问题，现在注意到了他那痛苦憔悴的样子，下田便起身准备告辞了。

“你能抽空特意来看我，我很高兴。”

“过几天我还会来的。”

“有什么新情况，请告诉我。”

“一定。”

下田走后，笠冈顿感疲惫不堪，大出血后全身虚脱得绵软无力。下田是允许探视后来的第一位客人。

笠冈的病房是重症病号专用的单人病房。如果症状减轻就将转到大病房去。

护士换上新输液瓶后说：

“你的脸色好多了。”

“哎，我在这儿闲得难受，能不能让我看看电视？”

“那可不行。刚做了开腹手术，即使手术是成功的，术后的静养仍是十分必要的。”

“护士小姐，你能不能告诉我实情，”笠冈注视着她的眼睛问道，“我真的是胃溃疡吗？”

“是重度溃疡，造成胃壁穿孔。”

“这是表面上的病情，可实际上是不是有更为严重的病情，譬如说癌……”

“你，你在说什么呢？”

“如果我得的是癌症，请不要瞒着，把真实情况告诉我。我不会因此而悲观失望的。我要在有生之年，办一件必须办的事。”

笠冈紧紧地抓住护士，很激动。护士说：

“你可不能随便诊断自己的病情，这里还有医生和我们呢。”

“护士小姐，求求你，告诉我实情吧。”

“你真的是胃溃疡，是溃疡加重造成胃壁穿孔，已经做手术将孔补上了，只要注意就会痊愈的。胃溃疡是很容易治愈的。像你这样胡思乱想是最要不得的，你还是安下心来好好养病吧。”

“我可没那闲工夫。”

“你这样的身体又能干什么呢？至少要住两个月的院。”

“两个月！”

“等你再好些，就给你转到大病房去，你就会有朋友的。那样一来，你在医院的生活会变得愉快些。”

“护士小姐，你刚才说什么？”

“哟，吓我一跳。你怎么了？这么大声说话。”

“你刚才是不是说会有朋友的！”

“喔，是呀。在这长期住院的患者，可以参加这里的短歌、俳句等兴趣小组。你稍好之后，也可以参加，时间不会等多久。”

笠冈在全神贯注地想着另一件事，对护士小姐后面讲的话根本没听进去。护士转身离开了病房。

“护士小姐，你能不能把刚才来看望我的那位客人喊回来？”

笠冈对她的背影喊道。

“啊？”

护士停下脚步，转过身来。

“求求你，趁他还未走远，请喊他到这儿来。”

“已经过了探视的时间了。”

“请通融一下。”

“那可不行。”

“你要不替我叫回来，我就自己去。”

笠冈说着就要拔下输液的针头。

笠冈产生的疑问被下田带到了搜查会议上。

“这么说，他的意思是要彻底地调查一下栗山患伯格氏症时所住过的医院喽。”

从警视厅来的负责人——那须警部的金鱼眼里露出了光亮。

“栗山从一九四八年四月到一九四九年六月，为治病，在T大医学院附属医院住院一年零两个月。他是在监狱服刑期间发病的。笠冈先生主张应当认真调查一下他入院期间的人际关系。”

那须倍加赞赏地点点头。被害者身份未查明之前，曾根据伯格氏病的手术疤痕，调查了有关医院和医生。但确定了身份之后，调查却一直局限在被害者的身边人。

“也许他住院期间的病友，是我们调查的盲点。”

“可一九四八年的事已时过境迁。当时正是战后的混乱时期，医院里还会保存着那些陈旧的病历吗？”

有人提出了不同意见。

“可以想象困难较大，不过还是调查一下。”

那须下了决断。搜查的重点为：

1. 栗山住院期间，和他亲近的人；
2. 住院期间有无参加过兴趣小组；
3. 住院期间的主治医生和护士；
4. 住院期间前来探视的人；
5. 出入医院的商人等。

第九章　血染沙场

一

战局愈加紧迫起来。硫磺岛业已陷落，冲绳失守也只是时间问题。联合舰队的最后一根救命稻草——大和号战舰，也装上单程燃料，出发实施特攻战了。四月七日，在德之岛西方海面上遭到了三百架美国舰载机的攻击，葬身鱼腹。

至此，素以能征善战的传统自诩的帝国海军，事实上已全军覆没。

现在，特攻战已成为日军最后的手段。不管有没有战果，日本军队除此之外已无路可走。少年飞行员出身的特攻队员，在为“民族大义”而生的英雄主义的蛊惑下，义无反顾地为国捐躯。而学生兵则不同，他们已经到了能够冷静地评判战争和军队的年龄。

他们从教室中挺身而出，走向战场以当国难。尽管厌恶战争，但是他们认为这是年轻人为保卫祖国不得不履行的责任。

但是，仅靠“大和魂”精神武装起来的简陋纸壳飞机搞特攻战，来迎击用物质和科学的精良装备武装起来的美国机动部队会产生什么样的后果，不能不使他们满腹怀疑。

学生中已有人清楚地看出了自己的作用：“我们只不过是军部的精神安慰剂而已。他们早已明白特攻起不到多大作用。但是，只要日本军队存在，哪怕是纸飞机，我们也得开着迎上去。”

特攻队员的命运就是作为纸飞机的零件去死。他们都明白这点，却无法逃脱。

学生兵们趁活着的时候拼命地写遗书，拼命地写信，给父母、给恋人、给朋友，似乎有写不完的话。只要还活着，他们一有时间就不停地写呀写。他们想把自己曾经活过的证据，化成文字保存下来。

少年飞行员出身的特攻队员则整天唱着《同窗之樱》。随着战局的颓败，他们唱得愈加频繁起来，那样子就像是魔鬼附体一般。

实际上，他们是想借唱歌来平定心中的不安。起码唱歌时可以在“殉国精神”的麻醉下，暂时忘掉不安。

少年飞行员出身的士兵，看到学生兵到了这个时候还只顾埋头写遗书，感到幼稚可笑。其实他们心里也想写点什么，但是想写的东西太多，反而又无从下手，只得在唱歌中逃避。

特攻队员的更替十分频繁。早晨出击后，基地就变得空无一人；到傍晚，新的特攻队员来了，这才暂时显出一丝生气。

出击者也不一定都会死。有时因恶劣气候的影响，或飞机出现故障，还是有极少数人会中途折回。

不过，返航回来的人也需冒风险。由于特攻队中以前曾有很多人因为只顾瞄准目标，而忘记打开炸弹的引爆装置，所以他们在升空之后马上就会接到命令拆掉炸弹的安全装置。安全装置一旦拆掉就无法复原。因此，不得已而中途返回的人必须载着重达二百五十到五百公斤拆掉了安全装置的炸弹着陆。这种情况就连老飞行员都没经历过。而且特攻队员只会超低空接敌方式，没受过紧急着陆训练。更何况旧式飞机的下降速度极快，很有可能因着陆时的冲击将起落架折断。

矢吹也曾出击过一次，但在吐噶喇海峡因气候恶劣他又返航了。当时炸弹的安全装置已经拆掉，装满炸弹的特攻飞机要着陆时，基地上的军官们远远地躲开了跑道。矢吹想，拼了。飞机着陆了，开始滑行。他刚想松口气，一阵猛烈的冲击使机体弹了起来。矢吹眼冒金星，昏死过去。原来是着陆时起落架卡在了跑道上，幸运的是没有发生爆炸。但飞机的两个起落架和螺旋桨全部坏损，已无法再使用。

矢吹得救了，只是前额有些轻微的擦伤。由于没有备用的飞机，在飞机运来之前矢吹就不用参加特攻了。基地里还有另外一些“迟死者”。

他们都是由于意外情况活下来的，但他们知道自己只不过比同伴晚死罢了。

有时返航回来，由于天气恶劣或没有备用飞机等原因，便会接到待机命令，很长时间不用再出击。但他们觉得活着很痛苦。

当时，飞机的生产能力几乎降为零，飞行员的数目比飞机还多。失去的座机，一直得不到补充，还不断送来只接受过攻击训练而没有配备飞机的新特攻队员。

“都是你们整天垂头丧气，天气才变坏了，飞机也老出毛病。”那些当官的胡乱找碴，责骂那些幸存下来的特攻队员。一旦被选为特攻队员，无论如何都必须去死。对特攻队员来说，似乎活着就是罪恶。

“好吧，你们不要以为自己是人，一定要把自己看成是特攻机的一部分！一旦出击，死死咬住敌舰不放，别忘记自己就是肉身兵器。”当官的坦然下达了这种近乎疯狂的命令。

“说特攻队是神，也不知道是谁说的。神是神，恐怕不过是纸飞机的纸神吧。”

到了六月，人人都清楚冲绳守不住了，学生兵中已经没有人真正相信特攻的作用了。

昔日理所当然接受的保护祖国的责任，其实不过是自己不可抗拒的命运。他们非常清楚这种责任和命运意味的是什么。

但，没有人站出来公然反抗这种愚蠢的送死行为。他们心里还残存着一些“大义永存”的殉国精神，因此队员们的情绪日益低落。到了晚上便喝酒闹事，甚至出现酒后有的队员开始持军刀械斗。

此时，唯一能给他们荒芜的心灵带来一丝安慰的，就是服务队的女学生。女学生替他们洗衣服，从家里带来特意给他们做的可口食物，精心照顾特攻队员的日常生活，还亲手缝制凝聚着深情厚谊的布娃娃赠给自己的意中人。

队员们把布娃娃藏在贴身处片刻不离，特攻出击时就把它挂在飞机上。送布娃娃的女学生就成了那个队员短暂的恋人。

赠送布娃娃的女学生往往也抱有必死之心。她们有的人甚至割破自己的手指，用鲜血在布娃娃上画上红太阳或写下激励队员的豪言壮语。

一旦出击，则绝不生还。在女学生们眼里，特攻队员就是她们崇拜的青春偶像。那种禁止男女交往的时代，只有特攻队员和服务队的女学生可以公开交往。

这些被禁锢的青年男女，一经交往就迅速亲热起来，迸发出爱的火花。没有未来的现实，使他们的爱情染上了一种悲壮的色彩。面对等待自己的必死命运，他们的爱情之火反而愈加炽烈。

不过，他们大都是柏拉图式的精神恋爱。虽然内心深处相互渴求着对方，但都把爱情看得神圣无比，以至意识不到性爱。在特攻队员眼中，女学生宛若女神，对女学生看来，特攻队员犹如护国之神。彼此奉若神明。况且，生死离别在即的压抑，也难使他们产生性欲。他们在另一种精神境界中，像一群不知性为何物的孩子，纯洁地相爱着。他们中的大多数人都始终保持着童贞。

但其中却有一对以身相许的恋人。

二

柳原明人是京都人，他是由干部候补生提拔成的少尉。他和矢吹同属特攻培训二期毕业生。为以身报国，他志愿加入了特攻队。但每天接受的都是以身撞敌的训练，使他对特攻队产生了疑问。

“如果真是祖国需要，我会毫不犹豫地献出自己的生命。但是你看看现在的特攻，不过是军部自欺欺人的精神安慰而已。我们不是作为人去殉国，而是作为飞机的一个部件去送死。不！是被杀死。”

柳原少尉把自己的疑惑偷偷地告诉了矢吹。每个人都有这种疑惑。只不过大家觉得不管是作为人还是武器消耗品，反正都是一死，虽觉可悲却也无奈。更何况国家到了这种地步，怀疑也难逃去送死的义务。这就是等待自己的命运。

“我讨厌这样！是人就应当作为人去死，这是人最起码的权利。”

柳原向矢吹袒露了胸怀。

“现在说这些有什么用?”

“难道你真的以为那些装满炸药的纸飞机能够冲破敌人的防空网撞到他们的航母吗?”

“当然不行。可这是命令。”

“命令？哼！什么命令，狗屁！要人白白去送死，这种命令你能服从吗?”

“那你想怎么办?”

“我不想死。”

“谁也不想死呀?”

“我尤其不想死。”

柳原似乎话中有话，矢吹盯着他的眼睛。

“你看看这个。”柳原从口袋里掏出一块布来。

“这是什么呀?”

“你还是打开看看吧。”

“这是……”

这是一块雪白的手帕，中间画着个黑褐色的太阳，左边写着：“活下去！澄枝。”很明显，这是用鲜血画的，光写这些字，也要用很多血。

“澄枝割破手指给我写了这些。因为血出得慢，她几乎都要把小拇指切下来了。”

“你，和澄枝……”

特攻队员在出击前和服务队的女学生成为短暂的恋人并不稀奇。但最多也不过是缝个布娃娃当信物之类，赠送血书并不多见。何况在当时殉国的英雄主义的感染下，敢希望特攻队员活下去的女学生可说是绝无仅有。

“我们已订下了婚约，她叫我活下去，一定要和她结婚。”柳原毫不掩饰地说。

“不过，说不定明天我们就会接到出击命令。”

送死是特攻队员的义务，不想死，真是大逆不道。

“我看这场战争不久就会结束。以日本目前的战力，没人真会相信我们能够战胜老美。所以，我们得想办法一天天地往下挨，想方设法活下去了。”

“那你怎么才能一天天挨下去呢?”

“把飞机弄出点儿故障飞回来不就行了吗?”

“那也不可能老出故障呀。最近那帮后勤兵干活又特别卖力，活儿干得一丝不苟。”

“你看这个。”

柳原看了看四周，从口袋里摸出一个纸包，打开给矢吹看。只见里面包着一些白色粉末，像是粗砂糖。

“这是什么?”

“砂糖！我在炊事班里有个老乡，他偷偷给了我一些。”

“你要砂糖干什么?”

好久没吃过甜东西了，矢吹的嘴里不由得冒出了口水。

“出击前把它悄悄地撒进油箱里，升空不一会儿发动机就会起火，飞机就可以‘噗噗’地冒着黑烟返回来，或者在半路上迫降。这样不会引起别人的怀疑，也就可以活下去了。”

“不会被地勤看破吗?”

“这样干过几次了，都没被怀疑。分给你一些吧，砂糖我还可以搞到。”

“你这个家伙……”

“你难道真想死在这场愚蠢的战争中吗？我认识了澄枝之后，是绝不想死了。”

柳原郑重其事地把写有血书的手帕放回了口袋里。看着柳原那忧心忡忡的表情，矢吹当时似有一种不祥的预感。

两天后，矢吹的预感应验了。五月二十四日，特攻队接到命令，要对冲绳海面的美国机动部队发起第七次特别攻击。十几架能飞的飞机尽数出动。出击命令中没有具体的攻击目标，只是说让他们在飞行中自己去找，发现敌人就去撞。这简直就是一道自杀命令。

矢吹没有座机，躲过了这次出击。柳原在上飞机前，意味深长地对前来送行的矢吹笑了笑，他头上没有缠恋人写有血书的头巾。在这种场合，写有“活下去”字样的血书是不便戴出来的。

出击二十分钟之后，一架九七式战斗机的发动机冒着黑烟，晃晃悠悠地飞了回来。是柳原的飞机。矢吹虽然担心这次他会被人发觉，但还是对柳原的归来感到高兴。九七式战斗机是日本陆军最先使用的一种低翼单螺旋桨飞机，它的起落架是固定的。一九三七年正式作为军用飞机使用。这种飞机老得像出土文物，在太平洋战争的初期就已退役，充当练习机，现在又被拉了出来充当特攻机使用。

给这种飞机装上重磅炸弹，实施“搜敌出击”，去对付拥有最新式装备的美国机动部队，可见当时的军部是何等的丧心病狂。

但是在大多数人都丧心病狂的情况下，没有丧心病狂的人反而显得不正常。

柳原少尉每次出击，都因发动机故障返回，地勤兵早就怀疑他了。所以这次出击前对他的发动机做了特别仔细的检修，还对飞机做了地面试验，证实一切状态良好，但他却又像往常一样，因为发动机的故障而返回来了。

地勤兵对发动机及有关部件进行了彻底的检查，终于发现了油箱底部的砂糖。

分队长怒不可遏，大骂柳原这种人是帝国军人中的败类，要把他送上军事法庭。他们把柳原打得鼻青脸肿，要不是旁边副官的劝阻，柳原恐怕要被活活打死了。

他们把柳原关进了禁闭室，进行了彻底的搜身检查，终于发现了柳原恋人的血书和剩下的砂糖。

“你竟然有了女人！在全国同心、同当国难的时候，你竟然还贪恋女色，恬不知耻地逃回来，真是可耻之极！”

前来搜身的指挥所的军官脸上的表情极其凶狠，就像是残忍的野兽发现了绝好的猎物一般。

“活下去？这种时候说这种话可真够得上流芳百世了。说这话的女人昨天晚上缠在你身上喊的大概是‘要死了，要死了’吧？”

旁边的军官翻着眼珠淫笑起来。一想到这个学生兵竟然在随心所欲饱餐着他们久未尝过的美味，他们便嫉妒得发疯。他们联想到的全是这个学生兵和女学生恋爱中的性爱。

“怎么样，没开过苞的女学生味道不错吧？就因为你是学生出身，她就让你干。真是岂有此理。没干错地方吧？”

“你们这些受自由主义教育毒害的学生兵，除了这个还会干啥？”

他们本来就对从陆军提拔成军官的学生兵十分憎恨。他们自己常去找艺伎和慰安妇淫乐，却还指责学生兵和女学生真正陷入恋情，有损军人形象。

在他们看来，在慰安妇身上发泄淫欲是应该的，但在此非常时期，因和女学生陷入恋情而厌战，是军人不应有的可耻行为。以往他们从未把这些从干部候补生提拔起来的军官（学生兵）当做真正的军人，但现在这些军官们为了维护自己作为职业军人的优越感，当候补生军官寻求人间感情时，他们便挥动“军人”的大帽子进行压制。

“这是那个女学生的血手帕吗？”

一个军官展开了那条作为证据的没收手帕。

“求你把它还给我吧。”柳原恳求他说。

“这是你那心肝宝贝送给你的珍贵临别纪念吧？”他脸上带着戏弄的笑，故意在柳原面前抖着那块手帕。

“求求你了，澄枝为了写这个，把小拇指都快割断了。”

“是小拇指吗？看起来写这个可是要用很多血的呀。”

有个军官一本正经地用敬佩的目光看着那条手帕。

“血多，这才说明有假。”另一个军官别有深意地说。

“这话是什么意思？”拿着手帕的军官问。

“女人比男人血多。只要肚子不大起来，不是每个月都会下边流血吗？”

“有道理，不过按理说这条手帕应该比一般的血书颜色难看才对。”

“真恶心。”抖着手帕的军官故作夸张地把手帕扔在了地上。屋子里的人哄堂大笑起来。坐在中间的柳原紧咬着嘴唇，面色苍白。

在这种场合，什么屈辱都得忍受。反抗就意味着死亡。死了一切就都完了。关禁闭好歹还能活下去。即使是被关了禁闭，被骂成是军人的败类，也要坚持到战争结束。只要战争结束时还活着，就会赢得爱情的胜利。

“澄枝，原谅我，为了活下去。”

面对着军官们的嘲笑和被他们踩在脚下的血手帕，柳原心如刀绞。

三

军队残酷的追查，也牵连到了柳原的恋人身上。澄枝被叫来了。她是一个十七岁的少女，尚未完全发育成熟，长着一双清澈的眼睛。

“柳原少尉作为一名军人，干了一些不应有的卑怯懦弱的事。这都是因为你把他的心给迷住了。作为军国的女儿，你要反省！”

澄枝突然被叫到作战指挥所，在一群年轻力壮的军官的包围中受到了严厉的斥责，吓得缩成了一团。

“柳原少尉因为临阵脱逃和破坏服务，不久就要被送上军事法庭。我们要了解你和柳原少尉之间的事，以作为判决的证据。如果你想减轻柳原的罪行，就必须如实回答我们的提问，你明白吗？”

澄枝微微点了点头。欲火中烧的军官们用充满邪念的目光紧盯着她。从澄枝的眉宇之间，可以看出她已决心要想方设法搭救出自己的爱人。

“第一个问题，柳原少尉和你是什么关系？”

“这个……我们说好了要结婚。”

“柳原是特攻队员，命令一下，他就必须舍身撞敌舰而死。你真的想和这种人结婚吗？”

“我没想过那么远的事。”

“你是想要他活一天算一天吗？”

“是的。”

“你只是和柳原谈谈恋爱而已，还是有了肉体关系？”

军官们的目光盯在了少女纤细的腰上。澄枝又羞又怒，红着脸一言不发。但同时这也是默认。

“怎么，你一声不吭是什么意思？”审问的军官毫不留情地追问。

“我们想查清你和柳原有没有肉体关系，在这个问题上，你的证词非常重要。如果没有你的同意就发生关系，那就是强奸了，柳原就要罪加一等。”

“不，不是那样的，是我自愿的。”澄枝慌忙地回答道。

“这么说，你承认发生过关系。”

“是的。”澄枝觉得像是被剥光了衣服站在那里一般，低着的头微微地点了点。

“发生过几次关系？”

“……”

“我问你，干过几次了？”

“这……这种问题也必须回答吗？”澄枝抬起头来，脸涨得通红，羞耻感已经变成了愤怒。

“有必要。根据次数，可以确定你是否真的是自愿。”

“我记不清了。”

“多得记不清了吗？”

“我想大概有十次。”

“在什么地方？”

“在基地的草丛里，或我家里没人时。”

“你感觉怎么样？”

“你说什么？”

“你有快感吗？”

“我不知道。”澄枝的脸涨得通红。

“老实回答，要是你想帮柳原的话。”

他们以柳原为诱饵，把两个人的恋情蹂躏得粉碎，并把两个人推向了死亡。

“发生关系时，都用哪种姿势？”

“……”

“是用正常的男上女下的姿势，还是用特殊的姿势?”
“……”
“快回答!”
“一般的姿势。”
“是正常的姿势吧?”
“是的。”
“在发生关系前，柳原挑逗你了吗?”
“挑逗?”
“比如说，用手指或嘴接触你的身体。”
“我当时太激动，记不清了。”
“干之前……他使用避孕工具吗?”
“我想是的。”
“你们见一面干几次?”
“时间充裕的时候……干两次。”
“每次发生关系时，柳原都射精吗?”
“这个我不清楚。”
“你和柳原是什么时候认识的?”
“五月五日左右。我刚到服务队的时候。”
“那么，是什么时候、什么地点第一次发生关系的?”
“大概是五月十五日。我在服务队干活晚了，柳原送我回去。”
“是在那时搞的……不，发生关系的吗?”
“是的。”
“就在回去的路上?”
“是的。”
“当时出血了吗?”
“我……”澄枝的脸由红转青。
“到底怎么样了，出血了还是没出?”
“我不能回答这种问题。”
“你是说怎么处置柳原都行吗?”
“没多少，没出多少。”
澄枝的嘴唇颤抖着，几乎要被她咬出血来了。
“是吗? 这么说那时你已经不是第一次了?”
“什么?”
“在柳原之前，你是不是就和哪个特攻队员干过了?”
“太，太过分了。”
“哼，装得倒挺像，我看你就是一个慰安妇。”

澄枝无法忍受这种谩骂，捂着脸大哭起来。审问中断了。

然而他们还不肯就此罢休。澄枝哭累了后，他们叫来了卫生兵。

一个军官命令道："检查一下这个女学生的身体。"

"什么检查身体？"卫生兵没弄明白是什么意思。

"就是检查身体嘛。这个女学生承认和柳原发生过关系。所以，要你查证一下。"

"我，我不能干这种事。"

猛然被命令干这种伤天害理的事，卫生兵一时不知所措。

"这是命令。"

"可是我……"

"别找借口了，快点！"

"怎么检查呢？"

"听我们的，先给她脱掉衣服。"

"啊……"

卫生兵为难地站在那里。

"还不赶快！"军官命令他。卫生兵横下心来，胆怯地走向已经处于半昏迷状态的澄枝。"请你……宽恕我吧。"

服务队的女学生穿着水兵服式的学生装，所以上半身很容易就被脱光了。看到澄枝尚未完全发育成熟的美丽的乳房，军官们的胆子顿时大了起来。

"全部脱掉！"他们又恶狠狠地命令道。

"把内裤也脱掉！"

澄枝被剥了个精光，赤裸裸地站在军官们的面前。极度的屈辱和愤怒，使她的感情已经麻木了。

第二天，趁家人下地干农活时，澄枝在自己家里悬梁自尽了。

傍晚，她的父母干完农活回来时，看到女儿悬在门框上，已经变了样子，令人惨不忍睹。

军队隐瞒了事件的真相，但不知何时，这事还是在基地附近的村庄里传了开来。然而军官们却并没因此受到处罚，他们一口咬定只是把她当做证人叫来调查而已，同时命令卫生兵要严守秘密。作战指挥所的精英军官们剥光了女学生的衣服，逼得她走上了绝路。他们的调查即使是有些过火，但如果传出去了，还是会影响士气的。

由于澄枝的死，柳原少尉被免于军法处分，回到了原部队。澄枝的死换回了他的军人名誉，但回到原部队，也意味着死。

柳原变得不像以前那样执著地想活下去了。澄枝一死，他也就失去了活下去的意义。

柳原从禁闭室里放出来的那天晚上，卫生队长浦川接到报告说三角兵营有个伤员发烧，就来给他看病，伤员好像是挨了长官的揍，鼓膜被打破了。他看完病后刚走出营房，猛然间从黑暗中伸出一把冷冰冰的刀子架在了他的脖子上。

“就这样照直向暗处走。”

背后传来了低沉的声音。声音虽然不大，却含有一种凛然的杀气。

“你，你干什么?”

“想活命就照我说的办。”

脖子上的刀压得更紧了，像是割破了般地疼。

“我听你的，你可别乱来。”

“好，就这样照直走，不许回头!”

背后的黑影把军刀架在浦川的脖子上，逼他走进了远离营房的松树林里。

“好。就在这儿吧。”

那个黑影命令他在一块浓黑的树荫下停住，问那天是不是他给澄枝检查身体。浦川终于明白了背后的人是谁，他不禁叫了出来：“你，你是柳原少尉!”

“回答我的问题，是不是你检查的?”

“我、我没办法，那是命令。”

“好吧，当时是谁下的命令?”

“是、是……”

“说不说!”

脖子上又是一阵疼痛，浦川这才明白他这是来真格的了。

“是八木泽大尉。”

“此外还有谁?”

“北川大尉和栗山大尉。”

“就这几个吗?”

“就这几个。”

“原来都是指挥所的军官。哼，不许你告诉任何人对我说过这事。你要是说出半个字，我一定要杀了你。”

脖子上疼得更厉害了。

“我绝不对任何人说，不过柳原少尉，我求您也别对别人说，因为我接到命令不许我漏半点口风出去。”

“这个你不用担心，我不会说出去的。你就装做什么事也没发生过，回去吧。”

刀子撤走了。浦川队长吓出一身冷汗，回头看时，柳原少尉的身影已经消失在树林深处。

四

两天后，第六航空军司令部下达了命令："美国机动部队正在经奄美大岛附近北上，出动一切可动员的飞机，寻找并歼灭之。"

"算总账的时候终于到了！"

柳原前来向矢吹辞行。矢吹因为座机还未运到，奉命留守。

"要和你永别了，我很难过，我真想和你一块儿去。"

矢吹早已看穿了这场愚蠢的战争。这场战争绝不是什么"圣战"，他们只不过是可怜的人肉供品而已。和战友永别，自己一个人活下去是很痛苦的，所以明知道这种死毫无意义，但他还是渴望着战死沙场。矢吹曾申请驾驶那架有故障的飞机出击，却遭到了拒绝。

"你胡说什么呢。我觉得再过一两个月，这场战争就将结束。"

"我活着也没什么意思了，所以才去的。你无论如何也要活下去。恢复和平之后，你肯定会觉得还是活着好。好了，我可不想在靖国神社的供桌上遇见你。"

第二天早晨，柳原在作战指挥所前喝过壮行的凉酒后，向飞机走去。这时，他好像又想起了什么，走到送行队伍中矢吹的身边，趴在他耳边低声说道："我起飞后，你一定要马上离开指挥所。"

矢吹正想问个明白，柳原已经大步流星地跑向了飞机。他那种视死如归的态度使矢吹感到了一种不祥的预感。约二十架出征的飞机在基地上空编队后，向南方海面飞去。五分钟后，一架特攻机摇摇晃晃地飞了回来。机身下挂着一种称为"5 号"的五百公斤重的炸弹，一望即知是特攻机。

"是谁的飞机？"

分场长吉永少校问道。八木泽大尉用望远镜看了看飞机的编号说："是柳原的飞机。"

"怎么又是柳原？"吉永少校咂着嘴，感到很惊讶。他本以为这次柳原不会回来了。

"但是看不出哪儿有故障呀。啊，还有一架隼式直掩机也回来了。是迫水中尉的飞机。"

"他们想干什么？"

吉永一副大惑不解的样子。柳原的飞机到达基地上空后，并无降落的意思。机头猛地一转，冲着指挥所直飞过来。迫水的隼式飞机紧随其后，利用速度的优势立刻追了上来。

"他，他到底想干什么？"

指挥所里的人全都惊呆了，他们呆望着柳原飞机不可思议的举动。

“喂，那家伙撞过来了！”

“危险！快拉起来，拉起来！”

当他们意识到危险的时候，柳原的飞机已飞得很近了。特攻飞机都已拆掉了无线电，收不到这里的命令。就算是有无线电装置，柳原也不会掉转机头，这是显而易见的。

“这家伙想自爆！”

指挥所里的工作人员一片混乱。他们明白这是柳原为恋人的死在报复。但是他们现在就是想逃，也逃不出五百公斤炸弹的爆炸范围。而且，因为这是己方飞机，防空火力也毫无准备。

“命令迫水，击落柳原！”

吉永少校孤注一掷，想出了应付的办法。通信兵手忙脚乱地把命令传达给了迫水。直掩机由于负有确认战果的任务，所以装有无线电通信机。

迫水的飞机似乎犹豫了一下，随后，十二点七毫米的机关炮就开火了。迫水身经百战，他的机关炮在空中拖着白光，射进了悬挂在柳原飞机下的五百公斤重的炸弹里。

柳原的飞机在即将撞上指挥所的瞬间在空中发生了强烈的爆炸。基地上的人全都卧倒在地。指挥所的大楼在爆炸的冲击波中摇晃着，贴着防震胶带的窗户玻璃被震得粉碎。大楼里有的人落了一身碎玻璃和灰土，有的人被冲击波掀倒在地，很多人都受了伤。

柳原的飞机在空中爆炸后，冒着火的残骸落在了跑道四周。有一部分破碎的机体掉在了指挥所和机场的建筑物上，引起了火灾，幸亏被及时扑灭。

危险过去后，所有的人都受到了强烈的震动，半天不能讲话。

矢吹这才明白柳原是想拼上自己的性命来复仇。他想用撞击敌舰的特攻机来炸掉指挥所，报复那些侮辱并逼死了自己恋人的军官们。这绝不仅仅是个人的报复，而是对把特攻队员当做兵器使用的军部的一次强烈的反抗，是一次震撼人心的悲壮的“反特攻”。为了使好朋友矢吹免受其害，柳原在“出击”前，只向他一个人偷偷地发出了警告。

当官儿的感到不寒而栗，说不定什么时候就会有第二次、第三次反特攻。军部首脑们由此感到的恐惧，就是他们不把特攻队员当人看待的明证。

“只有加强直掩机了。”

吉永少校说。迫水的飞机在千钧一发之际击落了柳原飞机的情景深深地烙在了他的脑海里。直掩机的作用不是用来掩护特攻机免受敌人的攻击，而变成了用来保护指挥所的军官免受特攻机的攻击。

“现在的直掩战斗机几乎都改成特攻机了。”八木泽大尉说。

“即使减少特攻机，也必须增强直掩机的力量。”与消灭敌人相比，吉永更热衷于保护自身的安全。

“驾驶员怎么办？像迫水那样的老手已经找不到了。”

全体特攻队的飞机都来反特攻的话，迫水即使再厉害，也会防不胜防。

“那就从特攻队员中挑选些好手来飞直掩机吧。”

“不过，万一真有反特攻的时候，他们能向自己的特攻队朋友开火吗？”

“让迫水担任直掩队队长，对他们进行教育。”

“迫水中尉因为自己击落了柳原的飞机，好像正在苦恼异常呢。以后再有反特攻时，还不知道他会不会保护基地呢。”

北川大尉提出了不同意见。虽说是受命而为，但迫水对于自己那天击落了本应加以保护的僚机感到非常苦恼，那天回来之后就蒙头大睡。

“迫水中尉是个久经考验的战斗机飞行员。如果有人进行反特攻的话，他肯定会毫不留情地击落它。”

“他和特攻队员关系不错，我觉得他的掩护靠不住。”北川大尉也只从自己的安危考虑。

迫水明白自己也将会驾着特攻机出击。而指挥所里的人却绝对不会驾上特攻机出击。他们只是躲在安全圈里下达特攻命令而已。这就是他们和实施特攻出击的人的区别！

这种待在基地里的人和在空中以死相搏的战士之间的本质差别，在两者内心间划下一道不可逾越的情感鸿沟。

一片沉重的寂静。不是为了防备敌人的攻击，而是要预防自己人攻击，这使人觉得这种寂静中有一种滑稽的无奈。

突然，有人笑了起来，打破了寂静。以吉永为首的军官一齐把凶狠的目光射向了这个不知谨慎的人。发出笑声的是栗山大尉。

“有什么可笑的？”吉永少校斥责道。栗山仍然笑个不停地说：“对不起，我觉得这并不是什么严重的问题。”

“你这话是什么意思？如果有人效仿柳原搞反特攻，问题还不严重吗？”

“想搞反特攻就让他们搞好了，反正都得死。”

“你胡说什么……”

栗山堵住吉永的话头，不让他有机会反驳，接着说：“少个一架两架飞机对战局也不会有什么影响。他们反特攻的目标无非是机场的建筑和作战指挥所。所以，特攻机出击后，我们马上就躲到分场的地下室或离开这儿不就行了吗？”

“对呀！”吉永少校的眼睛又放出了光芒，心里的石头总算落了地。在分场的房屋底下，挖有很深的地道，建有飞机修理厂和总部防空洞。此外在基地的很多地方都挖有防止敌机空袭的防空洞。如果分散躲到那里面去，即使有反特攻，也能保证生命安全。

“嗨！竟然连自己人都要躲避了，看来帝国陆军的末日真的来临啦。”一名军官黯然地感叹道。大家都惭愧地沉默着。

矢吹从特攻队被选进了直掩队，受迫水中尉指挥。一方面是因为矢吹的训练成绩好，另一方面也靠在指挥所工作的老乡帮忙推荐。

编入直掩队就和毫无生还希望的特攻队不同了，这里尚有一线生的希望。

矢吹很感激老乡的好意，但当他明白了增强直掩队的真正意图后，就高兴不起来了。

“中尉阁下，让我去拦击昨天还是我朋友的特攻队员的反特攻，我下不了手。因此，我想退出直掩队。”矢吹向迫水说道。

“对我说没用，这是命令。”

“如果中尉对分场长说我技术不精，不能胜任直掩机工作的话，我想我能退队的。”

“我就是这么说了也没用。命令都下了，你就服从吧。”

“不过……”

“别说啦！难道你不明白吗?”

“啊?”

“只要你握着操纵杆，不管是特攻队还是直掩队，两者必居其一。不管在哪边，也都是死路一条。”

“这么说……”

“我不想再说什么了。自打当战斗机飞行员以来，我还是头一回接到命令击落自己的僚机。我比你还想去特攻队呢!”

迫水低下头，脸上露出了深深的苦恼。迫水击落柳原的飞机后，全体特攻队员都很恨他。为了防止他被人暗算，分场长已在他身边暗中派人保护。加强直掩队也是为了减少大家对迫水的憎恶。

迫水什么也没说，一句也没替自己辩解，他只是不折不扣地执行着命令，每天都担任直掩任务。但从那天起，他变得毫无食欲。由此可见他的内心是多么痛苦。

内心的痛苦、每天必须担负的体力消耗极大的护航任务以及严重的营养不良，使迫水日渐憔悴下去。

矢吹这才领悟到迫水那番话的真意。不愿意参加直掩队，那就得参加特攻队，和大家一起去撞死。迫水曾说反正横竖都是死路一条，矢吹意识到他也是不想再活下去了。

战功赫赫的空战“王牌”，竟然堕落到了受命击落僚机的地步。天生具有“军魂”的迫水，作为一个正直的军人，内心深处已经看透了虚饰着光环的日本军队。现在的日本军队已今非昔比了，充其量不过是躯壳而已。

身为帝国军人，就要战斗到死，但在倒下之前，一定要壮烈地战死，要死得有空战“王牌”的气概。

迫水黯然的眼睛，像是在诉说着。矢吹明白了，迫水正在寻找死的机会。

五

六月下旬的某日，下达了最后一次特攻出击命令。冲绳的日军基本上被歼灭了，他们出击的次数已大大减少。

矢吹编入了直掩队，也配备了一架隼式战斗机。出击飞机的编队是：十二架特攻机和六架直掩机。在当时飞机严重缺乏的情况下，竟然以二比一的比例编入直掩机，足见指挥所的军官们是多么害怕反特攻。

但是他们似乎没有料到，直掩机也可以随时变成反特攻机。

“看来今天是遇上劲敌了。”在从指挥所走向飞机时，迫水对矢吹说道。迫水在后勤兵的帮助下登上飞机时，又对矢吹说了些什么，但是被旋转的螺旋桨发出的轰鸣声吞没了。矢吹只能看到他那雪白的牙齿极为醒目。

他可能是在向矢吹道别。特攻出击时，即使是直掩机也难以生还。他们这次仅凭十八架老掉牙的飞机，就要到密集如云的美国舰载机群中冲杀。

迫水中尉之所以能活到今天，全凭他那高超的飞行技术和作为战果确认机的责任感。

矢吹明白，迫水中尉今天已不惜一死了。同时，这也意味着矢吹生命的终结。

“柳原，今天我也要去了。”登机时，矢吹默默地对已经死去了的朋友说，同时也是对自己说。活到了今天，死期还是来临了。

矢吹面向东京，向父母和笹野雅子道别。

“我曾说过一定要活着回来，但现在要违背誓言了。请原谅我。”此时他并不清楚自己的亲人是否平安无恙。矢吹关上座舱盖，示意后勤兵搬开机轮挡块，他慢慢地加大了油门。飞机缓缓地离开机列，开始向起飞点滑去。这时，僚机卷起气流，已经开始在跑道上加速了。

“起飞！”

矢吹在起飞点上开足了马力，飞机开始快速滑行起来。在作战指挥所的前面，刚向他们敬过壮行酒的分场长、军官和地勤兵们使劲挥动着手，列队为他们送行。想到也许这是最后一次看基地了，矢吹感到心头一阵悲凉。迫水的飞机早已升空，正在空中待机。

“来生转世，一定要生在一个没有战争的国度里。”

矢吹飞机的下方，大地像急流一样向后奔涌而去。在飞机轮胎摆脱大地摩擦的瞬间，飞机就像是扯断了一根游丝，飘浮到了空中。

飞机在基地的上方编队后，他们便笔直地向南方海面飞去。当开闻岳被抛在身后时，他们便来到了海上。何止有上百架、上千架的特攻机，都从这开闻岳的上空直奔死亡而去。海面上风平浪静，令人难以相信在不远的前方就是战场。海平线上露出一片积云，白得眩目。天空晴得出奇。飞行非常平稳，飞机犹如定在了空中一般，几乎使人忘记了身在何处。

但是，在这片极其和平的空间里，敌人正磨尖了牙齿，躲在某个地方等着他们。这里虽是日本的领空、领海，但制空、制海权却掌握在敌人手里。特攻机紧贴着海面飞行，直掩队飞行在他们前方，相距约六百米。性能好些的直掩队飞机不费多大劲，就能把装着重磅炸弹的特攻机甩到身后。

特攻方法有两种，一种是从敌舰上部的高空俯冲下来实施攻击；另一种是紧贴海面撞击敌舰的腹部。

这两种接近目标的方法都要求有娴熟的飞行技术和航向的精度。虽然视野会受到限制，但与中等高度的飞行相比，命中率要高。

飞到六千米以上的高空时，容易避开美军战斗机的迎击。雷达虽能从屏幕上发现特攻机从高空接近，但美军的舰载飞机还要花时间起飞才能迎击，这样便能赢得时间，所以飞行高度越高，越容易躲过战斗机的拦截。

低空接近的优点是：在二十公里以外时，雷达发现不了特攻机正在接近。美军的高空警戒飞机也几乎不可能用肉眼发现它们。

但是使用高空接近法要求飞机在六千米的高空飞经六百五十公里的路程才能到达冲绳，但特攻机大都破旧不堪，难以胜任。再加上美军的舰载机通常都在高空待敌，这种方法的优点几乎丧失殆尽。更何况从高空垂直俯冲而下时，即使是飞行老手也很难控制飞机，这样便给了敌舰躲避的时间，命中率反而降低了。

所以，现在日军几乎都采用“超低空接近法”。这种方法比高空接近法的视野更小，需要技术纯熟的驾驶员。因此，直掩战斗机就兼任了导航的任务，引导特攻机飞向战斗海域。

即使是这样，飞行时如果天气不好，那些刚学会飞行技术不熟练的特攻队员还是会和导航机走散；空战一起，便像无头苍蝇一样左冲右撞。超低空接近法虽不易被敌人发现，但一旦发现就难以逃脱，因为从一开始就处在了不利的空战位置上。

不过即使己方处在有利的位置上，也不是美军的对手。因为双方飞机的性能、装备及驾驶员的熟练程度，相差太远。

直掩队展开战斗队形，一边前进一边警惕着四面八方的空域。极目望去，满眼都是湛蓝的天空。离开基地已经一小时了，还没发现敌人的踪迹。越是向南，天空和大海的颜色越深。

突然，迫水的指挥机摇起了机翼，这是发现敌机的信号。但是，晴空碧蓝如洗，矢吹丝毫没发现敌人的踪影。

矢吹感到莫名其妙，歪头向迫水挥挥手示意自己什么也没发现。迫水的飞机靠近了他的右翼，打开舱盖，指了指右前方。

矢吹顺着迫水指的方向看去，还是没发现敌机的影子。这时迫水的飞机却急匆匆地晃着翅膀，开始爬升。

无论如何，在做超低空飞行时，先被敌人发现是极为不利的。直掩机的任务之一，就是当诱饵分散敌机的注意力。在急速爬升的直掩机下方，特攻机仍旧像爬一样贴在海面上前进。虽然没发现敌机的影子，但特攻机拖着沉重的炸弹，在高度紧张的气氛中拼命向前飞，这情景真让人感到心酸。

高度升到两千米时，在迫水的飞机右前方约一千米的上空，出现了一个闪闪发光的东西，像是飘在空中的一粒灰尘。凝神细看时，那粒闪亮的灰尘眼瞅着变成了芝麻大小。是敌机，有十架。

直掩机都发现了敌机。敌机也看到了他们。距离渐近，是敌军最先进的P－51野马式战斗机。这种飞机装备有六挺十二点七毫米机关炮，最高时速可达七百一十公里，发动机功率一千七百二十马力，续航距离一千七百三十公里，它比隼式战斗机飞得更高，而且俯冲得更快。它的拐弯、翻身的半径也很小，空战性能优良。而且它还装有厚厚的防弹装甲和油箱自锁装置，为了保护飞行员的生命安全，设计非常结实。

日军的主力战斗机则与其形成鲜明的对比。从开战以来，一直都是使用隼式战斗机。它装备有二挺十二点七毫米机关炮，最高时速五百一十五公里，发动机功率一千一百三十马力，续航距离一千一百公里，任何方面都处于劣势。此外，就是诺门坎战役后，早已退役做练习机用的九七式战斗机。更何况除迫水之外，他们都是些只受过速成特攻训练的学生出身的新手。他们不仅在数量上处于劣势，而且这场战斗从一开始就是一边倒的局面。但是为了掩护特攻机，迫水决心率领这支不堪一击的直掩机队向占绝对优势的敌军挑战。

敌机好像没发现特攻机。他们平时净是对付那些装满重磅炸弹，飞起来摇摇晃晃的特攻机，很久没有见过识过斗志旺盛的日本战斗机了。现在猛一见到，似乎有些吃惊。迫水的机体上掉下一个黑色的东西，是他甩掉的副油箱。矢吹也拉动了甩掉副油箱的操纵杆，机体微微一震，顿时感觉轻快起来。

敌机并不直接冲上来，而是开始向左转弯。迫水他们也马上转弯，逼近敌机寻找战机。由于下面有特攻机，他们不能爬到最高处。否则万一在抢占有利空战的高位置时，被敌机发现下面的特攻机，他们就无法掩护了。迫水左右为难，他既要准备空战，又必须掩护特攻机。双方的距离越来越近，该开火了。面对有生以来的第一次空战，矢吹瞪大了双眼，喉咙里着了火一般，火辣辣地。他一遍遍地提醒自己要沉着，但身体仍在微微发抖。与其说是他在渴望着搏杀，倒不如说是极度紧张造成的痉挛。

眼看就要交火了，敌机编队却发生了奇怪的变化。六架飞机仍留在上空，另外四架飞机却急速地向左下方俯冲下去。他们还是发现了特攻机。敌人留下了同样数目的战斗机来对付直掩机，腾出一部分兵力去对付特攻机。

迫水为了拦住他们，从下方向上猛冲。矢吹和其他的直掩机紧随其后，快速爬升。但处在高处的另外六架飞机也扑了下来，战斗一开始就对他们很不利。双方相互对射，立刻陷入了一场混战。在和敌机交错的一瞬间，矢吹感到机体受到了一阵猛烈的冲击。他定睛一看，身体并没受伤，飞机安然无恙地飞在空中，各种仪表也都很正常。

一束耀眼的闪光在矢吹左翼数十米的空中炸裂开来，也不知是哪一方的飞机在空中爆炸了。数股黑烟拖着尾巴四分五裂，那是击毁的飞机残骸。现在也弄不清楚迫水的飞机去哪里了，特攻机的情况也不知怎么样了。

矢吹正拉起机头，只见刷地一下，一只怪鸟的影子掠了过去。就在那一瞬间，矢吹看到了那架飞机的侧腹上画着一个红乌龟标志。

“红死龟!”

迫水中尉讲过的可怕的红色死亡之龟就出现在眼前。本已忘掉的恐惧感又猛地袭上心头，由于无法控制的本能反应，矢吹现在所感到的只有恐惧了。

矢吹的飞机面对着敌机翻转逃跑。“红死龟”向着绝好的猎物猛扑过来。矢吹把飞机的性能发挥到了极限，想摆脱“红死龟”的追击。但无论是技巧、速度还是飞机的空战性能，敌人都高出许多。它紧咬着矢吹不放。

“红死龟”现在占据着捕食猎物的最佳位置，但它就是不开火。它把矢吹套在瞄准器里，戏弄着这个到手的猎物。

“这下完了!”

矢吹绝望地闭上了眼睛。机关炮射出的曳光弹从身边飞过，“红死龟”终于露出了它的尖牙利齿。

但矢吹的飞机依然在空中飞行，机体也没中弹，而身后的炮声却越发急促起来。在好奇心的驱使下，矢吹向舱盖后方望去，却看到了一副意想不到的景象。一架日本飞机不知什么时候咬住了盯住矢吹的“红死龟”，并正在向它开火。但在后面，另一架野马式战斗机正咬住那架日本飞机也在猛烈地开火。“红死龟”放弃了矢吹，兜起了圈子，想躲开那架日本飞机的攻击，但那架日本飞机紧紧咬住不放。

是迫水救了他！迫水知道自己处于敌人的火力之中，却并不躲避，仍继续开火。按理说，在这种情况下，敌人向自己开火时，出于自卫本能，无论如何都会躲避的。“红死龟”尽管中了不少炮弹，却并没坠毁。这全靠它有出色的防弹防火设备。“红死龟”使出浑身解数想摆脱迫水。如果是一般的飞行员，形势马上就会逆转，但经验老到的迫水却死死地咬住了它。

一向没放在眼里的日本战斗机队中竟然还有如此勇猛的人。“红死龟”从心里感到害怕了。

但是，日本的战斗机只重视作战性能，却忽视防火防弹装备。它抵挡不住后面那架掩护“红死龟”的野马战斗机的炮火。迫水的飞机尾部冒出了黑烟，尽管如此，但他的飞机的速度和勇猛势头却丝毫没有减弱，仍然猛追着“红死龟”。迫水的飞机机身起火了，转眼间油箱就爆炸了，飞机在空中炸得四分五裂。

几乎同时，“红死龟”也着火了，从机身中绽出了一朵白花。“红死龟”飞机在空中留下一朵花瓣般的降落伞后，就被吸进了弥漫着火光和浓烟的海里，坠毁了。

这只不过是两三分钟的事。迫水在千钧一发之际救了矢吹的命。矢吹在空战圈外茫然若失地看着。迫水替矢吹死了。他为了救矢吹，紧紧地咬住了宿敌“红死龟”，结果与敌人同归于尽了。

苍茫的天海间，只剩下矢吹一个人。双方的飞机都不见了踪影。特攻机和直掩机可能都已葬身海底了。矢吹茫然若失，求生的本能促使他掉转机头，向北飞去。

第十章 阳光之桥

一

搜查转向了T大医学部附属医院。无奈事隔二十多年，当时的患者住院记录所剩无几，再加上医院的医生、护士和员工等都换了人，搜查工作陷入了窘境。

医院的病历一般都保存三到五年，只有一些特殊病症的病历才会永久保存下来。但昭和二十三年（一九四八年）前后，战后的混乱尚未完全平息，档案管理无人顾及。

他们总算找到了一位老总务员还记得栗山。他从仓库里找出一份旧病历。病情和治疗意见都是用德文书写的，但在病名一栏中清楚地写着“伯格氏病”。

就是它了。

“给栗山动手术的医生现在还健在吗?”下田问。

“当时外科部长村井医生主刀，可能是因为病情罕见，部长才亲自主刀的。”

“那么，村井医生现在在哪里?”

“早退休了，已经过世了。”

“死了?”

刚找到的线索，又断了。失望像乌云一样涌上了下田的心头。他耐着性子问：“护理这名患者的护士，现在还在吗?”

“上哪找去？这是二十多年前的事儿了，护士都换好几茬了。”

“那当时有没有与栗山特别亲近的病人呢？”

“我不直接和病人打交道。”

“那你怎么会记得栗山的事呢？”

“他是个长期住院的病人，而且得的又是坏疽之类的怪病，所以我自然而然地就记住了他的名字。”

“有人来看过他吗？”

“这个嘛，我记不得了。”

“在住院期间有没有亲近他的人，比方说一块儿参加‘同好会’、兴趣小组之类的。”

“这个嘛……”

老总务员歪着头，猛地想起了什么似的拍了一下大腿说：“对呀、对呀，要这么说的话……”

“你想起什么来了？”下田看到他有些反应，就凑上前来问。

“住院的病人中有很多都是旧军人。我听说他们成立了一个由清一色的军人组成的小组。”

“栗山参加了旧军人小组了吗？”微机上虽然贮存着栗山的犯罪经历，但栗山参过军，这还是头一回听说。

“因为他的手指脚趾都切除了，护士还曾跟他开过玩笑，说让他以后就做个在街头拉手风琴的残废军人。”

“你认得当时他住院时的旧军人小组里的人吗？名字想不起来没关系，只要有部队番号、停战时的驻地等就可以。”

“这个我可记不得了，他们的病历也没保存下来。”

“除军人小组以外，栗山还加入了其他小组吗？”

“有可能。长期住院的病人为了打发时间，组成了各种各样的小组。”

“都有什么小组？”

“最多的是读书小组，其次是围棋、象棋、俳句、短歌、打油诗小组等。”

但是当时的病历现在都已销毁了，已经无法查找那些兴趣小组的成员了。

笠冈费尽周折才找到的线索，看来又要断了。这时，老总务员又拍了一下大腿说：“有了，说不定阿澄能记得那时候的事。”

“阿澄是什么人？”

“是当时外科病房的护士长。军人小组的事就是她告诉我的。她现在已经退休了。孩子对她孝顺，现在她可是过上舒心日子了，跟我就不一样啰。”老总务要开始诉苦了。下田赶忙煞住他的话头，问道：“她现在住在哪里？”

“您先稍等，几年前她给我寄过一张贺年片，上面应该有她的地址。”

老总务员从桌子的抽屉里取出了一本珍藏着的备忘录翻看起来。

“啊，找着了，找着了。坂野澄要是还健在的话，应该是住在这里的。”他推了推鼻子上的老花镜，把地址告诉了下田。

下田根据他从T大附属医院里打听来的线索，马上就着手去查栗山重治的军籍记录。

军籍与证明身份的户籍不同，除战死或病死在战场上的人在除籍时在户籍上会有记录外，一般不在户籍簿登记。

目前，海军军籍记录保存在厚生省援救局业务第二课；陆军军籍保存在厚生省援救局调查课及各都、道、府、县的援救课和军籍课。

相比之下，各都、道、府、县的陆军军籍记录比厚生省的更为详细。但在第二次世界大战结束前，为了不落入美军手里，大部分记录都被销毁了，只有极少一部分保存到了现在。

因此，军籍被烧毁后，只要本人不说，谁也不会知道。厚生省和各地方自治机构正在力图通过幸存者的回忆来补全正确的记录，但有许多幸存者也如石沉大海一般杳无踪迹。有些驻在外国的军队全军覆没，所有人员音讯皆无。因此，记录很不完整。

下田先是去了厚生省业务第二科查询，但没找到栗山的记录。随后，他又询问了负责陆军军籍的调查课，还是没有查到这个名字。

剩下的只有栗山的原籍——神奈川县厅援救课的记录了。但那里也没有栗山的名字。据调查课的人讲，原籍神奈川县的人的军籍记录只保存下了三成，其余的都在战争结束时销毁了。

神奈川县销毁的记录尤其多。麦克·阿瑟进驻日本的第一个落脚点就是神奈川县境内的厚木空军基地，所以该县烧毁的档案不计其数。栗山重治的军籍记录就是淹没在战争结束时的那一片混乱之中，和他本人一起永远地消失了。

“杉并区井草二24号”，这就是从T大附属医院总务员那里得到的原护士长的住址。去了一看，原来是在一条社区的街里，离西武新宿线的井荻站有五六分钟的路程。

这套住宅虽小，却很整洁，四周环绕着篱笆墙，门牌上写着“坂野”。下田按了一下门铃，屋里的人应声作答。一位三十岁左右的家庭主妇在围裙上擦着手，从门里探出头来。

下田讲明了身份，并说想见一下坂野澄。那个主妇带着不安的神色说：“他奶奶带着惠子去公园了，您找她有什么事？”

“没什么，我想向她打听点儿事。您不必担心。”下田安慰她说。

“是这样啊。公园离这儿不远，我去叫她。”主妇放心了。

“不用了，您告诉我怎么走，我自己去找。您最好别空着门出去。”下田出于职业的警觉忠告她，并问明公园的位置。

从坂野家步行几分钟就到了那个小公园。说是公园，倒更像一个社区的街心广场。

公园里有几条长椅、一副跷跷板和一架荡椅。荡椅中坐着一位年近七十、颇有风度的老太太和一个三四岁的小女孩。

老太太神态安详而又从容，可以看出由于儿女的孝顺，她的晚年很幸福。

“您是坂野澄吧？”下田径直走到老太太面前问道。老太太疑惑地抬起头来：“是的，我就是，您是……”

“我是T大附属医院的安木介绍来的。”下田说出了告诉他地址的老总务员的名字。

“哎呀呀，安木他还好吧？”

“嗯，他很硬朗，还在上班呢。”

“已经好几年没见过安木了。他还在上班呀！”

“他让我向您问好。”

“您今天找我有什么事儿吗？”坂野澄敛起了怀旧的情绪，用温和的目光看着下田。她的眼光虽然温和，但绝不昏聩，甚至还带有往日大医院里护士长的威严。她毕竟指挥过众多的护士。下田首先问她记不记得一个名叫栗山重治的病人，她肯定地点了点头。下田高兴得几乎跳了起来。他接着又问：栗山住院期间，参加军人小组或其他什么小组时，是否有什么人和他特别亲近。坂野说：“栗山是在服刑期间得病住的院。我原来丝毫不知道他曾当过兵，因为他从来没提过这事。后来碰巧和他同时住院的人中，有个旧军人认识栗山，我这才知道这事。听说他确实当过兵。”

“知道他是什么军衔吗？”

“这个嘛……”

“知道是陆军还是海军吗？”

“我只是隐约听说战争结束前他在九州的南部。”

“他加入了军人小组吗？”

“军人小组比较松散，没有什么具体的特别规章约定。不过是这样一些病人总有意无意地聚在一起。”

“栗山还参加过其他的小组吗？”

“我想没有。”

“那么军人小组里有没有人和他特别亲近？”

“这个嘛，非但没有亲近的，怨恨的倒有。”

“怨恨？”

“就是特别恨栗山的人。”

“恨？”

下田不由得眼前一亮。他根据笠冈的提示，前来调查栗山在住院期间的人际关系，但是由于先入为主的思维方式，他把“关系”这个提示理解成了亲近的关系。在追查人的过去时，经常会陷入这种心理盲区。调查凶杀案时，本来就该把调查人际关系的重点放在仇视和怨恨上。

“这个人是谁？”

“名字我现在一时想不起来了。那人认识栗山。”

“恨是指有积怨，还是仅仅关系不好？”

“好像是当兵时，在栗山的手下吃过大亏。在医院里初次碰上时，他冲上去就要打栗山，被周围的人拉住了。”

“看来是积怨颇深了。那个人是因为得了什么病才住院的呢？”

“是做盲肠炎手术。住了三周左右就出院了。那时栗山正在接受手术后的治疗，他们是在观察室里碰上的。”

“也就是说，栗山此前早就住进了医院，是吧？”

“是的，好像是住进医院后半年左右。”

“栗山出院后，又回到监狱了吗？”

“不，听说他得病时，刑期基本就快结束了。出院后就假释了。”

“关于那个认识栗山的病人，您还能不能想起点别的什么来？”

“一下子想不起来，说不定以后会想起来。”

“那就拜托您了，无论多么琐碎的事都行。”

除了那个盲肠炎患者，她再也想不起栗山住院时周围的其他人了，并且就连这个唯一记起来的人还是讲得不明不白。

二

根据T大附属医院原护士长坂野澄提供的情况分析，当时有一个旧军人（尚未证实）憎恨栗山。要揭穿那人的真面目，只有靠坂野澄的进一步的回忆了。

“那个护士长，真能想起来吗？”那须警部心里有些没底。

“我想大概没问题。那个老太太头脑非常清楚。”下田想起了初次走访坂野澄时，她温和的目光透出的睿智。

“就算是坂野澄回想起来了，能保证这个旧军人就是我们要找的人吗？”那须班资格最老的山路部长警事插话了。他还是有些怀疑。因为这个男子仅仅是在二十多年前和受害者一起住过同一所医院，这种关系离现在未免有点儿太远。山路本来就对笠冈提出的“医院说”有些异议。

“现在是不得已才提出这个说法的。栗山的经历和在服刑期间的关系都调查过了，都没问题。现在所剩的唯一线索，就是他在住院期间的人际关系了。受害者住院一年零两个月，这是一段不容忽视的经历。”

那须慢条斯理地说道。这话给下田打了气，他说："如果搞清楚了这个神秘的旧军人的身份，就能和中津屋的人对上号了。"

三天后，搜查本部接到了一个电话，说是一个名叫坂野的女人打给下田的。下田一听，心中一喜，坂野澄想起来了！他颤抖着把话筒贴到耳朵上，里面传来一位年轻女子急切的说话声："是下田先生吗？"

"是的。"

"您是前几天来过的那个刑警吧？"

"是的。"下田答道。这个声音太年轻，不像是坂野澄。他记起了这是那天听到门铃后在围裙上擦着手出来开门的坂野家的媳妇。

"我是坂野的妻子，奶奶她……"话说到这里就停住了，像是为了抑制住突如其来的感情波澜。

"喂喂！坂野澄她怎么了？"下田感到事情不妙，急切地问道。

"她今天早晨，一下子就倒了下去，据说是脑出血。"

"坂野得了脑出血！"下田觉得犹如一个晴空霹雳。他像是被雷电击中了一般，握着话筒几乎要倒下去。

"那，有生命危险吗？"下田好不容易才从最初的震惊中镇定下来，问道。

"很严重，现在还在昏睡不醒。"

坂野澄三天前还健健康康地哄着孙女玩，现在却变成了这样，真是做梦也没想到。好不容易才找到提供栗山重治线索的唯一证人，还出了问题，这下又要永无天日了。下田感觉像是极度虚脱了一般。

"那还有康复的希望吗？"他仍不死心。

"医生说她年纪大了，情况很难说。不过奶奶刚病倒时，头脑还清醒，说过几句话。她说刑警托她的事她想起来了。"

"想起来了！"下田高兴得跳了起来。他本该早就想到坂野夫人通知他坂野澄病倒了肯定是有原因的。

"她想起什么来了？"一时间他光想到了解情况，坂野澄的健康似被抛到了脑后。

"她说是什么'诗吹'。"

"'诗吹'，是发的这个音吗？"

"是的。"

"你知道这几个字怎么写吗？"

"不知道。她光说是'诗吹'。"

"她说没说这个人的住址和职业之类的情况？"

"没有，就这些。"

这可真是空欢喜一场。仅有"诗吹"这两个字，真让人摸不着头脑。坂野夫人好像觉出下田很失望，又补充道："不过奶奶昨天晚上还说了一些莫名其妙的话。”

“昨天晚上？莫名其妙的话？”下田像是抓住了救命稻草一般，赶紧追问对方。

“她昨天晚上还很精神，根本就让人想不到今天会病倒。我丈夫买回一张唱片，奶奶无意中瞥了一眼封套，就说这首歌很像是那个病人经常念叨的诗。”

“那个病人，念诗？”

“于是我就问她那个病人是谁，她说就是刑警打听的那个人。但是名字记不起来了。”

“那是首什么歌？”

“美国歌手约翰·登巴的《阳光照在我肩上》。”

下田知道这个约翰·登巴。他因《悲伤的喷气机》一曲而成名，是一名正在走红的创作型歌星。登巴的演唱风格朴实无华，充满了自然的清新和人性的光辉。他在日本也有很多歌迷，其中他的《阳光》最受人欢迎。

坂野澄说的“那个病人”可能就是指她今天早晨病倒后说的那个“诗吹”。但是“诗吹”和栗山重治同住T大附属医院，是二十多年前的事儿了。当时约翰·登巴不过才五六岁，还没有《阳光》这首歌。

“她好像老是惦记着这首歌。今天早晨倒下之后才想起了这个人的名字。奶奶还再三叮嘱我一定告诉刑警先生。”

“您这么忙还打电话来告诉我，真是太感谢了。不过，《阳光》是英文歌曲，奶奶懂英语吗？”下田虽然觉得这么说有些冒昧，但还是问了一句。老太太是个知识女性，作为T大附属医院里重要病房的护士长，懂英语也不足为奇。不过下田有些怀疑，因为英语热是在一九四七年左右才流行起来的。

“只是认识几个字母而已。她接受的是战前教育。”

“那她怎么能看懂《阳光》的歌词？”

“上面附有日文译词。”

“澄老太太读过之后，说是很像那个病人经常念的诗，是这样吗？”

“是的。”

“您特地告诉我，真让您费心了。您正忙着护理病人，本不应该前去打扰，不过我想马上去您府上，借《阳光》的唱片封套用用。”

在她婆婆病危的时候前去拜访，是极不礼貌的，但这也是没有办法的事。因为这样比去音像店里找更直接，而且得到的资料也更准确。

下田把从坂野家借来的《阳光》唱片封套先是拿到了笠冈那里。笠冈的手术很成功，身体恢复得很快。

“约翰·登巴这个名字倒还是头一回听说。不过，你是说那个老太太记得这首歌的歌词吗？”笠冈看着唱片封套问道。在英文原文歌词的旁边还附着日文歌词：

披负着温暖的晨霞，
我把希望交付给翅膀。
太阳托起我所有的幸福，
金色的海染亮我真诚的目光。
如果你渴望分享这快乐，
那么我就为你献上这支歌。
这歌若真的拨动了你的心，
就请用你的目光温暖我。

让我们一同融入阳光的灿烂，
让我们的心愿同光明一起，
在人间的大地上洒落。
永恒的阳光就如同我们永远的祈祷，
愿所有的悲哀都变成欢乐的歌。

“怎么样，笠冈先生，你对这首歌词有印象吗?”下田问。他一直在旁边察言观色。

“听说这是首很流行的歌曲。不过，我对‘洋歌’没什么爱好。”

近来笠冈对下田说话的口气也亲热多了。这也是因为下田为人随和，没有警视厅常有的那种傲气。

“不，不是指现在的这首歌。而是指在栗山住院时，也就是一九四八或者一九四九年前后，您当时也只是二十岁出头吧?”

“那时候我是不可能听到美国流行音乐的。”

“据说一个叫‘诗吹’的男子经常念这首诗。”

“我可是不记得了。”

“这么说看来不是流行歌曲的歌词啰。”

“那会儿，净流行一些东京歌舞伎、乡村小调和温泉民歌之类的。这种歌词闻所未闻。线索只有《阳光》的歌词和‘诗吹’这个名字吗?”

下田叹了口气。

“也不知道坂野澄老太太现在怎么样了。”

“还在昏睡不醒。听说这个星期是关键。”

“澄老太太即使恢复了神志，恐怕也记不起更多的东西了。”

“为什么?”

“她病倒后，马上就让她媳妇和你联系的吧?她病危时硬撑着告诉你这些，应该是倾其所知了。”

“有道理。但是仅凭‘诗吹’和《阳光》，还是毫无头绪呀。”

“‘诗吹’念过的诗和《阳光》之间究竟有什么关系呢?”

两个人盯着约翰·登巴的《阳光》日译歌词，绞尽了脑汁也没想出个所以然来。

栗山重治被害案的搜查工作陷入了僵局。坂野澄病倒后的第六天就在昏睡状态中去世了。她倒下去前想起来的“诗吹”这个名字，因一时资料不足也难起上作用。

搜查本部中认为栗山和“诗吹”之间没有关系的意见开始占了上风。

“把‘诗吹’在二十多年前栗山住院时对栗山抱有反感当成其杀人动机太牵强了。”

“栗山结婚以前的情况我们尚不清楚，却偏要揪住他住院这一段时间深入调查，弄不好会招人非议。”

“我们不能因为他得过伯格氏病这种怪病，就把搜查方向偏到医院上。”

“再说，也不能因为遇害人得过怪病，就认为凶犯肯定和这个怪病有关。”

各种意见接二连三地冒了出来。“笠冈说”已开始人心动摇。

三

笠冈的手术很成功，医院决定让他出院回家养病。出院比预想的要早。笠冈却认为这表明自己的大限已近。他觉得这是医生在可怜他，只暂时摆脱了生命危险，在哪里养病都一样，反正是活不成了，死之前还是回家的好。也就是说，医生已经撒手不管了。

笠冈窝了一肚子火回家了。自己差点搭进一条命，好不容易才查明了栗山的身份，搜查却好像又走进了死胡同。

他本想在有生之年抓住犯人，却陷入了迷宫里。

——看来我是无法偿还时子的债了。

其实偿还人生的债务之类的想法根本就是错的。更何况现在即使还了债，也无法挽回夫妻之间的爱，也无法为自己的人生画上一个有意义的句号了。

“既然已经到了这一步，在临死之前索性摆摆大丈夫的谱吧。”

——以前虽然是一家之主，却像只抱养过来的猫，整天畏首畏尾的。

笠冈马上就摆起谱来，时子和时也也都对笠冈陪着小心。

出院两星期后的一个傍晚，时子送来了晚饭和晚报。笠冈现在能吃一些好消化的普通饭菜了，体重似乎也有一些恢复。笠冈却认为这是回光返照。

没几天活头了——他心中暗想。

“您今天看上去气色非常好。”妻子没话找话。

哼，口是心非，心里巴不得我早死呢——笠冈心里暗想。他表面上却装出若无其事的样子说："嗯，我今天心情挺好。报上有什么有趣的新闻?"说着他就瞅着妻子手里拿着的报纸。因为无聊，他很想看报纸。但他又容易疲劳，所以一般就让妻子念一念主要的新闻。

"没什么重要新闻。今天好像没发生您关心的刑事案子，可以说天下太平。"

"天下太平?"

笠冈很恼火地琢磨着这句话。现在自己体内的病变部分正在恶化，这怎么能说是天下太平!

"哎呀，约翰·登巴要来日本了。"他妻子翻到社会版看了一下，随口说道。

"什么?约翰·登巴!"笠冈对这个名字记忆犹新。

"咦，您知道约翰·登巴?"时子对此有些意外。

"不就是那个现在正在走红的美国歌星吗?"

"您竟然知道约翰·登巴，真是不得了。"

"别讽刺我了。他的走红歌中有一首叫《阳光》吧。"他内心正在为这首《阳光》所烦恼。

"哎呀，报上就有《阳光》的介绍。"

"都写了些什么?"

"我念给您听听吧，太平洋战争中敌对双方的友谊之花，联结日美战斗机飞行员的约翰·登巴的《阳光》。"

"什，什么!"笠冈吃了一惊。

"东京都武藏野市绿町××公司的职员矢吹侦介（五十一岁）读过不久将来日访问演出的约翰·登巴的走红歌曲——《阳光》的日译歌词后说，约翰·登巴的父亲，太平洋战争中的空军飞行员，可能是自己在战争末期作为特攻队员出击时的空战对手。"

"给，给我看看。"妻子刚读了一半，笠冈就把报纸抢了过去。

"哎呀，您这么感兴趣呀。"

笠冈毫不理会妻子的惊奇，急切地继续往下读。

"矢吹先生在第一次学生动员中便应征入伍，招募为特攻二期飞行见习士官。战时他成为特攻队员，配属九州南部的特攻基地。矢吹先生认为，他于一九四五年六月××日作为特攻机的直掩机出击时，曾和约翰·登巴的父亲驾驶的美军战斗机交过火。据他说，那架美军飞机机身上画着一只红色的乌龟标志。

"矢吹之所以认为画有红乌龟标志的美军飞机驾驶员是约翰·登巴的父亲，是因为他的队长迫水太一中尉在南方前线上曾和这架飞机屡次交手。这架画有红龟的美军飞机，在日本基地上空投下的传单上写的诗很像是约翰·

登巴的《阳光》：

披负着温暖的晨霞，
我把生命交付给翅膀。
太阳光支撑起我所有的坚毅，
金色的海染亮我燃烧的目光。

为了祖国，你哪怕被折断翱翔的双翅，
为了祖国，我也愿用碧血染红白云。
无论是夜的生命化做了流星，
我们的灵魂都将漂浮在这海空，
与永恒的阳光为伴，交相辉映。

虽然我们正在为祖国的尊严而战斗，
但我坚信将来总有那么一天，
在和平的蓝天中我们比翼双飞，
那时的阳光将会比此时更加灿烂。

“上面的第一节与《阳光》极为相似。画有红龟标志的飞机投下的诗是迫水中尉翻译给他听的，因此也不知原诗的出处。迫水中尉在六月××日的空战中，与画有红龟标志的飞机交战时身亡。红龟飞机也在与迫水飞机的对射中中弹起火，飞行员跳伞，但生死不明。据参加过那次战斗的矢吹推测，那人可能是约翰·登巴的父亲，就是他写了那首成为《阳光》歌词的原诗。

“不管怎样，约翰·登巴不久即将访日。如果驾驶有红龟标志的美国飞机的驾驶员真是约翰·登巴的父亲的话，《阳光》将成为联结日美空军勇士的桥梁。”

报道就写到这里。笠冈读完后，一时间茫然若失。

这里有“矢吹”，也有约翰·登巴的《阳光》。没错，坂野澄说的“诗吹”就是这个矢吹祯介。

“终于找到了！”笠冈拿着报纸，自言自语道。

时子吃惊地看着神色骤变的丈夫，问道：“你找到什么了？”

第二天早晨，时子端着早饭走进丈夫的房间时，不由得大吃一惊。本应卧床静养的丈夫不见了。

“孩子他爸！”她连叫了几声都没人应。厕所和浴室里也找不到。她以为丈夫动完手术还没有完全恢复，不会出去的。但慎重起见，她还是拉开衣橱门看了一下，丈夫平时最喜欢穿的茶色西装不见了。

时子脸色发白，愣在了那里。她想了半天，也猜不出笠冈会去哪里。她打了电话，正好是下田值班。

“夫人，有什么事儿吗？”

“下田，不好了，我丈夫没去您那里吗？”时子不等下田说完就匆忙地问道。

“笠冈来这里？夫人，您在开玩笑吧？”下田一下子还难以相信。

“不，不是开玩笑。今天早晨我给丈夫送饭时，发现他不见了。他平时穿的西装和皮鞋都不见了。我早晨起床时他还在的，可能是我去厨房准备早餐时他出去的。”

“他那样的身体状况可怎么行呢？他会去哪儿了呢？”下田也大吃一惊。

“到目前为止，这里还没有。不过，他知道自己一到这里肯定就会被送回去的。夫人您估计他会去哪里呢？”

“会不会是……那个报道？”

“什么报道？”下田听到了时子嘀咕的声音，就问她。

“这是昨天晚上的事儿了。笠冈对报纸上的一篇报道非常感兴趣。”

“是篇什么报道？昨天我没有看晚报。”

“只不过是一篇关于约翰·登巴的报道。”

“约翰·登巴！”下田喊了起来。

“我隐约记得似乎讲的是一个原特攻队员的故事，他认为自己在战争中可能曾和原为战斗机飞行员的约翰·登巴的父亲交过手。”

“夫人，是什么报纸上登的？”

“昨天的《每朝新闻晚报》。”

“我马上就去看一下，或许能弄清楚笠冈的去向。请您挂上电话稍等，我一会儿再打给您。”

下田心里有一个预感。他在报纸中很快地找出了那条报道。

“笠冈去了中津溪谷。”

他看着报道中的一张肖像照，很自信地判断。那里刊登着一张非常清晰的照片，是“前陆军少尉”矢吹祯介的。

第十一章　虚饰背后

一

正如下田所料，笠冈果然来到了中津溪谷。

“哎呀呀，刑警先生，您康复啦？”中津屋的女招待看到笠冈弱不禁风的病体，就像是见到了幽灵似的问道。

“那时多亏你悉心照顾，现在全好啦！”笠冈强打精神，佯装笑脸，但一点儿也看不出他的病已经完全好了。

笠冈是在东京乘出租汽车来这里的。他长期卧病在床，身体虚弱，四肢乏力，走起路来脚步不稳，踉踉跄跄，一眼就能看出他是在硬撑着自己。

“您走路好像还不行啊。”女招待赶紧上前扶住笠冈，将他搀到一间面朝溪谷的客房里去。

“谁说的，我真的完全好了。只是他们老让我吃病号饭，体力还没有完全恢复过来。”笠冈装着若无其事地说。

“我今天到这里来，想请你看看这个。”说着他便从怀中掏出一张从报纸上剪下来的矢吹祯介的人头照片。

“这是什么？”女招待大惑不解地问道。

“六月二日，有两个男人到你们这儿来吃过饭，这照片上的男人是不是其中的一个？好好想想，他是由那个丢了眼镜的人带来的。”

“就是这个人？”

“你好好看看。”

“照你这么一说，倒还挺像的。”

“没认错吧，这事非同小可啊，请仔细辨认。”笠冈极力抑制着心中涌起的兴奋，瞪大眼睛凝视着女招待。

“啊，想起来了！没错，肯定是他，是当时那两位客人中的一个。”

“他身上有没有明显的特征？”

“有啊！您瞧，他脖子上不是有一颗黑痣吗？以前，我有一位很熟悉的相面专家，曾听他说过，脖子长痣，衣着讲究。就像相面专家说得那样，他那天穿戴十分入时。这不，看到照片我就想起来了。”

在这张头像上，可以看到脖子下方有一颗十分清晰的黑痣。

在报纸上，只介绍说矢吹的职业是公司职员。

——终于找到了这家伙！

为了抑制心中的激动，笠冈故意把视线移开，投向溪谷。上次来的时候，正是旅游旺季的星期天，游人络绎不绝，好不热闹；而今已是旅游淡季且非节假日，游人踪影皆无。虽然已过了满山红叶的季节，但幽静的溪谷，秋色依然很浓。金秋即将悄然逝去，那最后的秋之盛况，仿佛像刚刚在没有观众的舞台上献过精彩节目的盛装演员，正在恬静地隆重谢幕。

极度的紧张完全消除，疲劳便袭向全身。笠冈身体本来就很虚弱，这次出门又十分勉强，现在他感到精疲力竭，盘腿坐在那里连说话的力气都没有了。

下田和时子紧随笠冈追了来。

“一点儿没错，他果然在这儿哪！”下田看到笠冈在中津屋里，悬在心中的石头总算是落了地。

“你啊，真叫人担心死啦！”时子也如释重负似的长嘘了一口气。

“对不起，其实我急忙赶来并不是为了抢什么功，只是看到了那报纸后，就耐不住性子跑来了。”说完笠冈低头向他俩赔礼道歉。

笠冈总是硬挺着病体出来活动，刚才突然发作的疲劳使他喘不过气来，恰在这时，下田和时子赶到，他获救似的松了一口气。

“谁也不会那么想，不过你要硬挺着干，那可不行啊！”

下田很通情达理地责怪了几句。当然，即使告诉他自己人生的职责与十分有限的寿命往往是对立的，恐怕也很难让笠冈接受。

“今后绝不这样硬撑了。不过，可没有白辛苦呀，我已查明，矢吹祯介和栗山重治曾一起在这里吃过饭。”

“果然是矢吹祯介啊！”下田在赶来之前，就已经猜想到了。

“就是她帮我认出来的。”

笠冈说着指了指中津屋的女招待。

笠冈的发现，立刻传到了搜查本部。本部决定任意找个理由请来矢吹祯介，向他了解情况。于是，矢吹祯介大大方方地来到了搜查本部。

“今天特地劳您驾来一趟，真是打搅了。”

那须彬彬有礼地迎接着矢吹。因矢吹是专案组首次找到的重要证人，所以部长亲自出面询问。下田担任笔录。

双方初次见面，相互客客气气地寒暄起来，但都在不露声色地以职业的老到和习惯细心打量着对手。

“我是矢吹。不知叫我来有何贵干?”

矢吹那厚实且棱角清晰的大脸膛上，两道浓眉又粗又直，不太大的眼睛，但炯炯有神。高挺的鼻梁，嘴唇紧闭，显示着毅力和自信。

矢吹充满自信，踌躇满志。他这种男子气魄，连经验丰富的那须警官，也分辨不出他是故意装出来的，还是天生就有的。

“您是在报社供职吗?”

那须若无其事地问起了他早已调查清楚的情况。

“现在在一家出版局工作，主要编写面向主妇的实用书。”

矢吹向那须递过名片。名片上的头衔是某报社出版局总编。如果笠冈在场，他也许立即会想起中津屋那位女招待说的话：“脖子长痣，衣着入时。”

“我就开门见山了，矢吹先生，您认识一位叫栗山重治的男人吗?”

那须单刀直入，切中要害。

“栗山……”

矢吹犹豫起来，露出不知如何回答才好的表情。

“六月二十八日在多摩湖畔发现了他的尸体。”

那须和下田目不转睛地凝视着矢吹。

“栗山？就是栗山重治!”矢吹面露惊愕之色。

“是的，根据我们掌握的档案材料，他原籍是伊势原市沼目18×号，现住址是国立市中2－3－9×号，曾犯有强暴和伤害妇女等罪行。”

“栗山，他死了?”矢吹仍惊愕不已。

“是的，而且他被埋在现场近一个月。”

“您是说，栗山是被人杀害了!?”

“是的。您没看报纸吗？电视和广播电台也都报道了呀。”

这是一起犯罪手段极其凶残的杀人案，当时新闻界做了大量报道。

那须的口气咄咄逼人，意思是说你不会不知道的。更何况你矢吹在报社出版局工作，这样轰动的消息是不可能漏看的。

“六月下旬到七月上旬，我当时正在欧洲!”

“噢，在欧洲，那您是哪一天出发的?”

“六月二十一日。我这次去欧洲，一是与同业者进行交流，二是作进修旅行。为了考察欧洲的出版业情况，游遍了西欧各国，直到七月九日才回国。

这段时间，我没看到国内的新闻报道。当然，旅行期间我是很关心国际新闻的，回国后也集中翻阅了外出期间的各种报纸，但有关杀人案件的报道，我没注意看。”

那须心想，这家伙真能巧言善辩，竟找了这样一个绝妙的借口，但这令人难以置信。因为，尽管远离日本，在报社工作的人，自己认识的人遇害的消息，竟会没注意到，这是不可想象的。而且，栗山被害的时间，据警方推测很可能是六月二日“中津会餐”后的几天里，而矢吹是二十一日启程出国的，因此这并不能证明他当时不在现场。

“这么说，您确实是不知道了？”

“不知道，听到他被害，我很吃惊。”

面对那须犀利的目光，矢吹毫无惧色。

“那么请问，您和栗山是什么关系？”

“战时，他是我的顶头上司。”

果然不出所料，栗山有一段当兵的历史。

“我曾在报上看到，说矢吹先生战时是特攻机飞行员。”

“算我好运，侥幸活了下来。战争中的生与死也就差在毫厘之间吧。”

“栗山重治也是特攻队员吗？”

“他是指挥所的军官，卑鄙得很，自己躲在安全圈内，却一个劲儿地让我们去送死。”

矢吹那宽大厚实的脸上，露出了十分愤怒和憎恶的神色。尽管他明白，这种场合下暴露出这样的感情，对自己是很不利的，但他并不想隐瞒对栗山的反感。

“矢吹先生，您恨栗山？”

那须一针见血地提出了对方难以回答的问题。

“我非常恨他，那帮家伙，害死了我的亲密战友。”矢吹说着突然抬头朝窗外望去，瞬间也许他又想起了三十多年前那难忘的战争岁月。

“那帮家伙？那您还恨别的人吗？”

“指挥所的军官当中，八木泽、北川和栗山三个人最可恨，都是大尉军衔。”

“这么说，栗山就是其中之一。”

“对。”

“那么，能不能跟我们讲讲您恨他的原因呢？”

“当然可以。”

矢吹讲述了三名大尉欺侮柳原少尉的恋人并导致她自杀的情节，以及柳原为了复仇在基地上空爆炸的经过。

“原来还有这种事啊！”

那须露出了有点儿茫然的神色，不过那须总是这样一副茫然的表情。

“那么，一九四八和一九四九年间，您和栗山曾在T大附属医院一起住过院吧?”

“您了解得真详细啊。一九四八年底，我患急性阑尾炎，确实在那医院住了三个星期。栗山不知患了什么怪病，也住在那里。当时在那儿遇见他，我吃了一惊。”

“还有件事，六月二日，您和栗山在神奈川县中津溪谷的一家旅馆里一起吃过饭吧。那家旅馆叫中津屋。”

“这事你们也知道啊！不错，那时我确实同他见过面。”矢吹承认得非常痛快，毫不隐瞒。按理说，承认那次“聚餐”，就会被细查深究，陷入不利的境地，但矢吹似乎并不在意。

那须觉得这样问下去，没法达到预期效果，不禁有些急躁。

“根据法医尸检推算，死者死亡时间为发现前二十天至三十天，但从其胃中的残留物分析，极有可能是你们在中津屋一起吃饭后被杀的。所以，你们在饭后到底干了些什么，请尽量详细告诉我们。”

“你们怀疑我杀了栗山?”

“据我们现在掌握的情况，您是栗山死前最后一个见到他的人，而且您恨他，可以说您现在的处境很不利!”

“这真是天大的笑话，说恨他，那都是三十多年前的事了呀!”

“既然他是你三十多年前的上司，为什么到这个时候才见他?”

“是他突然找上门来的，说是一次偶然的机会，在一本书的后记里看到了我的名字。”

“他为什么要来找你呢?”

“栗山是个恬不知耻的家伙。战后，他穷困潦倒，就挨着个找当兵时的那些战友，向他们借钱度日。这一次，他厚着脸皮找到我这里来了。”

“可是，你非常恨他，这他不会不知道吧?”

“这就是他厚颜无耻的本性所在。对于这种人来说，军队是他们赖以生存的最理想的地方。即使没有天赋，没有头脑，但只要一味地服从命令，遵守军规，就可以成为优秀的军人，得到名誉和称号。这样的军队，真是职业军人永远留恋的地方。他们一旦离开军队，成了老百姓，就连起码的生活能力都没有。习惯于在军队吃香喝辣的职业军人，在社会上根本不能自食其力地生活。因此，这些在旧军队混饭吃的家伙便产生了一种错觉，认为谁都会同病相怜，怀念旧军队的生活。不能否认，这种情况也是事实。然而，我们这些人是从教室里被迫赶上战场的，在心灵深处烙上了战争的伤痕，对于军队和战争，只有怨和恨。而栗山却以己之心度人，想当然地认为大家都是一个样，于是就到昔日的战友那里到处伸手要钱或勒索。”

“所以您就满足了他，还特地陪他一起去了中津溪谷?”

“他太死皮赖脸了，我就像打发乞丐似的，给了他点钱。在我看来，扔给栗山一些钱，也算是对他一种复仇吧。”

“你们去中津溪谷，是出于什么理由?”

“那是因为栗山想去。他是那一带的人，想回家乡看看。”

“既然是拿钱施舍‘乞丐’，那为什么还要去中津溪谷呢? 那天又并不是节假日，就算是节假日，为他这么一个人，也不值得浪费您宝贵的时间啊。”

“不，很值得。我所憎恨的，并不只是栗山一个人，我还想打听八木泽和北川的消息。”

“打听到了，您又有什么打算?”

“倒没有什么打算，只是想知道他们的情况。比起亲近喜欢的人来，人们往往更关心仇人的情况。我只是想知道那帮伤天害理的家伙，现在活得怎么样。栗山很有可能知道他们的情况，所以我顺水推舟，陪他去中津溪谷，想借此机会好好地打听一下。”

对方话说得言之有理，无懈可击。那须感觉到，此人极不简单。

“据中津屋的女招待说，您当时急着想赶回去。”

那须五内俱躁，急不可耐，但仍然不露声色地继续问下去。

“说实在的……当时我是自己开车来的，途中发现车灯有一个不亮，我想在天黑之前赶回来，就特别注意时间。”

“所以，您就劝栗山别找眼镜了，对吧！而当栗山忘了擦眼镜布，您却提醒他，让他拿走。眼镜都丢了，还要提醒他拿擦眼镜布，这里面有没有特殊的原因啊?”

“没有什么特别的原因。即便是您，当同伴忘了东西，也会提醒的吧！像手绢、眼镜盒、擦眼镜布之类的小东西，是最容易遗忘的。”

“说得也是，不过，您和栗山在什么地方分手的?”

“在涩谷车站前面让他下车的，当时大约七点钟左右。”

“您问没问他要上哪里去啊?”

“他去哪我不感兴趣，也就没问他。”

“让栗山在涩谷下了车，您用什么来证明呢?”

“这种情况怎么能证明啊！正是下班的高峰时间，让栗山下去，停车时间也只有一二秒钟吧。”

“和栗山分手后，您又干什么去了?”

“什么也没干，直接回家了。”

“中途您就没有到别的地方去转转?”

“一盏车灯不亮，只好直接回家了。”

那须暗暗叫苦不迭，因为他意识到“一盏车灯不亮”，将会成为对方强调

“不在现场”的借口，以干扰警方的调查。

矢吹和栗山是下午五点左右离开中津屋的，这一点已了解清楚。为了有足够的作案时间，无论如何也得在这个时候出发。可是，矢吹不仅用“一盏车灯不亮”来说明急着回家的原因，而且还巧妙地用来解释途中没有去别的地方，成了径直回家的理由。

由家庭成员作“不在现场”的证明，是没有说服力的，但在警方取证阶段，家人作证也是通用的。那须对面这位敌手，尽管用一盏车灯不亮使出了“一箭双雕”之计，但还是觉得他作案的嫌疑很大。

“您是几点到家的?”

“由于路上车辆多，记得到家好像已过八点了。”

“当然，车灯坏了，您立即去修了吗?”

“第二天就去修了。”

“那您还记得那家修理部的名字和地址吗?”

“记得，难道你们这也要……”

“请协助!”

矢吹正要提出抗议，立即被那须制止住了。矢吹提供了修理部的情况，为了查证，下田随即离席而去。矢吹好像自尊心受到了极大的伤害，满脸的不高兴，但仍竭力克制着自己的情绪。

“我再请教一下，栗山告诉您另外两名大尉的情况了吗?”

“他们都还健在。据栗山说，八木泽在自卫队工作，北川在原籍福岛的市政府机关供职。”

那须心想，矢吹若是作案凶手，那两个旧军人也将是他袭击的目标，或许就是为了这个目的，才向栗山打听他俩情况的。

然而，矢吹已年过半百，这个年龄有头脑，有家小，也有社会地位，就为了三十多年前的那点旧仇，会去杀三个人吗？如果矢吹讲的都是事实，那么，这点怨，那点恨，也不值得押上自己的一切去复仇。因为这毕竟是战友自爆及其恋人自杀而产生的一种怨恨，而非切身之恨。更何况矢吹讲这种怨恨随着时间的推移已渐渐淡化，矢吹甚至还给了他钱。

“您给了栗山多少钱?”

“他张口就要借十万日元，我怕惯出毛病后他会常来要钱，只借了五万日元。现在细细想想，也许他已摸透了我的经济财力，一开始就只打算要五万日元的吧。这家伙到底是行骗老手，被他实实在在地敲了一笔。”

“说栗山是行骗老手，但他是否跟您说过，在向您借钱前后，他都向什么人借过钱?”

“你这一提醒我倒想起来了，他好像说在筑地有个阔老板。”

“是筑地的什么人?”

“我没在意，听过就忘了，只记得他要借十万日元，说是最近可以从筑地那里得到一大笔钱，钱到手后就立即还我钱。”

正说到这里，下田回来了。看到下田的表情，那须就知道矢吹说的是实话，没有撒谎，坏了的车灯确实是在那个修理部修的。

矢吹作案的嫌疑很大，那须却没有理由拘留他。

二

“多加小心哪！”

“千万别冒险呀！”

“你们就放心吧，我只是去活动活动，练练腿脚。好久没有攀岩了，胳膊和腿都快要生锈了，不活动一下不行啊！”

新宿车站四号月台上，快车“阿尔卑斯7号”的车铃响了，列车就要开动了。一对青年男女正在向站在车门踏板上的年轻人挥手送行。那年轻人叫笠冈时也，穿着一身色彩十分鲜艳的登山服装。送行的那个男子名叫石井雪男，蓄着浓浓的胡子，一副登山运动员的模样；那个女子叫朝山由纪子，一副女大学生打扮，风姿绰约，活泼可爱。

“山里都入冬了，千万不要逞强！”石井对着已经开动的列车大声喊了起来，但他想说的后半句却咽了回去，没有说出口来——“可不能让你那位美丽的恋人在家里伤心落泪啊”。

“放心吧，老兄，没有问题的。”笠冈用手拍了拍胸膛，意思是说，请相信我的能力吧。同时，这也是在恋人面前表明自己的实力。

列车远去，月台上刚才那一派喧闹的景象转瞬间已消失殆尽。“阿尔卑斯7号”快车预定明晨六时抵达白马山麓的信浓森上。这天正值周末之夜，进山游玩的年轻人特别多。列车满载着年轻人和他们的欢声笑语飞驰而去。明亮的都市霓虹灯映照在空空荡荡的月台上。

“回去吧！”

由纪子招呼着石井。他呆呆地伫立在月台上，神情茫然地望着列车远去的方向。他前些时候登山失手，摔成重伤，在医院整整躺了一个月，才出院不几天。由于没有好利索，走起路来他的腿脚还不利落。

“雪男君，你也想和他一起去了？”

由纪子看到石井雪男一直望着列车远去的方向，一副依依不舍的样子，好像猜到了他的心思。

“这还用说，要是我身体好彻底了，哪能让这小子一个人去痛痛快快地玩哪。哎哟，好痛啊！”石井一脚踢在旁边的果皮箱上，疼得他直咧嘴。

“哎呀，别胡来！”由纪子柔声地劝慰着，继续说道，“他真是个功利主义者。一有了工作和恋人，就自己跑到山上去玩。”

笠冈时也在大学毕业寻找工作期间，为了能找到一个十分理想的公司，连学校组织的集体登山训练都不参加。对于时也的这种钻营劲头，石井只好报以苦笑。他想，自己可以继承家业，没有必要四处奔波求职，但即使自己处在时也的境地，时也的那一套做法，自己也是学不来的。

石井刚才一直茫然地望着列车远去的方向，并不是因为自己不能去爬山，十分羡慕时也，而是想起时也那种功利主义的登山表现，突然感到有些担忧。

笠冈好出风头，即使在登山俱乐部组织的活动中，对于搬运登山用品、后勤保障之类的辅助性活儿，总是躲躲闪闪，极力避开，而攀岩壁、冲顶峰等能露脸儿的事，则争着抢着干，当仁不让。所以，学校的登山记录大都是由他创造的。

一心一意准备寻找“雪人”的石井与时也的这种表现欲截然相反。石井追求的是当个素质全面的登山队员，对登名山险峰并不看重。在登山活动中，他甘当绿叶，常做些后援工作。而且在这一方面，发挥作用很大，深受大家信赖。有一年冬天，登山队试图沿着整个北阿尔卑斯山的山脊攀登顶峰，但途中天气突然恶化，后援完全中断。石井不顾一切登上鹿岛枪山的山顶，救出了从五龙山方面攀登上来的、已处于绝境的登山队。当时，笠冈时也就在那支登山队里。

石井和时也对登山的追求完全不同，但奇怪的是两人趣味相投，很合脾气。这也许是他们分别甘愿当绿叶与红花吧。

石井非常喜欢这个雄心勃勃的小弟。笠冈时也确实有石井所没有的优点。石井由于可以继承家业，无须为生存而激烈竞争，可以执著地追求自己的理想。看到时也有世俗的天赋，满脑子功名利禄，石井甚至有某种自卑之感。他觉得，时也具备的这种能力，正是独自闯荡社会、遨游人生海洋所必不可少的，而自己在这些方面却十分欠缺。

把心爱的表妹——由纪子交给时也，她一定会幸福的吧。现在她父亲还没同意，但母亲对他有好感，他们早晚会正式同意的。不管怎么说，在朝山家庭中，由纪子的父亲是上门女婿，家里还是母亲说了算。时也迟早也会在银行中崭露头角，身为老字号的“朝山餐馆”的女婿，在银行里也会起到有利的作用。

正因为如此，当笠冈时也看中了由纪子的时候，石井不禁暗暗叫绝，同时心中也掠过了一丝不安。

“时也去登的那座山，真的没有险要的地方吗?”由纪子看到石井面带疑虑，有些不安起来。

“没问题的，他只是去攀登北阿尔卑斯比较平坦的山峰，这对他来说，就像在自家庭院里散步一样安全。”石井虽这样安慰着由纪子，但对时也严重的功名心很是担忧。时也曾对他说过：

“只要天赐良机，我就要开拓一条新的登山线路。”

由纪子送走时也后，又将石井送到他家附近的日本桥。她不想直接回家，便驾驶着父亲新近特意为她购买的一辆火鸟牌汽车，在夜深人静的高速公路上疾驶。两个月前，她才拿到了驾驶证，现在正是开车兴趣极浓的时候。新车经过一段磨合后，也正是非常好开的时候。

她在东高至名古屋高速公路的川崎收费站前，转弯驶过了多摩河。月光洒向河面，波光粼粼。在通过桥面时，看到河面波光摇曳，由纪子突然想去河滩一带兜风。她家住在城市中心，很少能来这里观赏景色。也许是出于少女出嫁前的伤感心理吧，此时此刻她对布满银光的河面岸边充满无限留恋。

由纪子驾车驶下公路，到多摩河堤边，车就抛锚了。这很可能是驾车不熟练造成的简单故障，但对刚领到驾驶执照的她来说十分困难。车子一旦动不了地方，她就手足无措了，而且偏巧这里还十分偏僻，没有车辆通过。

正当由纪子呼天不应、呼地不灵，一筹莫展的时候，突然传来了自行车铃声，几条细细的光柱由远及近而来。有四五个年轻人从附近工厂下夜班归来，骑自行车正好经过这里。

“瞧，这儿停了一辆车子啊！”

“这车真棒！”

“大概是情侣在车里干上了吧？”

“今天是礼拜六，老板驱使我们干到这么晚，而这对臭男女，倒在这里寻开心！”

他们边说边骑着车逼近过来。由纪子感觉到了不安，自行车的速度格外快，一眨眼就到了跟前，已来不及躲起来了。

“哟，那不是个漂亮的小妞吗？”有人狂叫起来。

“会不会是狐狸精变的呢？”

“长着脚哪。”

“混账，瞎眼啦，怎么把她当成精灵？”

“没有男的吗？”

“好像就她一个人。”

他们七嘴八舌，胡说一气，慢慢地围住了由纪子和汽车。这帮中学毕业刚当工人的少年，个个脸上顶着粉刺。

“车子出了毛病，请问这一带有没有电话？”由纪子尽量控制住心中的不安，若无其事地问道。霎时间，少年们默不做声了。他们在穿着高雅、美丽迷人的女孩面前，一时茫然不知所措。

“你没带朋友来？”

一个头儿模样的看上去年龄稍大些的少年终于开了口。由纪子看到对方问话语气平和，态度友善，稍稍松了一口气，答道：

“不巧，就我一个人。”

少年们听她这么一说，立即恢复了自信，因为他们马上意识到，如果对方没带男朋友，优势就自然在他们这一边。

“这附近可没有什么电话。”

“那怎么办呢?”

“不见外的话，请坐到我车上来，我可以带你到有电话的地方去。”

少年们这时还没有起歹心。

“嗯，不过……”由纪子犹豫起来，一种怕他们把自己带到别的地方去的恐惧油然而生。

“请吧，不要顾虑啦!”少年头头把自行车尾对着她。

“不，多谢了，我就在这儿等着。”由纪子婉言谢绝了。

“等着？等什么?”

“等人来。”

“我们不是来了吗?”

“不，不是你们，想等别的人……”

“这么说，你不相信我们?”少年尖声吼叫起来。

“不，我不是这个意思。”

“那么，请坐上来吧!”

“不，真的不用了。”

“到底是不相信我们啊!”少年们开始紧紧地围上来。

“你们误会了，不是的!”由纪子往后退缩，恐怖袭向心头。

少年们兽性一旦发作，将一发不可收拾。原野尽头虽闪烁着万家灯火，但距离很远，可望而不可即，任凭大声喊叫也是听不见的。

恐惧袭向全身，刚才硬装出来的冷静顷刻瓦解了，由纪子再也控制不住自己，惊叫着冲出了包围圈，跑了起来。

这一下子燃起了少年们的欲火，遇到如此如花似玉的美貌女子，得到如此千载难逢的机会，今世岂能还有第二次。这帮少年，无钱、无能、无学识，只是空积蓄着满身旺盛的性欲，却又很少接触异性。

当一对对情侣们在花前月下卿卿我我幽会之时，他们却在拼命地劳动着，或者在一天劳作之后，正疲惫不堪地直挺挺酣然入睡着。他们无钱找女人，顶多是从自动售货机那儿买来些色情刊物，犹如画饼充饥似的满足着无法发泄的性欲。这种意念的酵母，像发面包似的使他们的性欲膨胀起来。

现在，那想象中的美丽女性已出现在眼前。由纪子这么一逃，他们的兽性顿时发作了。

“别跑!”少年们一齐追了上去。

“来人哪，快来救我呀!”

由纪子凄厉的呼救声回荡在空旷无人的夜空里。

他们追了上来，一拥而上，把由纪子按倒在地上。

“别急，轮着上。我先来，你们划拳决定。”

头儿下了命令。裙子被粗暴地掀开，内裤被无情地扒了下来，露出的两条白白的大腿，在黑暗中孤立无援地扭动着。由纪子抵抗做出的扭动进一步撩拨起少年们的兽欲。他们紧紧地屏住呼吸，瞪大眼睛望着头儿开始强暴由纪子。

由纪子完全被头儿压在身下，已处于绝望的境地。然而，奇迹出现了，一道耀眼的电光划破了黑夜，接着传来了震耳欲聋的马达声。一个黑色的怪物喷吐着雪白的强光从黑夜中蹿了出来，立刻驱散了那些少年。

少年们正想贪婪地品尝美味的猎物，毫无防备，突然遭受怪物的袭击，吓得魂不附体，一哄而逃。但怪物仍不放过已逃开的少年，咆哮着追了上去。

“救人哪!”

“我们错了，别追啦!”

少年们完全失去了刚才粗暴对待由纪子的那股气势，就像遇到鬼似的，哭喊着拼死逃命。

怪物把少年驱赶到很远的地方后，又驶回到由纪子身边。由纪子几乎裸露着下身，惊魂未定，木然地站在原地。怪物射出的强烈白光从正面照向了由纪子，吓得她缩成了一团。

“快坐到车上来。”骑车人发出邀请。

这是一辆75型加重双轮摩托车。

“别磨蹭了，快点儿，那帮家伙要是回来了，那就救不了你啦!”

听到骑车人的大声叱呵，由纪子总算醒悟过来了。她不假思索地坐在了双轮摩托车后座上，紧紧搂住了骑车人的腰。75型摩托车载着由纪子，加大马力箭一般地冲了出去，很快消失在茫茫黑暗里。

大约三十分钟后，两人来到了离出事现场约数十公里外的一片草原上。

“这里就安全了，方才真险哪!”

骑车人终于停下了车。通过远处照射过来的昏暗灯光，可以隐约看见他的脸。他很年轻，与刚才袭击由纪子的那帮少年差不多大小。“太感谢了!”由纪子非常感激地说道。

“那么冷僻的地方，你怎么一个人待在那里?那一带可是流氓常出没的地方啊!”

“车子抛了锚，恰好那些人路过那里。”

“车子以后再去取吧，刚才没伤着吗?”

骑车人看到姑娘衣衫破损、狼狈不堪的样子，估计她肯定已遭到了蹂躏。

由纪子总算还套着裙子，但内裤已被扯掉，几乎是赤裸着下身。她觉得骑车人好像是看到了自己的下身，感到一阵羞涩和难受，但还是硬着头皮强调自己没有受到伤害，说：

“没有，不用担心，幸亏您来了，没伤着。”

“我看最好还是报警吧！”

“不，真的什么事也没有。”

由纪子慌乱起来。如果向警察报警，就会遭到无端的怀疑。尽管实际上没有受到伤害，但自己现在这副惨样，警察看到了肯定会究根刨底地问那些羞于启齿的事儿。她不想让笠冈时也知道这种事。

“既然你不愿报警，我也懒得协助警察。那帮家伙，本来就是我的死对头。”

说到这里，由纪子才开始仔细打量对方。他穿着一身牛仔服，脚上套着半长筒皮靴，保护头盔摘下后，可以看到他梳着大背头，前面的头发像刘海儿似的披在额前，后脑勺抹着发蜡，油光铮亮。看样子是目前最时髦的暴走族。但是，从他的眼神来看，还是很有理智的。由纪子估计他还是个学生。

“有件事想拜托您。”由纪子紧盯着对方，娇声地说道。

“什么事？”

“今天晚上的事，请别声张出去。”

“你以为我会跟别人说吗？”

“不，不是的，可是……”

“可是什么？”

“我最近就要结婚了。”

“哈哈哈！原来你是不想让未婚夫知道啊。”

“是的。”

“不过，你刚才不是说没伤着吗？”骑车人带着一种讽刺的口吻说道。

“伤是没伤着，但这种事传到我朋友耳朵里，他会瞎猜疑的，这样我即使满身是嘴也说不清楚了。”

“好吧，放心就是了，我一定为你保密。”

“我也没有什么好送您的，就用这个表表心意吧！”由纪子掏出身上仅有的几张钞票，递了过去。

“你这是干吗？”骑车人顿时变了脸，但由于天黑，由纪子并没有觉察到。

“您什么也别问，请收下吧！”

“我可不是为了这个才救你的。”

“这个我知道，这仅是一点儿心意而已。还有，今后我们要是在什么地方碰见了，就当不认识我，拜托了。”

“别把人看扁了。”

骑车人勃然大怒，挥手将钱打落在地上，由纪子吓得一连倒退了好几步。

“你就是这样看人的吗？只要不让未婚夫知道，就万事大吉了！”

“惹您生气，真是对不起。我只是不想引起不必要的麻烦。”

“不必要？这么说我是多管闲事了。你们这些阔小姐，哪能懂我们的心！既然你是那样怕将来的丈夫知道，那就别让他知道。咱们也来背着他玩一次怎么样？反正你被人干过了，或者等于被人干过了。”

骑车人凶相毕露。由纪子不小心随口而出的话，使这个尾随人后图谋不轨的家伙露出了真面目。

“啊！你要干什么？”

由纪子想逃，但为时已晚，被他一把抓住。她想开口呼喊，嘴又被他堵住了。可悲的是，她在遭受第一次袭击后，内裤已被扒掉，几乎毫无招架之功。而且对方是她第一次遭厄运时救过她的救命恩人，这回又是自己出言欠考虑惹他生了气，所以，她几乎没有反抗。

由纪子被奸污了。这个年轻的野兽在她娇嫩的躯体上得到了彻底的发泄，解除了饥渴，心满意足地站了起来。

“别担心，我不会告诉任何人。回家去冲个澡，没有人会知道的。你装作什么事也没发生，嫁你的男人去吧。”

他丢下这几句话后，便骑上摩托车扬长而去。发动机喷出的气流，把散落在地上的钞票吹得四处乱飞。

几天后，笠冈时也从山里回来了。他显得格外激动，异常兴奋。

“五龙山东面的扇形岩壁中脊，我第一个登顶成功！我早就瞄准了那个山脊，这回完全是时来运转，天公作美，一鼓作气登了上去。它虽然是北阿尔卑斯山的一个小岩壁，但可以肯定地说，我是第一个登上去的人。在我俩即将成婚之际，这是我送给你的一份小小礼物。”

“我无法用语言来表达我心中的谢意，这是世上最珍贵的礼物，我衷心祝贺你登顶成功！”

对登山队员来说，初次登顶成功是何等荣耀，由纪子并不十分清楚。但她感到非常高兴的是，时也把足迹刻在了从未有人上去过的阿尔卑斯山的一个岩壁上，完全是为了她。

“喂，您真棒！”

石井对首次登顶的荣誉和意义是非常清楚的。他吃惊之余，真诚地表示了祝贺。

“没什么，是先辈们为我们筑起了金字塔，我只不过是侥幸地登了上去，完全是运气好。”

“不管怎么说，你是婚前去登处女峰，真有你的。”

“这次算是为我们大学的登山部争了光，添了一个小小的记录。”

“已经报告了吗？”

“没有，打算在下次登山队大会时报告。”

“想攀登五龙扇形岩壁的大有人在，他们知道你登顶成功后一定会很遗憾的吧。”

“到了积雪的时候，我想再次去登那岩壁。”

“算啦，还是让给别人去登吧，首先由纪子就不会舍得你去的。”

“我把由纪子也带上，利用新婚旅行去登那扇形岩壁。”

“别开玩笑了。”

“当然啰，让由纪子在山脚下等着我。”

时也越说越兴奋，意气轩昂，洋洋自得。

三

警方经过多方调查，好容易才发现了犯罪嫌疑人矢吹祯介，但由于没有抓到关键的证据，只好放弃对他的深入追查。笠冈知道这一情况后，躺在病榻上气得咬牙切齿，责问起下田来。

“这是怎么搞的，你的嗅觉到哪里去了？”

“这叫我怎么说呢！矢吹在报社工作，竟然不知道栗山被害的消息，而且还借口车灯坏了证明自己与案子无关，这确实十分可疑，但对另外两位大尉同样有仇恨，却不对他们下手，光对栗山下了毒手，你说，这又怎么解释呢？”

“那两个大尉，八木泽和北川，现在他们都平安无事吗？”

“八木泽在赤坂防卫厅航空参谋部工作，现任航空自卫队中央业务队人事统计处处长，上校军衔。北川在福岛市政厅工作，现任秘书处处长。他们都安然无恙啊！”

“矢吹就不会以后再对他们下手吗？”

“他要是这么干，不等于是向我们泄露秘密吗，他能做自掘坟墓的事吗？”

“矢吹有没有特别仇恨栗山的地方呢？”

“我已向八木泽和北川打听过了，好像是没有特别的深仇。据他们两人说，当时服务队确实是发生了女学生自杀的事件，但并不是因为受到了他们三人的调查，而是在当时情况下，她觉得恋爱不会有结果才绝望自杀的。那时国家正处于非常时期，他们又都是些年轻气盛、血气方刚的军官，调查时也许话说得偏激了些，其实这在当时是很平常的事，光这一点是绝对不会逼她走上绝路的。”

“不过，作为他们来说，也许只能这样来推脱责任吧！”

“退一步说，矢吹要报仇，也不会过了三十年才下手啊。”

“会不会是因为不知道栗山他们三个人的下落呢?”

“栗山不敢说，八木泽和北川，在厚生省以及他们的原籍新潟县和福岛县都有他们的军籍档案，如果矢吹想报复的话，理应先找八木泽和北川算账的。”

“你是说，栗山是最不容易找到的，却先对他开了刀，是吗?”

“是的。而且，他为三十年前的战友及其恋人进行复仇，其动机是难以理解的。”

“嗯!”

笠冈虽点了点头，心里却在想，话可不能这么说绝了，旧仇或宿怨说不定会因某种因素重新燃起来的，心中休眠的火山再度活动，就会喷出灼热的熔岩。笠冈年轻时留在心中的伤痛，在很长的时间里就一直被厚厚的疮痂封堵着，没有痛觉。可是，当那具患有伯格氏病的不明尸体出现后，那伤痛又复发了。由于这伤痛是深深地刻在了心灵的深处，对复仇者总是念念不忘旧恨和伤痛的心情，笠冈是有切肤之感的。

然而，这仅是笠冈个人的切肤之感，并不具有普遍性。况且，笠冈是为了自己，而矢吹是两肋插刀为了别人。如果行凶只为间接怨恨，间接的怨恨是否能成为杀人动机，笠冈自己也搞不清楚。

“栗山说他在筑地认识一个阔老板，这一情况你了解得怎么样了?”

“如堕烟海，毫无眉目，找不到他和筑地有什么关系。”

“如果说栗山是胡扯吧，他还说出了筑地这一具体的地名，这是需要考虑的。”

“原来我想那里可能有他的战友、情人、亲戚或知己朋友什么的，但经过调查，没有发现栗山和筑地有联系的任何证据。”

“会不会是把筑地弄错了?”

“你是说?”

“不是东京的筑地，而是其他地方的地名，或者是人名什么的。”

“这一点，我已专门问过矢吹，他说从栗山的口气看，指的是东京的筑地。为了慎重起见，我还作了一番调查，发现名古屋和神户也有筑地，但栗山与那里毫不相干。矢吹是东京人，栗山是神奈川县人，他们在神奈川县的中津溪谷提起筑地，大概是指东京的筑地吧。”

“说起筑地，本来是指人工填海或填平沼泽后形成的地带。在东京，筑地这词目前已经成为赤坂、柳桥一带饭馆街的代名词。筑地会不会是饭店名呢?”

“在东京，店名叫筑地的，有三家饭馆和一家寿司店，但那里的人都不知道栗山这个人。一个叫筑地的鱼市场我也问过了，没有发现任何线索。”

“看来你是全调查过了，对吧？”

“是的，我也认为他指的是东京的筑地。据矢吹说，栗山当时显得非常得意，看来他认识个财大气粗的阔老板。”

“既然他有阔老板做靠山，就不会向战友、熟人借钱或敲诈的吧！”

“这么说是恐吓了？”

“不是恐吓，难道还会有人愿意借给他钱吗？”

“说得对啊，看来就是恐吓。”

“那么，现在的问题就是要找到恐吓的真正原因。栗山有前科，对此进行调查，说不定能发现点儿什么。”

“对他的前科，我们已作过详细的调查了。”

“受害者那里调查得怎么样？栗山这家伙强暴过妇女，那些女人结婚后，栗山会不会抓住她们的隐私去威胁和恐吓呢？”

“受到栗山伤害的那些女人，现在她们都不住在市里，与筑地没有任何联系。而且证实，这些人后来与栗山没有来往过。”

“如此说来，栗山和筑地毫无关系了？”

“很遗憾，目前只能这样认为。”

下田感到十分惭愧，情况报告一结束就走了。

笠冈时也和朝山由纪子的婚事进展得很顺利，笠冈道太郎把儿子的婚事全交给妻子处理。

有一次，笠冈在A大附属医院看完病后，回家路上偶然见到儿子时也和一位年轻姑娘很亲密地偎依在一起。后来听说儿子很喜欢那姑娘，已向她求了婚。女方家庭很不错，经营着远近闻名的餐馆。笠冈道太郎对这门亲事很放心。现在，已得到女方双亲同意，应该正式提亲了。

起初，女方的父亲对笠冈的职业有些顾忌，时子知道后并没有告诉丈夫，因此躺在病榻上的笠冈道太郎也就一无所知了。妻子来与他商量提亲人选，笠冈有些吃惊，问道：

“非要找媒人去提亲吗？”

想当初，笠冈是出于承担责任才和时子结婚的，完全没有走提亲这一步。

不用说，笠冈知道儿子的婚事与自己当年的情况不一样，但他认为，既然是“自由恋爱”，双方都是自愿的，这种提亲形式也就用不着了。

“这又不是领个狗呀猫的，得按规矩办事。”

“可是，这不是媒人介绍的那种婚姻，他们是自由恋爱，而且早已热乎上了，现在用不着提亲了吧？”

“女方父母不会答应的。如果我们有个女儿，我想，咱们也会希望男方按照传统的规矩堂堂正正地操办吧。”

“我俩就没有按规矩办事!”

“我说的不是这个意思，他们本人怎么都好说，可我们与亲家都还不认识，所以一定要按规矩来办，这样比较合乎礼节。”

“说得在理。”

“不管怎么说，亲家在筑地经营着老字号的餐馆，很有地位，绝对马虎不得。”

“你刚才说什么来着?”笠冈突然有了兴趣，瞪大眼睛看着妻子。

“怎么啦?看把你急的。”

“刚才你说筑地的餐馆?”

“是啊，筑地的‘朝山’餐馆呀。那姑娘家开的，是超一流的饭店。”

“时也的女朋友是那家餐馆的女儿?”

“你真糊涂，我不是跟你说过好多次了嘛!”

“这……我只知道她家是开餐馆的，并不知道在筑地啊。”

“这也跟你说过了，提起‘朝山餐馆’，那肯定是指筑地的。”

“我没关心那些。”

“亏你还说得出口，这可是你独生儿子的婚事哪!”时子愤然变色，笠冈急忙解释道：

“别生气，不是那个意思，我是说‘朝山餐馆’在筑地，这个我没关心。”

“报纸上经常有报道，说政治家、大人物常在那里举行会谈。说来说去，你对儿子的婚事一点儿也不关心。”

“我一直以为‘朝山餐馆’在赤坂，因为政治家们光顾的饭馆大都在那儿呀!”

“那可不见得。这回我可是知道了，你对时也的婚事是这样的不关心。”

但是，此时此刻笠冈已没有心思去安慰愤愤不平的妻子，他被突然提到的“筑地”吸引住了。不消说，这个筑地和栗山提到的那个有钱人所在的“筑地”可能没有什么瓜葛。然而，儿子的女朋友家在筑地，这一偶然巧合使笠冈吃惊不已。

偶然的巧合，又进一步引出了另外的巧合。“朝山”是餐馆，既然是餐馆，就有可能提供田螺等菜肴。经过尸体解剖，发现栗山重治胃内有山菜、河鱼、田螺、面条等食物，原来一直以为是在“中津溪谷”吃的，现在看来“朝山”餐馆也能提供这些食物。过去，田螺等菜肴在小酒店里是家常菜，但近来只有在高级饭馆里才能品尝到这些东西。因此，栗山在中津溪谷吃的那些菜，可能在“朝山”餐馆里也能吃得到。

但就此把栗山和“朝山”餐馆简单地联系起来，未免有些太武断。栗山只是说他在筑地有个阔老板，而且“朝山餐馆”也仅仅是作为儿子未来的岳丈家出现的，可以说，这两者毫不相干。

笠冈现在硬是要把这两者联系在一起，并且已有点儿急不可耐。

四

笠冈时也将自己首次登上五龙山东侧的第一峰中脊扇形岩壁的情况写成了文章，发表在专业登山杂志《登山家》上面。大意摘要如下：

以往的夏天，我都要去登北阿尔卑斯山，今年夏天因私事未能离开东京。因此，整天想去登山心都痒痒，最后到了十分难受的地步，觉得若再不去登山，那简直就要影响自己身心健康。于是，我挤出几天闲暇，准备好登山行装就上路了。本来是想在风景秀美的山峦间轻松一下，没想到天公作美，遇上了好天气，心中便跃跃欲试起来。人有许多的时候就是这样，往往会天赐良机。

在去山里的火车上，邻席恰巧坐着山梨市的登山家佐竹申吾先生，真是莫大的幸运。我俩在火车上谈得很投缘，决定同去攀登那令人快活的峰岩。

佐竹申吾先生登山装备齐全，知识丰富，谈吐不凡，一看便知他不是一般的登山爱好看。通常总认为，与途中相遇的登山者结伴是轻率之举，其实仁者见仁，智者见智，有经验的登山家一眼就能分辨出优秀的同伴。我们俩的相遇就是如此。两人初次见面，就感觉像已被登山结组绳联结过几十次似的，息息相通。这在后来的登山攀岩中完全得到了证实。

……

绝好的天气，情投意合的伙伴。容姿峻峭的扇形岩壁耸立在我们面前，充满无尽的魅力。在其近旁，便是阿尔卑斯，登山者通常喜好的大舞台——鹿岛枪北壁以及荒泽奥壁，相比之下，扇形岩壁就像是维纳斯身旁一个不起眼的山村小姑娘，但她纯洁无瑕，从没有人碰过。阳光澄澈，秋高气爽，我们俩抬头仰望，发现扇形岩壁更有着维纳斯所没有的婀娜，楚楚动人，宛若含羞的处女。

她羞答答怯生生地向我们展示着她那未曾有人踏上过的秘境。没有人能抵挡住这种诱惑。我和佐竹先生视线相接，瞬间便达成了一种默契——攀登扇形岩壁！

……

中部岩壁的起点位于倾斜约三十度的酥石陡坡，上面两个被积雪覆盖的峰顶隐约可见。右侧陡壁的岩板向外突出，悬在半空，左侧则是有很多浮石的干燥岩石。我们先沿悬崖底部横穿，再攀登到左上方的一棵山桦树下，从那往后便是倾斜约四十度的长草带。

……

继续攀登，迎面的悬崖中段，长草带横穿而过。试探着避开右面长草的陡峭崖壁，来到一处狭长的悬崖缝儿中。抬头望去，一线蔚蓝的天光映入眼帘。这已是冲击顶峰的最后一道关口。我和佐竹先生不禁会心地相视一笑。

从这里起，我让佐竹先生攀在前面。开始固定登山主绳的抓手儿离得较远，费了不少周折，结组绳才开始顺利延伸。岩石似乎很牢固。佐竹先生优美的攀岩身影，时左时右，攀登自如，始终保持着身体的平衡。遇到这样一位出色的同伴，真是天助我也！

……

崖缝上方形成一座小小的岩塔，首次冲顶先来到了岩塔的基部，然后再攀登上一块不大的陡壁岩板，便进入了一片爬松带。峰顶已在咫尺之间。这时，从近处意外地传来了登山者的声音。他们是沿着普通路线登山的。登顶成功啦！

终于登上了扇形岩壁！虽不是什么了不起的壮举，却是有记载以来的首次攀登。我和佐竹先生互相紧紧地握着手。

笠冈时也在《登山家》杂志上发表的文章，并没有在登山界里引起反响。这也许是由于除少部分追求首次攀登者外，大多数登山者都认为五龙山的扇形岩壁没有多大攀登魅力，对它并不感兴趣。另外也是时也的文章过分自负，令大家反感。

时也对此十分不满。他认为，纵然是微不足取的小小岩壁，但无疑是首次攀登。那岩壁也许没有穗高山和剑山的岩壁那样高峻，但就算作为散步路线的延伸，也完全可以在日本登山史上新添几笔，其登山技巧和功绩理应受到更高的区别对待。

不过，由纪子和她的父母并不知道这些，对时也登顶成功感到由衷的高兴。由纪子的父亲以前也是登山迷，所以对时也创造的纪录大加赞赏。由纪子的母亲听说是“首次登攀成功”，便与登上珠穆朗玛峰相提并论，认为创造了奇迹。当然时也的心中更有一种私下的骄傲——投入了这样的体力和财力，谁都应能攀登上去。

总而言之，时也“首次登攀成功”，使他在朝山家的地位大大提高。他被允许自由出入朝山家，不久由纪子的父亲也同意了他们的婚事。

时也的文章在《登山家》杂志上发表约一星期后，石井雪男突然登门拜访。

“哎哟，师兄！前些日子让您担心，真不好意思。”时也笑脸相迎。石井不仅是时也的登山师兄，而且还是他和由纪子的牵线人。

“能不能到外面去走走？”

“行啊，有什么事吗?”

时也看到石井脸色不好，表情一反常态，便猜到他一定有什么心事。“嗯，有点儿小事。”

“妈，我出去一会儿就回来。”

时也对正在餐厅准备咖啡的母亲说了一声，站起来就要走。

“哎呀，咖啡都准备好了。”

“伯母，对不起。”石井向时子低头表示歉意。

不一会儿，两人走进附近的一家茶馆，相对而坐。

“师兄，到底有什么事呀?”

“嗯。”

时也一个劲儿地催问，但石井只是默默地啜饮着咖啡，一副欲言又止的样子。

“到底有什么事啊?”

“其实……”石井喝完了咖啡，无可奈何似的从皮挎包里拿出一本杂志，放到时也面前。

“啊，师兄也读过啦!”时也兴奋起来，两眼生辉。

“是的。”

“真是不好意思的文章。”

“其实，我就是为这事而来的。”石井说着打开了杂志，翻到时也写的那篇文章，上面好几处画了红线。

“师兄看得这么仔细，真是不敢当啊!”

“细细读过了，不过有几个地方想问问。”

“您要问什么?”

“山梨市的佐竹申吾先生是和你同车去的，我猜你会知道他的住址吧?”

“当然知道啦!”时也吃惊地望着石井，对他提出的问题有点儿丈二和尚摸不着头脑。

“明白了。不过还有两三个地方想问一下。首先是这里画红线的地方，你说‘中部岩壁的起点位于倾斜约三十度的酥石陡坡，上面两个被积雪覆盖的峰顶隐约可见……’那地方真的像你记述的那样吗?”

“你这是说……”时也的脸色渐渐地变了。

“换句话说，你会不会是记错了，或者是产生了错觉?”

“绝对不会，我做了记录。”时也感到愤慨。

“是吗?既然这样就不好说了。可在我的记忆中，那里是看不见两个峰顶的，不仅峰顶看不到，上面什么也看不见。”

“师，师兄!”时也脸色变得铁青。

“你好不容易登上了处女峰，我不想泼冷水，所以一直没吭声。其实我也爬过那扇形岩壁，一直爬到了突出悬崖的底部。”

“你也登过扇形岩壁?”时也脸色变得苍白，毫无血色。

“那是两年前，我独自一人去的。当时我爬到悬崖突出的地方，怎么也上不去，就退下来了，因此没对任何人提起过。我现在的记忆和你文章中描述的情况出入很大，所以想确认一下。”

“……”

“这个地方也有出入，你说‘先沿悬崖底部横穿，再攀登到向左上方的一棵山桦树下。’可在我的印象里，那里没有什么山桦树。”

“这么说师兄是怀疑我的记录了?”

不知是怒还是羞，时也苍白如纸的脸颊上微微发红。

“没有怀疑，只是许多地方有出入，想问问罢了。”

“师兄，会不会是从另一条路上去的呢?”

“不，是中央山脊，和你上去的线路完全一样。”

“也许不是同一季节吧?”

“两年前的秋天，和你去的季节差不多。”

“……”

“还有，你说从悬崖缝隙抬头望去，一线蔚蓝的天光映入眼帘。可是那悬崖缝隙是弯弯曲曲的，在悬崖缝隙底部根本看不到蓝天。”

“可能是我没记准，我说的悬崖缝隙底部，实际上有可能是缝隙的上部。”

“也许是这样吧。不过，在许多很关键的地方都有出入，比如冲顶次数，所需时间，岩石和长草带，积雪状况等。”

“不可能一样吧！因为不同的人在不同的时间登山，总会有出入的。况且积雪情况总不会像人的指纹那样，总是一成不变的吧。”

“你说得没错。但是，两年前没有山桦树的地方，仅仅两年后突然长出了山桦树；两年前看不见的峰顶和天空，两年后又突然可以看见了，这怎么解释呢?”

“登山往往处在一种异常心理状态，这一点师兄应当清楚。面对死神，持续高度紧张，体力严重消耗，这一切会使人产生错觉和幻想。要是记录与事实完全一样，那倒怪了。”

“主观认识可以千差万别，但山不会动，两年里的风化也不会有多大变化。”

“如此说来，你还是在怀疑我啊。”

“我没有怀疑，但如果不设法纠正，过不了多久，那些沿同一条线路上去的登山者肯定会提出质疑的。而且也许还有人像我一样，是一直爬到悬崖下面又退下来的。要是记错了，赶快声明更正，这样对你好。”

“我没有记错。”

“你如此自信，应当是没什么问题了。不过，你现在最好还是请你的同伴佐竹申吾先生出面，让他证明一下。”

“做这种证明究竟有什么必要呢?”时也说话口气一直很强硬，但石井提到山梨市的佐竹后，时也有点儿心虚了。

“如果你确实心中无愧，现在澄清疑点，不是更好吗?”

“谁都没提出疑问，就您吹毛求疵。”

“光我一个人就好了，我完全是为了你好，到现在我还没有对别人讲过。登山既无观众，又无裁判，在人迹罕至的山中，只要自己愿意，可以随时做记录。但是，没有人出来怀疑登山记录，这是因为那是运动员自己灵魂的记录。登处女峰成功的荣耀，只有在自己的灵魂中，才最能闪烁出光辉。弄虚作假，是在亵渎自己的灵魂。因此，人们对没有任何见证人的登山记录，都寄予绝对信赖。”

“难道我在自己灵魂的记录上弄虚作假了?”

“我认为，哪怕任何一点怀疑，都应该有根有据。我挺喜欢你，丝毫不怀疑你登扇形岩壁的记录，但这不等于就没有人出来怀疑。所以，我认为应该澄清一切疑点。否则，连你过去那些辉煌的登山记录都会被人怀疑。”

“说到底，登山是个人活动。为此小题大做，不觉得可笑吗?”

“对你来说不是一桩小事吗? 你只要让佐竹先生写一篇文章证实一下，就可以避免将来可能发生的任何不愉快。”

“我认为没有这种必要。”

“这么不愿意让这位佐竹先生出面，究竟是为了什么?”

“不是不愿意，而是没必要。”

“对不起，既然你死活不肯请出佐竹先生，那连我也不得不对你登扇形岩壁所做的记录表示怀疑。”

“师兄打算怎么着?”时也虽然还在嘴硬，但脸上出现了不安的神色。

“不打算怎么着，只是替你伤心。”

“师兄，请相信我。我认为有必要时，即使您不说，我也会把佐竹先生叫来的。”

“你还是不明白吗? 现在就是最有必要的时候。”

“师兄打算把这事告诉由纪子吗?”

“不能告诉她吗?”

“我虽然问心无愧，但不想引起她无端的猜疑，希望您保持沉默。”

“是这样啊!”石井正想说“你竟是这么个胆小鬼”，但话到嘴边又咽了回去，因为觉得这样说了也没有用。

“好吧，我不告诉她，就成全你了!”

石井心里充满悲伤，失望地站了起来。

五

“小姐，您的电话。”佣人叫由纪子接电话。

由纪子听说有电话急忙跑了过来。

“是时也来的吗？”

“不是，是个男的声音，但不是他，说是有东西要送给您。”

“送东西，送什么？”由纪子疑惑不解，从佣人手中接过了听筒。

“是朝山由纪子小姐吗？”

听筒里传来了青年男子的声音，由纪子觉得这声音很熟，但一下子就是想不起来。当由纪子回答是自己后，对方口气立即粗鲁起来。

“架子不小啊！”

“你究竟是谁？”

“哟，把我忘啦？”

“你再胡闹，我可要挂电话了。”

“别这样。救命恩人的声音都听不出来，你也太薄情了吧！”

由纪子蓦地一怔，明白是怎么回事了。

“真没想到，原来是你！”

“没想到吧。要是没有我，你早被那一大群禽兽轮奸了，说不定连命都丢了。”

由纪子现在已完全想起来了，对方是那个骑摩托车的年轻人，是一只色狼。

“你也是一头畜生，而且是最可恶的畜生。”由纪子不由得失声骂了起来。

“别那么凶嘛。”

“跟你没什么说的，再来电话，我就要报警了。”

“你愿意报警只管报好了，反正事情捅出去，吃亏的还是你自己。”

“卑鄙！”

“还是叫我救命恩人吧。”

“你到底想干什么？”

“想再见你一面。”

“你说什么？”

“我是说想再见你一面。”

“真无耻！我不想见到你，也不愿再听到你的声音。”

“我和你恰恰相反。反正你就要嫁人了，在当新娘前，咱们再会会怎么样？”

“你做梦！”

“话可不要说绝了，那天夜里的美事儿，我只要向你未婚夫露点儿风，就够你受的。”

“你想威胁我?!”

“哪里的话，只是想见见你，算我求您了，好姐姐，见一面吧。”

对方一直恶狠狠的，不知怎的软了下来，又恢复了幼稚的声音。

由纪子想起那天晚上假装救她的那只色狼，也就是个十七八岁的小青年。他动作虽然十分粗暴，但行为本身却很幼稚笨拙。由纪子事后发现，身体虽被他狠狠地蹂躏了一番，但并没有伤及身体的深部。这个年轻的畜生，将积蓄的欲火几乎全发泄在了她的表皮上。

“你想要钱，我可以给你。”

“我不要钱，只要见到你就行了。”

由纪子想起那天夜里给他钱以示谢意时，他竟大动起肝火来。

也许这小子格外痴情吧。要是这样，那就好对付了。

由纪子在心中快速思忖着。

“好吧，就见一次面，也就一次啊，你要是得寸进尺，别怪我不客气。你怎么弄到我家地址的？对了，是从我那辆抛锚的车牌上查到的吧？你脑子倒挺灵的。不过，警察头目和黑帮头头常来我家做客。你还是个高中生或大学预科班的学生吧！你要是惹我父亲生气了，他马上就会捏死你。你将来的路还长着呢。我答应见你，绝不是因为害怕你，而是对你有点儿感兴趣。不管怎么说，你在危急时刻救过我，是我的救命恩人。”

由纪子的一席话好像起到了很好的效果。就这么连唬带吓一番，对方就被慑服了，看来他也不是一个恶少年。

从那天晚上起，由纪子和少年开始偷偷来往。两人在夜幕下的高速公路上幽会，有时由纪子坐在少年驾驶的摩托后座上，紧紧地搂抱着他；有时少年坐在由纪子驾驶的火鸟牌轿车里，两人偎依在一起。

自从和由纪子交往后，少年脱离了暴走族，开始单独活动。

两人驾车兜风兜累了，就把车停在很偏僻的海岸边或山谷中，如同野兽一样贪婪地满足着各自的生理需要。起初两人做爱还不熟练，分别以对方的身子为试验品，后来就得心应手了。

但是，年长的由纪子在各个方面都扮演着主角儿。虽然初遇时以暴力袭击了她，但后来那少年却很听话，十分敬仰和尊重由纪子，对她百依百顺。

由纪子也像疼爱自己的弟弟一样爱着他。她只有一个妹妹，没有弟弟。由于由纪子闯入了他的生活，少年不再像以前那样厌恶社会和学校了。

“打开天窗说亮话，你可别误解了。我俩只是现在玩玩，这种关系只能维持到我出嫁，结婚后是不能再见面的。”

“这个我知道，不过，我不信就再见不到姐姐。”

“世上没有永远不变的东西，说不定哪天就要分手，与其分手后无法相见，那就趁现在见个够吧，你说呢!?”

“婚姻就不能往后推一推吗?”

“别瞎说！一开始我们就说好了的，你忘啦?”

“没忘，只是太残酷了。”

“我也挺难受，但这是没办法的。我很喜欢你，感谢苍天给了我们相识的机会。我俩不能结合是命运注定的，即便真能结合，也一定不会幸福的。我们现在这样不是挺好的吗？青春时期不能玩得太火，应当适可而止，这样的青春才能成为永远美好的回忆。”

“姐姐结婚后生个孩子，就是个幸福的贤妻良母了。”

“这是女人的命。你也要好好学习，上大学，走向社会，然后再取个好太太。”

“我只要姐姐。”

“再胡说，我就不理睬你啦。我们能这样见面的时间已经不多了，为了度过这珍贵而美好的时刻，应尽情享受一番，咱们找个好地方去吧。”

于是，他们俩开车上了高速公路，融在风驰电掣之中。对由纪子来说，这是婚前的一场游戏，谈不上什么爱情。但这位少年对她的迷恋和仰慕却与日俱增，堕入爱河不能自拔。

六

“由纪子，我就在你家附近，能不能出来一下，我有话要跟你说。”

由纪子接到表兄石井雪男打来的电话时，由纪子已和笠冈时也举行过订婚仪式，且婚礼日期已经确定了。

“你怎么啦？这么见外，进来说不就行啦，这可不像你雪男作风啊!”

“不行，要是伯父、伯母在，话就不好说了。”

“你真怪，究竟有什么事呀?”

“见了面再告诉你。”

雪男今天有些反常，由纪子没法，只好同他在附近的咖啡馆见面。

“到底怎么啦?”由纪子没换衣服，趿着木屐就出来了。石井用异样的眼神看着她，问道：

“最近，你和笠冈处得怎么样?”

“经常见面呀，怎么啦?”

“嗯，没什么。”

“你好怪啊，时也他怎么了?”

由纪子看到石井吞吞吐吐，欲言又止，预感到他有话要说。

“由纪子，你近来心情怎么样？”

“心情？”

“说白了，也就是你和笠冈的婚事。”

“那事，不已经定好了吗？”

“会不会又改变主意，中途反悔呢？”

“反悔？时也有这种念头？”

“不，我问的是你。”

说到这里，由纪子的心蓦地跳了起来，心想，自己和少年之间的秘密，莫非被石井发现了？

“我是不会反悔的。”

由纪子表面上竭力装出平静的样子，但心里却在嘀咕，自己和少年幽会，也许被石井看到了吧！

“是吗？”石井陷入了沉思。

“雪男，您今晚是怎么啦？这么反常！”

“这……说出来你可别生气，你现在能不能改变主意呢？”

“改变主意？是指结婚吗？”

“是的。”

“你为什么会有这种想法呢？我俩真心相爱，你比谁都清楚啊。再说，举行婚礼日期都定好了。”

“哎？日期都定啦？”

石井感到了绝望，脸色阴沉。

“干吗要这样愁眉苦脸的，您不是一直为我们高兴的吗？”

“由纪子，请你说句心里话。”石井目不转睛地盯着她。

“我没骗您啊。”

“您和笠冈结婚，就没有感到一丝不安和犹豫？”

“事到如今，还说这些干啥。”

“我问你，有没有？”

“没有。”

“既然这样，也就没得说了。”

“请等一下，您这话是什么意思？”

“如有可能，我想劝你中止这场婚姻。”

“这话可必须要说清楚，究竟是为什么？”

“算了，别提了。”

“您这是干吗，这么大的事，不说出理由来，让我怎么办？”

“真的没有什么。”

“好吧，既然您不肯说，我就去问时也。”

“这，你不是难为我么!”

“那您就说吧。”

“真拿你没办法，咱们先说好，可不能告诉任何人。”

“一言为定。”

“时也的首次登攀，好像是编造的。”

“您是指这次登扇形岩壁?”

“是的。真没想到，他的虚荣心是那样强，人又这么不知羞耻。我不知道他有这种毛病，就把他介绍给了你，现在感到了不安。”

“这事有那么严重吗?”

“在登山记录上弄虚作假，等于是亵渎自己的灵魂。登山之所以可贵，就在于通常登山运动员必须是在脚踏实地的前提下，向能力的极限挑战。”

“说时也撒谎，您能拿出证据来吗?”

“他发表的那篇攀登记录，与实际地形完全不符，这是毫无疑问的。”

“您怎么知道他说的与事实不符呢？迄今不是还没有别人上去过吗?”

“我攀登过，中途退下来了。”

“啊!”

“想不到他竟是如此卑鄙的小人，编造登山记录，是最低劣的行为。这种人无信用可言，所以我就……”

“这事大家都知道了吗?”

“没有，现在就我一人知道。但不久就会出问题，他会被日本登山界的同行所不齿的。”

“雪男，希望您别向我父亲提起这事。”

“啊?”

“爸爸年轻时，也登山，他要是知道了，那就麻烦了。但对我来说，登上也罢，没登上也罢，我都无所谓。即使没有登山，人生也不会受到任何影响。他即使被登山界同行所不齿，那也没关系，作为妻子来说，我倒希望丈夫被那种‘危险团体’拒之门外。等结婚后爸爸再知道就没事了，所以，结婚前请您无论如何把此事藏在心里。”

“由纪子……”

“算我求您了。”

由纪子双手合十，恳求。其实，对她本人来说，登山记录是真是假，并不是什么了不起的事。她自己与少年暗中偷偷来往，才是真正的不诚实。

由纪子感到，这样一来，时也和自己反倒变得彼此“对等”了。

第十二章　讹诈真相

一

笠冈道太郎把调查的目标转向了“筑地”。因为对矢吹祯介的嫌疑虽未彻底排除，但要假定他在事隔三十多年后再找栗山算账，在情理上是说不通的。

笠冈听了下田的报告后，就放弃了对矢吹的追查。

那么，是谁杀了栗山？

笠冈道太郎想到了“筑地”。既然栗山提到了“阔老板”，很可能是以恫吓敲诈钱财。由于不堪忍受敲诈者敲诈，就把那敲诈者收拾了。这种事司空见惯，并不鲜见，但确实是有说服力的作案动机。但是，仅凭“筑地”这一线索去抓凶犯，等于大海捞针。

“还是去找矢吹吧!”笠冈突然萌发了这个念头。他想，矢吹很有可能把栗山的一些话给忘了，去跟他聊聊，说不定会使他想起来的。

笠冈又趁妻子不在时溜了出去。这或许是命中注定的吧，一种强烈的责任感在他心中涌动，觉得不去会会矢吹就过不了今夜似的。

笠冈感到死神正向他走来，现在活着就好像在吞食自己的肉体。在肉体被吞食完之前，他必须抓住凶手，否则，那不堪重负的人生债务就要背到另一个世界里去。

根据下田提供的地址，笠冈把电话打到了矢吹的工作单位，开始对方颇感为难，很不情愿，但最后还是同意晚上到他家里面谈，并指定了具体的时间。

矢吹这样做，也许是害怕警察到单位来找他会引起大家的猜疑，而邀请警察到家里来就可证明自己的清白，或者要给警察点儿颜色看看。

矢吹的家在武藏野市绿町的一角。那里是新建的住宅区，东京都及房产公司经营的楼房鳞次栉比。由于天色已晚，笠冈摸黑寻找门牌，走得又累又饿，费了很大的劲儿，才找到了矢吹的家。这是座保留着武藏野风格的建筑，两层楼，平屋顶，外观看上去很现代化，院子宽敞，周围环境清静。

笠冈站在大门口按响了门铃，里面马上就有了动静，一个身着和服的中年妇女打开门迎了出来。

“我是立川警署的刑警，已跟您先生约好了，故前来登门拜访。”

笠冈虽长期卧病在床，但仍是在职刑警。由于门口灯光昏暗，那女人没有看清他的病容。

“请进!”

女人招呼笠冈进屋，看上去她像是矢吹的妻子。此时，来访者和女人只是客人和主人的关系，双方都还没有认出来。

笠冈被带到大门旁边的会客室。不一会儿，矢吹穿着和服走了进来。

“今天突然造访，打扰了，我是立川警署的笠冈。”

“如果是栗山那案子，前些天已跟你们讲过了。”

矢吹满脸的不高兴。前几天，警署传讯了他，莫明其妙地对他询问了一番，这还嫌不够，今天又追到了家里，所以矢吹心里有气，面带怒色。

“对不起，给您添麻烦了。不过，不会耽误您太多时间的。”

笠冈尽量做出谦恭的姿态。

“到底有什么事?”

矢吹口气生硬，显得很不耐烦，看来是想赶快结束这讨厌的查问。

“据说，栗山重治和您会面时，他说在筑地认识一个阔老板，是吗?”

“是的，那又怎么啦?”

“单凭‘筑地’这一点线索，寻找凶犯犹如在大海里捞针，所以请您想想，栗山跟您说过的话中，还有没有值得参考的线索?”

“前几天你们已经反复问过我了，我也讲清楚了，就那么一些。”

矢吹说得很干脆，没有商量的余地。

“矢吹先生，您与筑地有什么联系吗?”

“与筑地? 笑话，我与那里怎么会有联系呢?”

“没有联系，那你有没有什么预感?”

“没有。”

“矢吹先生!”

“啊?”

见笠冈突然改变了说话的语气，矢吹不禁瞪大了眼睛。

“这是在调查人命案子。”

“我知道。”

他以犀利的目光死盯住笠冈，仿佛在说：“是又怎样？”

“您心里不快，我很清楚，但我们必须把凶犯捉拿归案，请您务必协助。”笠冈面对着矢吹刺人的目光分辩道。

“这不正在努力协助你们吗？”

“现在，我对您没有任何怀疑。有些话本来是不该讲的，您知道吗，我已陷入了进退维谷的境地，只能凭自己的直觉来调查，因为没有时间去科学取证，更没有空闲故意抓着什么王牌跟人兜圈子绕弯子。我现在有病，而且是不治之症，属于我的时间顶多还有半年。”

“真的吗？”矢吹有些吃惊。

“这种事还能说假吗！因此，我想在这有限的时间里一定要抓到凶犯。您再好好想想，在栗山跟您说过的那些话中，有没有已经忘记了的。”

“这么说来……”

在笠冈推心置腹的劝说下，矢吹似有所感动，开始有协助之意。

“栗山是否说过，他曾去过筑地或在那里住过？”

“没有。”

“栗山在中津溪谷提到了筑地，这是您第一次听到吗？”

“是的，是第一次听到。”

“栗山在军队时的战友，现在有没有住在筑地的？”

其实这事下田已调查清楚了，笠冈只是想再核实一下。

“我和栗山一起相处，也就是停战前的三个来月时间。从当时认识的人来看，好像没有人是从筑地来的。当然，上级军官或地勤人员，我就不清楚了。”

“住院时的病友，有没有从筑地来的呢？”

“我只住了三个星期，不太清楚。”

“有没有人后来搬到筑地去了呢？”

“这更不清楚了。”

看来所有的路都堵死了，一种徒劳的感觉油然而生，加上身体虚弱，他感到精疲力竭，简直就要像烂泥似的瘫倒在地上了。然而，笠冈还是咬牙顶住阵阵袭来的疲劳，继续问道：

“会不会有这种情况，即与筑地的女人结婚后移居到那里？”

“结婚？”矢吹不禁表情为之一动，似乎想到了什么。

“有什么线索了吧？”笠冈紧追不舍。

“对了，有人当上门女婿，住在筑地的附近。”

“附近？具体在哪里？”

“在新桥。”

“新桥？他是谁啊？”

“叫木田，因滑雪造成脚部粉碎性骨折，差不多和我同时住院的。我出院后他还住了好长时间。那是几年后，在街上邂逅了那个医院的一位护士，跟她聊起来知道的。”

“他和栗山住一个病房吗？”

“是同一病区，不是同一病房，但可能有往来。”

“他在新桥的哪一家当上门女婿，这你知道吗？”

“这……反正是一家很有名气的餐馆，它还经常上报呢，就是一下子想不起来了。”

“有名气的餐馆！”

“是的，那护士还戏称，这家伙‘交了桃花运，发了靓女财’。”

“她指的那家餐馆，会不会是‘朝山’啊？”

“对对对，没错，就是这家餐馆，原来你知道啊？”

“朝山！”

笠冈终于又挖出了线索，但面对这可怕的巧合，他茫然得有些手足无措了。

“朝山餐馆”坐落在银座第七街区，与筑地只有一河之隔。这一带按地名称呼虽属银座，但实际上属于“新桥”的范围，新桥剧场近在咫尺。然而，作为餐馆，大家都喜欢称其为“筑地餐馆一条街”。当地人也都强烈要求归属“筑地”。

难道“朝山”竟会是栗山所指的那个阔老板？他一时茫然若失，面如土色。矢吹看到笠冈这个样子，很担心地问道：

“您的脸色怎么这样不好啊？”

这时，正好妻子端茶进来。她把茶盘放在茶几上后，就把茶杯连茶托一起放在笠冈面前，很客气地说：

“请用茶。”

听到这声音，笠冈才如梦方醒，抬起头来，正好和矢吹的妻子四目相对。两人同时发出了压得很低的惊讶声。笠冈在这里见到了他二十多年前的恋人。

岁月流逝，带走了她的花容月貌，但眼前无疑就是笹野麻子，只是她现在肯定改姓矢吹了。

使自己终身背着人生债务的麻子，现在她就在面前，而且成了矢吹的妻子。为了在风烛残年偿还这笔债务，笠冈拖着病体来找矢吹。意外相见，笠冈险些叫出她的名字来。

由于邂逅得这样突然，两人的感情无从释放出来，曾激烈燃烧过的爱情之火，如同火药，经过二十多年后已经彻底受潮了。

“你们怎么啦?”矢吹看到两人神情怪异，纳闷地问道。

“不，没什么。”笠冈立即圆场。

“您的脸色可不太好啊!”麻子也立即从震惊中恢复过来，接口说道。但是，她在取茶具时，手指却在微微颤抖着。这颤抖的手指，泄露了她压抑了二十多年的情感。

二

警方经过调查证实，“朝山”餐馆的主人朝山纯一，原姓“木田”。同时，再次到T大附属医院的调查，查到了木田的旧病史。根据记载，一九四九年一月到三月，他因右腿关节骨折脱臼和左膝挫伤在该院住院，病房就在栗山的隔壁。

作案的阴影越来越浓的嫌疑人竟然是儿子未来的岳父。对于这种命运的捉弄，笠冈感到十分为难。但是，捉拿凶手的行动不能中止。

“又要为笠冈先生东奔西颠了。”下田苦笑着。本来这一阵子笠冈好像是死心了，时子也对他继续追查很是吃惊。

笠冈在人世间的时间已经不多了，他想怎么干就随他去吧。下田和时子都是这么想的。当然，笠冈也一直是这样干的，因为他知道自己马上就会卧病不起的，到那时候，即使心脏还在跳动，也和死去相差无几。所以，他要趁现在还能动的时候，步步逼近凶犯。

“首先我想请你去调查一下‘朝山’餐馆，看看他们在五月下旬到六月上旬期间，是否也卖过同中津屋一样的菜肴。如果是，那朝山纯一的作案疑点就大了。然后再向他周围的那些人打听一下，说不定能找到栗山敲诈朝山纯一的原因。”

“你这是说，栗山胃里残留的食物不是在中津屋吃的，而是在‘朝山’餐馆，是吗?”

“虽不能肯定，但这种可能性有。唉，下田君，我们在中津屋调查时，对栗山和矢吹吃的东西，都详细核实过了吗?”

“啊!这个……”

“不错，栗山胃中残留的食物，与中津屋供应的完全相符，但这并不等于全是在那里吃的。他俩究竟点了哪几样菜，女招待现在也记不清了。”

“矢吹也许还记得。”

“假如你来点一桌山珍菜肴，你会怎么点呢?”

“我?”

“对，你会具体点出蕨菜、紫萁、蘑菇、芹菜、珍珠花、山笋等菜吗?”

“点不了那么细，这些菜当中我只知道蕨菜和紫萁。”

“矢吹也是那样吧，只是笼统地点了山珍菜肴，具体吃了哪些山菜，他现在也记不得了，而且有些菜名他根本说不上来。”

“对啊，我们看到菜单上有田螺，就认定他是在中津屋吃的，看来也不一定是那么回事。”

“说得对，这些东西经过烹调可以成为高级餐馆的名菜，也许还可以根据顾客的要求进行特殊的烹制。”

“看来得赶快去调查一下。”下田来了情绪，跃跃欲试。

“对了，你还是暗中调查，不要让朝山家知道我在背后，同时还要对我妻子保密，不能让她知道我们在调查‘朝山’。”

“完全可以。不过，这又是为什么呢?”

“有些个人原因，不便明说。”

下田对此表示了理解。

然而，笠冈的希望落空了。经过调查发现，“朝山”餐馆迄今为止从未向客人提供过类似“中津屋”那样的菜肴，而且从未用田螺做过菜。这是“朝山”餐馆的一位老厨师讲的，他的话是相当可靠的。

“据说在‘朝山’家，店里的事全由女主人掌管，入赘的男主人从来不干预。所以，男主人不可能瞒着妻子把栗山带到餐馆里，还特地为他做田螺吃。”

“这么说，山菜和田螺还是在中律屋吃的了?”笠冈听了下田的报告后问道。

“……可以这样认为。栗山很可能是在和矢吹分手后被害的。说不定木田，也就是朝山纯一早就在半道上候着栗山，把他骗到了多摩湖；抑或是矢吹直接把栗山带到了那里。因为现在还不能完全排除对矢吹的怀疑。”

“或许还有其他凶手。”

“你是说?”

“朝山纯一，只是矢吹言谈中涉及的人。我抓住‘筑地的阔老板’这条线索，专门去向矢吹打听，结果发现朝山纯一是‘筑地餐馆’的上门女婿，并得知他曾和栗山一起住过医院。总之，调查的经过就是如此而已。但仅凭这些就断定‘筑地的阔老板’就是朝山纯一，也许太主观臆断了吧。”

“笠冈先生，你可不能泄气。矢吹也好，朝山纯一也罢，都是你锲而不舍挖出来的。目前，围绕着栗山这桩案子，真正涉嫌的可疑人物只有他们两人。栗山与筑地的联系肯定不会很多，朝山纯一是现在最重要的线索。”

“是的，把注意力投向第三个犯罪嫌疑人还为时过早。”

笠冈在下田的鼓励下，又重新振作了精神。

第十三章　无名尸骨

一

一个约三米高的土堆，在推土机的铁铲前面，显得不堪一击。只要铁铲一动，马上就会荡然无存。不管自然保护组织或大自然爱好者如何大声疾呼，极力反对，但推土机仍然隆隆地开了过来，挥动着大铲，在山丘上夷出了一片露出红土地的平地。

那推土机的驾驶员是坂本守和，虽然选了这种职业，但每次开动推土机工作时，总觉得大自然在履带的蹂躏下悲惨地呻吟着，心里格外难受。

直到现在，他还在后悔当初不该领取推土机的驾驶执照，但反过来想想，当特种工程车驾驶员，工资要比一般施工人员高得多，有一种挡不住的诱惑。

坂本把这种高薪看成是破坏自然的酬金。推土机的性能越好，它破坏自然的能力就越大。有个热爱大山的朋友告诉他，哪怕是再小规模的自然环境，到它完全形成，至少需要五千年。如此说来，他领取驾驶执照后破坏的大自然，可能要以几万、几十万年来计算了。一想到这些，坂本就闷闷不乐。不过，今天的作业是个例外，不全是破坏自然，这使他心情多少好受些。

建在这小山坡上的小屋已腐朽不堪，如果废弃了就会失去土地使用权，所以屋主决定将其拆除重盖。坂本今天平整地面就是为了重建小屋。

屋主重建小屋，自有他的如意算盘。他已敏锐地发现，隧道凿通后，来这里登山的游人日益增多，长期歇业的小屋不久将会再度向游人开放。

这次重建的规模准备比原来的大些，所以扩建部分又要破坏自然，但作为推土机驾驶员来说，是没法阻止的。

落叶松山庄的重建工地，位于山梨县芦安村一角。这里被誉为南阿尔卑斯山的瞭望台，是攀登著名的夜叉神峰的入口处。

落叶松山庄坐落在登山道中央，周围是一片落叶松林。夜叉神峰隧道开通后，登山者大多乘车直达峰前，即使在旅游旺季，也很少有人光顾山庄，所以很快就荒废了。

经营者看到山庄门庭冷落，只好暂时另谋别的职业去了。但近来情况有了变化，由于公路车辆拥挤，交通混乱，登山者害怕塞车，又重寻故道，光顾山庄了。

重走故道，拾路而上，不但可以饱览山色，而且比驱车上山还快。这一颇具讽刺意味的现象，使游人重新认识故道之美。最近一段时间，即使公路车流通畅，许多人也特地把车停在山庄，然后徒步上山。坂本现在平整的这块地方，就准备将来用作新山庄的停车场。

这么说来，他现在操纵的推土机，也多少起了保护自然的作用。

“强词夺理!”坂本不禁苦笑起来，加大马力向土堆猛地铲了过去，没铲住的泥土像流水似的从铁铲两端翻落下去。这时，似乎有一个与泥土色泽不同的东西从眼前一晃而过。最初，他以为是一段朽木。但又总觉得那沾满泥土的陈年朽木带着一种血腥的臭味。

坂本心存疑惑，想下车看个究竟。于是，他没关发动机，就起身离开了驾驶座。原来被车身挡住，形成死角没能看清，这回坂本看清楚了，两个幽暗的窟窿在泥土里直愣愣地盯着他。

他大吃一惊，但好奇心又驱使他凝神细瞧，原来那两个黑黑的窟窿是人的眼窝。虽然沾满泥土，但仍可辨出是人的头盖骨。刚才在车上先是以为朽木，后又觉得嗅到血腥味，产生这种感觉或许是死者不肯与土同化，死不瞑目留下的一股怨怼。

“喂，快过来!”

坂本大声招呼正在附近干活的工友们。

二

小笠原警署接到中巨摩郡芦安村的山林里发现死人骸骨的报告后，立即派出警察奔赴现场。现场是落叶松山庄的施工工地，尸骨发现人是甲府市大进建筑公司的推土机驾驶员。

小笠原警署的警察为保护现场，以埋有头骨的土堆为中心，在四周拉起了警戒绳，禁止无关人员入内。同时进一步在土堆中寻找尸骨，请求县警察本部鉴定课立即派人来现场勘查。

警方在土堆里找到了相当于一具尸体的人骨，由于被推土机铲过，骨骸已散，便委托甲州大学的法医权威将人骨拼装复原。

除人骨外，在土堆里还挖出了已成碎片的布料纤维、手表、冰镐头、几枚纽扣及鹫形皮带扣等。

甲州大学法医学研究室的专家们很快就把骸骨复原。骸骨的回收率接近百分之九十七，部分头盖骨和脚趾骨头未被发现，也许散落在数以吨计的泥土中了。

将七零八落的人骨恢复成原来的形状，并不是件容易的事，况且在推土机重重碾压之后，又碎了不少。法医专家们首先把腰部的髋骨和骶骨拼合起来，组成骨盆，然后以此为基础，如同搭积木那样，从脊椎骨底部的第五腰椎开始，由下而上地逐一拼接。当第一颈椎上按上头盖骨后，就开始拼接下肢。首先把大腿骨接在骨盆上，然后在下面按上胫骨，胫骨下面接足骨。因为左右肢骨头混在一起，必须一块一块地加以鉴别。

法医专家们将这项工作戏称为摆弄“拼图”。下肢拼好后再接上肢，最后拼手掌骨。至此，拼接工作才算全部完成。幸运的是，没有其他人骨混入，拼接工作很快就完成了。

骸骨拼完后还剩下一块，经鉴定像是人的门牙。死者牙齿完好，似无缺损，这颗门牙显然是另外一个人的。这是一颗后长的恒齿，为上排或下排的第二切齿。

根据骨骸分析，死者情况如下：

1. 人种，日本人；性别，男性。

2. 年龄，二十至二十六岁。

3. 死亡时间，二十至三十年。

死者头盖骨上，有钝器所致的凹陷性骨折。从现场地形勘察分析，周围没有滚落的岩石、歪倒折断的树木或者落石，而且这种凹陷性骨折也不会是死者自己跌倒或翻滚所致。现场挖出的手表上没有厂名，生了锈的冰镐上打有商标，“门田”两字依稀可辨。

经鉴定认为，死者是一位登山者，二十至三十年前，当他来到这里时被人杀害，埋在了落叶松山庄。当时管理山庄的人早已死亡，据现在的庄主说，该山庄从二战期间到一九五一年春，一直处于关闭状态。如果命案发生在这段时间里，情况就不得而知了。而且，如果说这起命案是在二十多年前发生的，在法律上也超过了捉拿凶犯的规定限期。

小笠原警署为了查明死者身份，只好查询警视厅，这一时期出走和失踪的人员有关文件。

死者早已在亲人们的记忆中淡忘，现在通知无疑是一种亡灵的信息。朝山由美子从矢村家得到这一信息，脑子一下子出现了空白，半天没有反应过来。通知她的是矢村重夫的妹妹矢村则子。现在，她也招了位上门女婿，以继承矢村的家业。

“到了现在这个时候还和您联系这种事情，也许是很不合适的。但是，我想哥哥和您多少是有些缘分的，所以就……”

矢村则子虽有些犹豫，但还是告诉了她，说在南阿尔卑斯山的山林里挖掘出来一具骸骨，很可能就是矢村重夫。

“重夫，是真的吗？”由美子好不容易明白过来，站在电话机旁怔住了。

“是警方通知的。说完全符合二十多年前当时您和家父申报的寻人启事中的特征。我也很吃惊。”

“那……他们说了什么特征？”

由于事情来得太突然，尽管由美子也是申报人之一，但一时想不起当时写了哪些特征。那实在是太久远的事了。

“首先地点一致，其次骨骼的年龄为二十到二十六岁，当年哥哥正好是二十四岁，现场发掘出来的携带物品也吻合。”

“携带物品？”

“我哥不是有一把定做的‘门田’冰镐吗？现场挖掘出来的门田冰镐和哥哥的完全一样，特别是还有一个鹫形皮带扣。”

“鹫形皮带扣？”

“是的，我记得很清楚，那条带鹫形扣子的皮带，是您当时送给他的礼物。哥哥非常珍爱，无论到哪儿总是系在身上。那次登山临行前，他还说这是最好的护身符呢。”

“则子，这是真的吗？”由美子感到喘不过气来。她实在太吃惊了，呼吸急促困难。

“是警察这么说的。”

“现在该怎么办呢？”

“警方要让我去确认一下。”

“则子，你去吗？”

“当然，那是我哥哥。”

言外之意是说，你由美子是我哥哥二十多年前的未婚妻，想请你一块去，所以，才专门告诉你的。

“我也去。”

长期以来，由美子硬是把这种伤痛深深地埋在心底。这伤就像从未被处理过一样，被原封不动地包扎了起来。现在，她很想知道这旧疮痂下的伤口究竟怎么样了，纵然会再度冒血，也不能害怕揭去它的疮痂。

“您能一块儿去，真是太感谢啦！”则子就像得救了似的高兴起来。接着她又压低声音说：

“我告诉您，可不要吃惊啊？”

“什么事啊？”

“怀疑我哥哥是被人谋杀的。”

由美子似乎感到一股凉冷的液体从脊背上流了下去。这并不是吃惊，实际上她在心中悄悄地早已有预感。刚才的这种感觉，就好像是凝聚在玻璃窗上的寒气结成了水珠，拖着凉凉的尾巴掉落下来一样。

“头盖骨上有击打的伤痕，也不知道是哪个丧尽天良的家伙干的。”则子在电话机旁呜咽起来。

三

由美子把找到矢村遗骨的事告诉了丈夫。

“是吗？终于找到啦？”丈夫淡淡地应了一声，脸上没有任何表情变化。

“据说是被人谋杀的。”由美子紧接着说道。

“被谋杀也罢，遇难也罢，事到如今都没什么区别。那已经是二十多年前的事了。”丈夫平淡地说道。

“能陪我一起去吗？”由美子凝视着丈夫。

“没必要两人一起去吧？埋了那么多年的骨头能看出什么来？”

“他也是你的堂兄啊！”

“太久远了，没感觉了。再说，现在弄清那骨骸的身份，又有什么用呢？”

——你现在坐的位置原本是他的。

但由美子话到嘴边又咽了回去。丈夫在矢村失踪时，曾亲自率领搜索队努力四处寻找其踪迹，在确定矢村失踪后，一度不愿取代矢村的位置，极力避免和由美子单独会面。可是现在，矢村在丈夫的心目中好像早已风化而完全不存在了。

看来矢村的事早已成为过去，必须被彻底风化。现在丈夫不是坐在矢村的位置上，而是坐在了他自己的位置上。

“是啊，不应该拽着他一块儿去。我自己一个人去！”由美子暗中下了决心。想到刚才还在责怪他，她心里感到了一丝内疚。

尸骨已拼成了一具完整的人体骨骸，放在了甲州大学法医学教研室内，旁边整齐地摆放着和尸骨一起挖出来的“遗物”。

辨认先从“遗物”开始，然后再辨认那令人毛骨悚然的骨骸。

“怎么样，对这些东西还有印象吗？”陪同的警官对她们审视了一番后，催促着问道。

“啊，你瞧!”

“这冰镐肯定是我哥哥的!”两人都认了出来，并悲恸欲绝地喊了起来。

“这些都是矢村重夫的东西吧?”警官追问道。

“是的。这皮带是那年正月在银座K商场买来送给重夫的。当时，我还特意请人在这扣子的背面刻雕了S·Y这两个英文大写字母，然后才送给重夫的。”

“这冰镐刃口上崩了一小块，那是哥哥在登穗高山时，为了挖一个脚窝，误碰在岩石上崩掉的。哥哥！二十多年来，你一直埋在山里啊!”

由美子和则子相继哽咽。

“下面看看骨骸吧。根据鉴定，死者生前中等身材，不胖不瘦，但骨骼粗壮，肌肉发达。他头形中等，脸型稍长，前额宽大，眉宇隆起，鼻梁很高，嘴唇紧闭，下额稍尖，脸形清秀，是个相当英俊的美男子。”

“是我哥哥!”

“是重夫!”

警官读完骨骸特征后，眼前这具令人可怕的骨骸，仿佛突然恢复了肉体，一个二十年多前英姿勃勃的登山美男子又栩栩如生地出现在了她们眼前。

死因姑且不论，此时此刻，矢村重夫又被妹妹和昔日的恋人拥抱在怀中，她们在法医学教研室中悲声啜泣。这里本来是法医冷静研究人类死亡的地方，但此时此刻则子和由美子却在这里被伤感的波涛震荡不已。

第十四章　移花接木

一

南阿尔卑斯山中发现尸骨的事早已见诸报端，但笠冈在浏览报纸时却无意中漏看了这一内容。因此，他也就无法知道死者是朝山纯一的妻子昔日的未婚夫，而朝山纯一则正是他怀疑的作案嫌疑人。

几天后，笠冈听到妻子和儿子在隔壁议论时，才想起了有关报道。

“那死者好像是由纪子母亲昔日的未婚夫。”

“噢，是真的吗？”

“是真的，据说她还专门到甲州大学法医室去看了。”

“不过，未婚夫死了那么久了，现在找到了，又有什么用呢？”

“听说是男方家请她去的。”

“由纪子的父亲不会很乐意吧？”

“听说两人是堂兄弟。”

“和死者是堂兄弟？”

母子俩在隔壁聊天，笠冈一直在侧耳倾听。听着听着，他就对着隔壁喊了起来。

“喂，那死者和由纪子是什么关系？”

“耳朵倒挺尖啊。”

“你们在那儿说话，什么悄悄话我也能听清楚。”

“巴掌那么大个家，到哪里去说话呀。”

言外之意，妻子在埋怨丈夫，未能让她住上更加宽敞的房子。但笠冈顾不上接她的话茬儿，牢牢抓住刚才的话题继续问道：

“唉，你们刚才说的，是那个南阿尔卑斯山上发现的死者吗？”

“是的，听说警方怀疑是他杀。”

“他杀？”笠冈眼睛蓦地一亮。

“瞧你，一提到这种事，你就来情绪了。别忘了，你现在是养病最重要。”

“说他杀，是真的吗？”

“是时也听由纪子说的。”

死者与“朝山”有关联，这可是非同小可的重要线索。

“对不起，赶快叫下田来。”

“怎么，你又要行动啊？”

“别啰嗦啦，快去吧！”

下田在笠冈的授意下直奔甲州大学。在那里，他很快了解到，骨骸的身份已得到证实，是朝山由美子昔日的未婚夫矢村重夫；死因是头部遭钝器击打所致，造成头盖骨骨折凹陷。

除部分头盖骨碎片和脚趾骨遗失外，尸骨基本完整。但尸骨复原后多出来一小块骨头，是上颌或下颌的第二颗门牙，经鉴定不是死者的。下田得知这一情况，仿佛受到了电击，不由得心里一怔。

他从山梨县警署借出了那颗身份不明的牙齿，带回搜查本部，进行了核实。

“怎么样，能对得上吗？”笠冈迫不及待地问道。

“真是丝毫不差！这颗牙齿肯定是栗山重治的。”

下田把这颗“多出来的牙齿”同栗山重治缺损的那颗“左上第二切齿”进行了核实比较。

栗山的尸体被判明身份后，由于其前妻田岛喜美子拒绝认领，警方只好按尸体处理规定，将其火化后葬在了多摩陵园的义冢公墓。

火化前，警方将死者的指纹、掌纹、身体特征、衣着、携带物品和现场相片等能收集到的资料全收录在案，并取样保存了栗山的齿模。矢村骨骸复原后多出来的那颗断齿，正好和栗山所缺的牙齿完全吻合。

笠冈和下田目光相互对视了一下，从各自的眼神可以看出，两人都想到一起去了。

“你认为……”笠冈先开了口。

“可以考虑是栗山杀了矢村重夫吗？”

“你也是这么认为？”

“嗯，是的。栗山出其不意地袭击矢村，但遭到了矢村的强烈反击，被打掉了门牙。看来矢村也是个臂力过人的棒小子。”

“他当时才二十四五岁，正血气方刚，又是个登山运动员。栗山本打算出其不意，攻其不备，一举得手，但没想到对手能猛然间凝取毕生之力奋起抵抗，自己的门牙也被打断了。”

“如此看来，动机就显而易见了。”

“你是指杀矢村的动机吗?”

“不，朝山纯一杀栗山的动机。”

“笠冈，您也这么认为?”

“据说矢村重夫是朝山由美子最初的未婚夫。朝山纯一，也就是当时的木田纯一，取代矢村重夫坐到了朝山餐馆主人的位置上，要是矢村活着，他是绝对坐不上这个位置。”

“因此，暗恋着由美子的朝山纯一，便委托在医院结识的栗山，去干掉矢村。”

“朝山纯一所爱的，也许不仅仅是由美子本人吧。”

“提到‘朝山’，那可是响当当的超一流餐馆，所以他的作案动机是人财两得。”

“朝山纯一虽除掉了情敌，但同时也造就了一个敲诈者，终生对他要挟和恫吓，最后到了不堪忍受的地步。”

“二十多年来，他一直受恐吓吗?”

“期间，栗山因伤害和强暴妇女曾几进班房。就朝山纯一来说，他实在是感到惶恐不安。”

“可是，笠冈君，没有真凭实据啊!”

“真凭实据……”

唾手可得的，胜利近在眼前，却偏偏缺少证据。简直犹如被泼了一盆冷水，从头凉到了脚。

“说朝山纯一委托栗山杀害矢村，但现在栗山和矢村都死了，已死无对证。而且，说朝山亲手杀死了栗山，也只是根据情况作出的推断。”

“是呀，应该有证据!”笠冈怅然若失。接着，他又问道：

“朝山纯一能证明他六月二日不在现场吗?”

“这事我马上就去调查。不过，光凭他拿不出自己不在现场的证明，奈何不了他。从我们现在掌握的情况看，只知道他们两人一九四九年在T大附属医院住院时有过接触。”

“接触?”笠冈重复了一句，便仰天凝思起来。

“我想，查明朝山纯一和栗山重治后来又在何时、何地会过面，是目前搜查的当务之急。朝山纯一若是凶手，那么，栗山身边可能有他的遗留物，他的身边也可能有栗山的遗留物。”

“栗山身边没留下什么，因此要到朝山那里去找，可这家伙很难对付。”

“光靠推理，是拿不到搜查证的，况且犯罪证据很可能早就被销毁了。”

“如能找到他忘了销毁的东西，就可以逮捕他，但难哪！”

敌人的轮廓终于在面前浮现了，但要抓住他，前面还有一道难以逾越的鸿沟。

新的一年开始了，朝山由纪子和笠冈时也的婚期也迫在眉睫，但仍未有抓住凶手的证据。这时，笠冈道太郎最大的心愿，就是能出席儿子的婚礼。

也许是老天有眼，他的病虽然很重，但病情稳定，身体状况有所好转。

“照这样下去，您或许能出席儿子的婚礼。”

时子为丈夫病情稳定感到高兴。然而，儿子时也却冷冰冰地说道：

“爸爸，还是别勉强为好，要是在喜宴上吐血倒下了，就会扫大家的兴。”

“时也，你胡说些什么！”母亲责备起儿子来。

“好啦，时也说得没错，只要有一点儿不舒服，我就不去了。”

笠冈此时此刻的心情很复杂。妻子哪里知道，为了将儿媳的父亲捉拿归案，他自己正在拼着老命，所以对儿子那种冷漠的态度，作为父亲又能说什么呢！

同时笠冈心中又充满着矛盾。他很想在儿子的婚礼前将凶手绳之以法，但又在祈祷儿媳的父亲至少在这段时间内能平安无事。

儿子成亲是终身大事，一生也就这么一次。作为父亲，他不愿让新娘的父亲在这时候成为阶下囚。但是，自己已风烛残年，在生命之火熄灭前，必须偿清欠下的人生债务。

目前病情稍有好转，说到底，是死神对自己的一时恩典，一旦它从打盹中醒来，谁又能知道它会露出什么样的狰狞面目。

但不管怎么说，抓不到朝山纯一作案的证据，作为父亲来说，还是值得庆幸的。

由于家里房子太小，时也决定暂时把新房布置在郊外的公寓里。同时笠冈夫妇也觉得，家里躺着个病人，对新娘也不太好。

公寓是时子出钱买的。笠冈对妻子的这一举动甚是吃惊，没想到她居然能从微薄的工资中省下这么大一笔钱。不用说，由纪子的陪嫁会带来很大一笔钱的，但在儿子结婚之前，总不能让“犯罪嫌疑人”给刑警的儿子买公寓吧。

——我这间病室马上就会空出来的。

这话笠冈是说不出口的。他以一种十分复杂的心情，看着喜不自禁的妻子和儿子。

婚期只差半个月了。一天，由纪子开车把时也送回了家。

“唉哟，女的送男的回家，真是少见啊！”

时子虽这么说着，心里却是喜得不得了。笠冈为了活动身子，早已下了床，这时，他也走了出来。

“这车真漂亮！”笠冈看到由纪子的车那么漂亮，不禁惊叹起来。

车身光洁，犹如猛禽一般精悍，同时造型又很优美。发动机盖上雕着“火鸟”，象征着车的精巧和优异的性能。

“火鸟牌，买它花了五百万日元。有了这辆车，就要找个带停车场的公寓。”时也好像是在夸耀自己的车。

尽管是自己的儿子，笠冈道太郎却对时也讲排场、图虚荣的性格很是担心。但由纪子对自己有了这辆豪华车反而不好意思，小心翼翼地说：

“是爸爸给我买的，本来我想要辆普通的车子，可爸爸被推销员说动了心，就买下了。”

由纪子虽是富家千金，父母的掌上明珠，生活条件优越，但性格谦恭，处事谨慎，看来能弥补时也浮华虚荣的性格。

“令尊对汽车很在行吧？”笠冈无意中问道。

“在行谈不上，自己会开个车。”

“喔，自己会开车。我还以为雇有司机呢。”

“哪儿呀！”由纪子扑哧一笑，接着又说道，“不过，最近他专爱坐出租车。”

“这又是为什么？”

“在买这辆车的时候，就把家里原来那辆车变卖了。我说那辆车还挺好的，别卖了，可爸爸很固执，说怎么都看不上那辆车。不过，也许是年龄的关系，爸爸一直没兴致自己开这辆车。”

“让我坐这车，我也会觉得太显眼。”

“就是，我也不太满意。”由纪子像被霜打了的茄子似的低下了头。

“瞧你们，都说些什么！”时子责怪着丈夫。

这时，笠冈脑海中仿佛闪过一道强光，照亮了自己一直疑团未释的阴影部分。

“对了！是车。”笠冈竟忘了由纪子就在跟前，失口喊出声来。

“车又怎么啦？”时子不解地问道。

笠冈没有答理妻子，继续问由纪子：

“由纪子，令尊买这辆‘火鸟’车，不，处理那辆旧车是在什么时候？”

“大概是六月中旬吧。”由纪子对笠冈的唐突追问，一点儿都没起疑心。

“六月中旬！你没记错？”

“没错，不过等新车买来时，已是七月底了。”

由纪子和时也相识，正好是在新车买来之前，所以她记得很清楚。

“新车七月底才到手？这么说是先处理了旧车？”

“是的，父亲让旧货委托商尽快处理。”

“那车没什么毛病吧？新车还没买来就卖掉旧车，用车不是不方便了吗？”

“是啊，这么说来，是有点儿怪呀。为什么要先处理掉那车呢？”

由纪子听笠冈这么一说，也觉得这事有点儿蹊跷，歪头沉思起来。

“旧车是什么牌子？”

“73 型皇冠顶级。”

“要说 73 型，那没用几年吧？”

“是的，用得很细心，就同新车一样，实际上还没跑多少公里。”

“那车现在怎么样了呢？”

“想必是拆掉了吧。”

“拆掉了？”笠冈立时感到了绝望。

“你瞧瞧你，由纪子难得来家里，你怎么净问人家汽车的事，真不像话。”时子实在是看不下去了，再次插话责怪丈夫。

“不，没关系的。不过，爸爸为什么要急于处理那辆车呢？”由纪子还在想刚才的问题，百思不得其解。

通过和由纪子的对话，笠冈立即想到，如果凶手在别的地方杀死栗山，要把尸体运到多摩湖，毫无疑问，想到用车搬运的可能性最大。那么关键就是汽车了。在这种情况下，不会考虑用出租汽车或包租车，最有可能是用自己的车，或借用别人的车。

只要有了车，不要说尸体，就是大活人，也可以很方便地把他们弄到人迹罕至的地方。

现在查案的关键是汽车。如果找到朝山纯一的那辆车，也许就可以找到栗山的遗留物。即便是一根毛发、一点血迹，都能成为证据。

但是，案犯捷足先登了一步。当笠冈注意到汽车时，朝山纯一早把汽车处理掉了。这样一来，就没有什么东西可以把朝山和栗山联系起来了。报废车辆，必须向陆运事务所支付车检证和车牌号，同时提出车辆报废申请，并领取登录涂销证明。

或许，朝山害怕报废一辆挺好的车会引起别人怀疑，就借着女儿要买新车，把作案用过的那辆车处理了，以此掩人耳目。

经销店通常不备新车，尽管新车送达会很迟，仍急于变卖旧车，这本身就说明了问题。

现在那辆车或许被拆得面目全非，或许被压成了一块废铁，扔进了炼铁炉。证据，也许永远消失了！

儿媳的父亲终于可以不必受到法律制裁的那种放心，和终于未清偿人生债务的那种万念俱灰，使笠冈的视野模糊起来。

二

“不，笠冈先生，那车未必会拆掉。不是经常看到有旧车市场吗？据说要处理的车都集中在那里。如果朝山的汽车是作为旧车处理的，那还有可能查到。”下田听笠冈讲了车子的事后说道。

“下田君，你能去查一查吗？”笠冈缠上了下田。这是他的最后一着棋。

“好，试试看吧。当初把车给疏忽了，现在车已经不归朝山所有，就可以随便去查问啦。”

下田也来了情绪，立即开始调查。

火鸟“皇冠顶级”车在日本的代理商，是日英汽车公司，位于千代田区永田町。经询问该公司后得知，这种旧车全部由该公司位于世田谷区上北泽的第三营业部负责经销。

一般情况下，外国车特约经销店卖出的旧车，要比国产车特约经销店卖出的便宜得多，所以各地的旧车商便蜂拥而至。与东京相比，旧车处理也是地方价格高，因此经销店大多与地方旧车商建立了销售渠道，但“日英汽车公司”有自己专营的旧车营业部。

下田立即赶到上北泽的日英汽车第三营业部。旧车营业部面对着甲州街，离八号环线前面的新宿约三百米。

说是卖旧车，在下田眼里，看上去跟新车没什么两样。由于是外国车特约营业部，里面陈列的几乎都是外国车。据推销员介绍，车库里有多种型号的外国车，但国产车只有一台2000CT型丰田车。

下田开门见山，立即问起朝山的那辆汽车。

“喔，是那辆‘皇冠’吧，已经卖掉了。”推销员一副满不在乎的样子。

“卖掉了！什么时间，谁买走的？”

“大约三个星期前吧。”

“买主是哪的人？”

时间已经很久了，被人买走是预料之中的事，但六月份送来处理的车，三星期前才卖出去，只恨自己晚来了一步。下田只好把希望寄托在买主身上。

“我们现在也正为这伤脑筋呢。”推销员抓耳挠腮，很为难地说。

“伤脑筋？出什么情况了？”下田带着不祥的预感追问道。

“买主付钱拿走车后，到现在也没来办手续。”

“办手续？”

“就是办理过户登记和车库证明。”

“你们不知道买主的姓名和住址吗？”

“是啊，但留下的地址根本没有这个人。”

“这么说，买主编造了假地址？”

“我们也不明白，他为什么要编个假地址。”

“是不是他交的现金，当场把车开走了？”

“这里卖的是旧车，没有商品目录，买主到现场看货，相中了就买走。有的买主开着试试，觉得满意就直接开走了。”

“遇到这种情况，后面的手续谁办？”

“用现金买车时，多请买主委托我们到陆运局办理机动车登记过户手续，所需文件、手续均由我们代办。”

“这位买主没请你们代办吗？”

“在车正式归买主所有前，手续很复杂，如要计算税金、办理车库证明等许多麻烦事，因此一般先让买主把车取走，然后我们在一定的期限内备好文件，完成所有手续。”

“这都需要哪些文件？”

“需要重新验车的，要有车检文件，但您打听的那辆车，车检证还可以用一年，所以只需办理过户登记的文件就行了。像这种情况，现在车的名义所有人还是我们。”

“这么说，现在还没有过户？”

“要不怎么伤脑筋呢。照这样，我们要负责上税，而且车检证还在我们这里。”

“……这么说，那车是无车检证行驶了？”

“车检证原件在我们这里，给了他一个副本。”

“交付车辆时，你们不要身份证吗？”

“不要，因为没有这种必要。旧车中，那些好车销得特别快，大多是试开一下觉得满意，买主就直接开走。这时，我们只要让买主在订单上填上自己的姓名、住址，并盖上章就行了。所有权如果不能转移，车就不能算是自己的。所以除了这位买主外，我们这儿还从来没有发生过付完钱把车开走后，不来办手续的。”

“这么说，如果买主想化名买车，只要在订单上随便造个名字，编个地址，瞎按个图章就行了？”

“这只能把车取走，但法律意义上的所有权并没有转移。”

“那么所有权转移需要哪些具体手续呢？”

“就像刚才说的那样，过户登记要有正式的印章及其印鉴证明。如果拿来这两样东西，我们就可以开具转让证明，去办所有权移转的过户手续。”

“这些手续，一般在交车后多长时间内办完？”

“根据道路运输车辆法规定，须在车辆买卖后十五日内办理完毕。通常领取车库证明需一周，过户登记一两天，总共约需十天左右。”

“那辆‘皇冠’车出售后到今天已三个星期了，可买主还不露面……那买主到底是个什么样的人啊？”

“像是个男学生，还不到二十岁。”

“男学生？那么年轻！”

“他当场就付了八十万现金。”

“一个男学生，一下子能付那么多钱，你们就一点儿也不怀疑？”

“这也没有什么好怀疑的，最近经常有青年人来买车，当场付那么多钱的有的是，不足为奇。”

最终，下田还是空手而回，没弄清买皇冠车青年的下落。临走前，那推销员认为不久那青年就会来办过户手续的，满口答应到时再联系，但在这段时间里很可能残留在车上的作案痕迹就消失了。

据说出售的旧车可分为两类，一类是“无毛病车”，另一类是“翻修车”，前者不做保养直接作价交付买主，后者要翻修后才能出售。翻修时，要对旧车做四十八个项目、一百零四个部件检测，根据磨损情况逐一减分，并修复其减分部件。朝山变卖的那辆车属“无毛病车”，那车上很可能还留有作案的痕迹。

但遗憾的是，买主无从查找。

那辆皇冠车从特约经销店开走后，还没有办过户手续，现在用的肯定是经销店的车牌号。因此，下田向市内各警署通报了那辆车的车牌号，进行紧急通令缉查。张开这张网后，不用再等旧车经销店来联系，就可能提前扣住那辆车。

可是，“皇冠”车的买主就是不露面。这和盗车案通缉令不同，网张得不是特别严密，容易漏网。

案情迟迟没有进展，笠冈时也和朝山由纪子的婚典日子却已经到了。婚礼举行前，终于未将新娘的父亲绳之以法。

婚礼在市中心的一家大饭店里隆重举行。笠冈道太郎本想只邀些亲朋好友简单聚一下，但朝山家不愿意，而且贪图虚荣的时也希望婚礼尽可能办得豪华体面。

这一天，来自两家的宾客达三百余人，有五分之四是朝山家请来的客人，而且还是经过认真筛选后敲定的，其中不乏政界和财界的大腕人物，足见朝山家的威势有多大。

对时也来说，婚礼和就职几乎是前后脚，银行的董事出席了他的婚礼。

因此，笠冈家的来宾阵容并不比女方逊色。在这点上足见时也的活动能力。

笠冈看到儿子特别善于此道，是既高兴又担心。他所担心的是，怕儿子精明过了头，聪明反被聪明误，成为将来失足的陷阱。

青春，应该充满着纯真的憧憬。青年人应该有一股热情，向着广袤无垠的未知世界扬帆远航。动力就是热情，罗盘就是憧憬。

伶俐的时也，精于心计，计较功利。迄今为止，他的罗盘指针总是指着灿烂的阳光。新娘不但貌美，而且温柔，并有丰厚的嫁妆。这是时也梦寐以求的最理想的伴侣。

他选择的职业是超一流的，尽管刚工作就结婚成家，但有保障的银行待遇，也足以使他们生活在一般人的水平之上。看来。他终身已过上了安定的生活。

但是，时也这么年轻，终身的生活就安定了，这意味着什么呢？真正的青春，应当充满着变化和未知，无论朝哪个方向去，都有无限的发展。只有这样，才能称之为青春。

时也才二十二三岁，就被功利和算计固定了发展方向。或许他将追寻的道路十分平坦，始终阳光和煦。但是，这又算什么呢？前程无阻，阳光普照，是否意味着人生的真谛呢？

笠冈不打算对儿子讲述人生，时也有时也的人生。可是，笠冈并不认为，时也是用充满未知的青春换取了世俗的安定。作为父亲，对儿子的这种功利主义生活方式，是应该说点什么的。但自己已风烛残年，在世的日子屈指可数。因而在儿子难得的一帆风顺之际，是没有理由说三道四的，应该真心地为儿子高兴。

父亲终身被心灵债务所束缚，碌碌无为，在行将了却自己一生之时，不应对儿子选择的人生进行非议。

然而，在自己的一生中，可曾有过如此阳光灿烂的机遇吗？在这个意义上，不是可以说时也部分地实现了父亲没有实现的梦想吗？

在满堂的掌声中，时也挽着如花似玉的新娘，得意地稳步走向大型枝状吊灯照耀下的宴席。笠冈道太郎望着神气的儿子，感慨万千。

主婚人是银行董事。他致辞后，众人打开香槟，高举酒杯为新人祝福。来宾纷纷祝词，新娘不时换装。每当由纪子换上新的晚装或和服再度入席时，全场总是掌声四起，赞叹不已。

美酒晶莹，笑语满堂，热闹非凡。笠冈陶醉在喜宴的热烈气氛中，不禁觉得这也的确是一种青春。

这时，笠冈想到了自己的婚姻。就像时子曾责备的那样，自己眼看着时子的父亲被杀，后来出于赎罪，才与时子结成了“剖腹式”的补偿婚姻。时子则是为报父仇，与他结成了“复仇式”婚姻。

剖腹和复仇的联姻，酿出了人生美酒。眼前的这对新人采撷了人间的一切幸福。

时子望着神采飞扬的儿子，悄悄抑制住了激动的泪花。笠冈由衷地感谢神的恩典，使他活到了今天。

管风琴奏起了祝福曲。

天空金光灿灿，生命无限长留，
今夕何夕，迎此良辰。
喜泪双流，幸哉至诚。
吉兮此时，洁兮此时。
情深似海难移，山盟天长地久。
磐石之坚，长命百岁。
喜泪双流，幸哉至诚，
共庆此时，共贺此时。

婚礼有条不紊顺利进行，喜宴就要开始了。笠冈代表两家致谢辞的时刻正在到来。

"身体行吗?"时子有些担心地问道。丈夫身体虽略有起色，但能参加婚宴毕竟是死神的垂青或大意。

"没问题。"笠冈回答着妻子，同时心里觉得，父亲为了儿子，办这点小事，应当是不在话下的。

婚礼顺利结束，来宾们带着满意的神情纷纷离去。新郎新娘今晚在宾馆度过新婚之夜后，明天清晨将飞往欧洲去蜜月旅行。

"谢词真棒!"时子对当此大任的丈夫刮目相看。

"真的，爸爸能在这样的场面致辞，真是没想到。说实在的，当时我还捏着一把汗呢!"时也向父亲投去钦佩的目光。

笠冈道太郎今晚的那段谢词，算不上十分流畅，但朴实无华，诚挚感人，由衷地表达了新郎父亲的喜悦和谢意，可以说比演说家的高谈阔论更能感人肺腑。

"我想您一定累了吧!"时子十分疼爱地问着丈夫，并投去关切的目光。

第十五章　舍身偿债

一

“畜生!”

矢吹英司握着方向盘，恶毒地骂道。

高耸入云的东京皇家饭店灯火通明，绚丽多彩，飘浮在夜空中，犹如天宫。

在这座摩天大楼最豪华的宴会厅里，想必正举行着那女人的婚礼宴会。这会儿，或许她正穿着洁白的结婚礼服，接受着众人的美好祝愿，沉浸在满堂宾客的欢声笑语之中。

她用洁白的婚纱来伪装自己的清白，但那丰满成熟的裸体，花一般的樱唇，在一星期前还属于自己。然而，从今天晚上起，这一切却被另一个男人占有。一星期前，和那女人最后一次见面时，她无情地提出正式分手，从此往后各奔东西。

英司现在又想起了那天晚上的情景。

“我们不能再见面了，这是最后一次。”她说道。

第一个占有她的人，是自己，说得确切些，是自己把她从未婚夫那里偷来的。不过，从第二次开始，是她自己以身相许的。她曾有言在先，说这是“结婚前的短暂恋爱”。可是，约定归约定，人的情丝是割不断的。

一次荒原之欢，使自己神魂颠倒追踪不舍，竟意外得到她以身相许，培养出了感情。没有她，还活个什么劲儿。

对错姑且不论，第一个破她处女身的人，是自己。后来，各自拿对方做试验，开拓了未知的性领域。从这个意义上说，两人是同伴，是性生活中的师姐弟。

然而，这一切全在结婚的名义下断送了。这不得不让英司认为是世界上最不合理的事情。

——难道就这样让他夺走?

英司在心里思量。那女人是我的，是我在她身上插上了征服和拥有她的旗帜。她是我的，我谁也不给!

年轻人往往先行动，后思考。就在今天她举行婚礼的日子里，英司一直在饭店前窥视着。

人们从饭店的婚礼宴会厅纷纷走了出来，等候在那里的出租汽车一辆辆被叫走。通过调动员，英司知道婚礼已经结束了。

——怎么办呢?

整个婚礼进行期间，英司一直在考虑这个问题。

他并没有复仇的想法。他俩本来就不存在互相欺骗的问题。他只是一味地爱恋着她。她是甜美的化身。一想到这样的女人将从自己手里永远失去，他简直就要发疯了。

但是，他不能到饭店里去，因为饭店里近来连续发生了几起犯罪事件，到处都是保安人员。

宴会期间无隙可乘，但结束后，也许会大意。就趁他们松口气的时候突然采取行动，把那女人抢走。她并不讨厌自己，一旦抢过来，肯定会认命跟自己走的。

英司紧紧盯着宴会厅的出口，人们三三两两，越来越少了，大部分宾客似乎都走了，她该出来了。

英司不知道这对新婚夫妇今晚将在饭店里度过新婚之夜，他以为在宾客未走前，或送走宾客后，会去新婚旅行。他打算在这儿利用机会将新娘拐走。至于新娘到手后如何生活，他并没有深入考虑。这一代人是在电影和电视前长大的，从不擅长思考，只会无节制地追求身心发育中的欲望。

突然，英司神情紧张起来，饭店门口出现了他熟悉的身影。她那光彩照人的容颜一下子映入他的眼中。没错，就是她。

英司开动汽车，慢慢地向那女人迎了过去。在女人身旁，一个青年男子挨着她。他满面红光，充满着婚礼的喜悦，洋洋自得地搂住那女人纤细的腰。他的表情和动作似乎在向周围的人炫耀，她已是我的妻子，所有权是我的。

一股无名火涌向了英司的心头。

“他竟搂着我的女人!”

英司猛地踩下油门，将车对准那男子冲了过去。

“危险！”

笠冈突然发现一辆汽车猛冲过来，本能地惊叫一声，并在这千钧一发之际，为了保护已经吓呆了的新婚夫妇，一个箭步挺身挡在了汽车前面。这是他拖着久病的身躯，本能地做出的最大努力。

“砰！”随着一声沉闷的撞击声，笠冈被汽车重重地撞倒在车盖上，又一下子反弹到地面上。车速虽不算快，但加上笠冈向前猛地一跃，产生了很大的碰撞力。尤其不幸的是，他被撞倒在坚硬的石头路面上。肇事汽车开足马力头也不回地逃跑了。

时也在父亲舍身相救下免遭了厄运，笠冈却倒在了血泊中。鲜血就像一条红色的彩带，沿着路面蜿蜒地向前伸展。

这是瞬间发生的事故，在场的人们全都惊呆了，不相信眼前发生的一切是真的。

“不得了啦！”

“快叫警察！”

“快叫救护车！”

等到惊呆的人们终于明白了事故真相，引起骚乱时，地面上的鲜血已经流淌了很长很长……

笠冈在救护车赶到之前，神志一直较清醒。

“大家不用慌，我不要紧的。这是石头路面，血渗不下去，看起来血流了很多，实际上没有多少，不用害怕。”

笠冈凭他的职业责任，安慰着众人，但他现在十分清楚，自己的死期到了。他已听不清大家说话的声音了，因为耳道已经被出血堵塞。颅内受伤出血，也出现了压迫症状。他现在只是靠着暂时的内部应急平衡，还有知觉，但随着出血增多，生命马上就会终止。

“时子。”笠冈寻找着妻子。他眼睛里开始出血，视觉已经模糊。

“他爸，我在这儿。”时子紧紧地握着丈夫的手。

“……对不起你了。”

“说到哪里去了，道歉的应当是我啊！”时子泣不成声。

丈夫为救儿子，挺身扑向那辆猛冲过来的罪恶汽车。她亲眼目睹了这一惨烈的场面。身为母亲，却吓得缩在一边，没为救儿子出半点力气，她觉得自己是个坏妻子。在以前，她经常咒骂他们是“剖腹式的婚姻”，对待笠冈视同路人一样，过着“复仇夫妇”的生活。现在，她一时不知道用什么适当的语言向丈夫道歉。事情发生得如此突然，她感情失去了平衡，各种思绪交织在一起，不知道说什么才好。

——最终我还是没能偿清债务，对不起你了。

笠冈本来想对妻子这样说，而且这话也早已准备好了，但舌头已经麻木僵硬，没有完全说出来。

由于颅内出血，压迫了脑神经，使身体各部分很快丧失了功能。

“时也。”笠冈叫着儿子。这时，他视野已一片漆黑。

“爸，我在这儿呢。”

——与由纪子好好过，祝你们幸福。

他想趁嘴巴能动对儿子这样说，但发不出声来，于是想翕动嘴唇，以表达自己要说的意思，可嘴唇也动不了了，血泡咕噜咕噜地从嘴里冒了出来。

笠冈的双眼迅速混沌起来。

他被送到医院的时候，已经死亡，完全错过了开颅手术的时机。

那须等人闻讯后从搜查本部火速赶到医院。

“到底是谁？这么……”由于愤怒和惊愕，下田说话的声音都已颤抖。事故发生得如此突然，谁也没看清司机和汽车牌号，只记得一辆浅蓝色的小轿车像发了疯似的撞倒了笠冈，并逃之夭夭。

“笠冈先生，我一定为您抓住凶犯！”下田发誓道。他既指肇事凶犯，也指杀害栗山的凶手。

笠冈虽身患重病卧床，却以超乎寻常的执著毅力追捕罪犯。在笠冈身上，下田看到了一位刑警的敬业精神，而这种精神目前正在日益消失。

他既不是为了功名，也不是为了俸禄。而是对罪犯异乎寻常的憎恨，支撑着这个病魔缠身的老刑警。

下田对自己能否成为这样的刑警，缺乏自信。但是，他现在特别憎恨那个肇事凶犯，因为他无缘无故地撞死了一位大家敬重的刑警。

缉拿肇事凶犯的专案组已开始行动，但下田还是想暂时放下手中的搜查任务，一起去追捕那肇事凶手。

车祸六小时后，笠冈道太郎逝去。

二

矢吹祯介发现儿子英司行为反常。平常儿子总开车到处兜风，最近却把自己关在屋里，连饭也不出来吃，每次总要母亲送到房间。

“英司最近怎么啦？”矢吹问妻子。

“没怎么啊，这年龄段的孩子就是这个样子。”妻子没太在意。

“你叫他出来一起吃饭！”

“随他去吧，他这个年龄，正是对父母逆反心理强的时候。”

“不对吧，他该懂事儿啦。”

今天父母对儿子的态度与往常截然相反，矢吹不禁苦笑起来。他平时不怎么管教儿子，基本上是放任自流。他一向认为，青年期即使有些反常举动，也不必担心，就像出麻疹一样，到了一定的年龄，自然也就全好了。在精神和身体发育还不平衡的时期，遇到升学考试的激烈竞争，往往容易造成心理上的不稳定。其实，就是成年人面对这种考试竞争，也会失常的。

但是，近来英司总是躲着父亲。他以前倒是常反抗父亲，从来没有像现在这样对父亲敬而远之。上次因携带杜冷丁被警方拘留，由父亲领回来后，比起母亲来，他更愿意向父亲敞开自己的心扉。可他最近连吃饭时都躲着父亲。

最近，他刚把两轮摩托换成四轮汽车。他把打工挣来的钱和向父亲要的钱，凑起来买了一辆半新的“皇冠”轿车。他觉得捡了个便宜，高兴得不得了，整天开着它兜风。可是这一阵子，对他心爱的车，连看都不愿看它一眼了。

——莫非他开车闯祸了？

矢吹产生了一种不祥的联想。于是他就悄悄地检查了儿子的汽车，结果发现保险杠和前盖上略有凹陷。但从损伤程度上看，撞到电线杆或护栏上也能造成这种凹陷。当然，这是辆旧车，说不定这痕迹原来就有。

然而，矢吹却放心不下，一想到儿子可能车祸伤人，就感到内心不安。

当面问，他肯定不会说实话。矢吹便叫妻子把报纸全给他拿来。看过的报纸，家里通常是一周一卖，但上星期忘了卖，攒了有十来天的报纸。

报纸上每天都有交通事故的报道，而且每则报道几乎都有肇事者的姓名。矢吹由后往前翻阅报纸，突然，他被一则消息吸引住了。那正好是十天前的一张报纸。

“饭店门前暴走车轧人逃逸”

标题突然跳到眼前。那则消息说：

“××日下午七时左右，练马区樱台的××警视厅刑警笠冈道太郎和刚举行完婚礼的儿子笠冈时也夫妇，正在千代田区平河町×号的东京皇家饭店宴会厅门口等车，一辆蓝色轿车（车种、车牌号不详）突然冲了过来。道太郎躲闪不及，被车撞倒，头部骨折，伤势严重。暴走车向三宅坂方向逃去。

当时，笠冈先生出席儿子时也的婚礼后正要回家。据现场的目击者说，暴走车像是专门冲着笠冈先生一家似的。警方认为，笠冈先生是警视厅的在职刑警，作案的动机有可能是发泄私愤，因此，正在全力以赴追查暴走车的行踪。”

笠冈道太郎？矢吹想起了这个名字。为追查栗山重治吐露的“筑地阔老板”的线索，这位刑警曾专门到家里来拜访过他。当时，他自称患了绝症。

矢吹当时并不完全相信笠冈的话，但从他那憔悴的面容、热切和执著的目光看，他确实有一种信念，想在生命终结前抓获罪犯。

“那刑警给暴走车撞了”。肇事车是蓝色，正好和英司的车颜色相符。而且，英司的车前部有接触的痕迹，英司情绪开始反常也正好在这事故发生后。

“莫非英司撞人逃逸，”矢吹叫苦不迭。哪个人不行，偏偏撞那个刑警。想到这，矢吹就觉得脊背冰凉，额头渗出了冷汗。

如果真是英司，他为什么要这样干？矢吹决定向英司问个明白。

“英司，你最近遇到什么难事了吗？”矢吹温和地问道。

“没有什么为难的事啊。”

果然不出所料，英司佯装不知，眼神却游移不定。

“是吗，那就好。有什么难处，不要自己一个人闷在心里。那样解决不了什么问题。无论什么事，都可以和爸爸商量。”

“不是说了吗，我没有什么为难的事，别随便地到人家房间里来，让我一个人待会儿！”

英司躲开父亲的目光大声吼了起来。

“犯不着大喊大叫的。你近来怎么不开车了？”

英司先是一震，接着又嚷道：

“不想开，没那心思了。”

“捡了个便宜货，你不是一直挺高兴的吗？”

“没兴趣了，开腻了。我想开就开，用不着你管。”

“那你看过这报纸吗？”

矢吹突然把那份报纸递到儿子跟前。在报纸上，矢吹把那条车祸报道用红笔框了起来。英司若无其事地朝那报纸瞟了一眼，但脸上刷地一下没了血色。矢吹注意到了儿子的表情变化，心立刻被绝望攫住了。他多么希望是自己神经过敏，但英司的表情粉碎了他最后的一线希望。

“你该心里有数了吧？”矢吹紧盯着儿子的表情。

“不知道，和我没关系。”英司还想抵赖。

“英司！”矢吹突然大吼一声，英司不由得浑身一震。

“你既然没做亏心事，为什么不敢正视你父亲？”

英司虚张声势似的抬了抬眼皮，但看到父亲那严厉的神情后又垂下了目光。

“英司，你虽然还是个孩子，但已经到了能辨别是非的年龄。爸爸对你的所作所为，可以不说什么。但是，你要是犯下了社会所不容许的行为，就必须尽快悔过，否则越拖就越难补救，越要加罪。你还年轻，即使犯下过失，也还有改的机会，可不能因一时糊涂而贻误终身啊！”

英司在父亲谆谆开导下，终于低下了头。

“在这种关键时候，就需要父亲了。英司，照实说吧，不要一个人闷在心里，还是讲出来的好。我比你多少有些人生经验，也许会想出好办法的。”

“爸爸，我很害怕。”英司一下耷拉了脑袋。

“好了，不用害怕，有爸爸和妈妈呢。”

英司把犯罪经过和盘托出，并向父亲坦白说，自己买车是为了诱拐由纪子，所以在买车时故意伪造了姓名和住址。矢吹设法让儿子说了实话，但当发现英司已犯下了无法挽救的罪行时，他感到眼前一片漆黑。

矢吹最终还是告诉了妻子麻子。麻子受到的精神打击远比丈夫大。特别是当听到遇害者竟是自己昔日的恋人笠冈道太郎时，她对命运的捉弄，感到茫然不知所措。但是，她不能永远处在这种茫然的状态中，很快便从绝望中清醒过来，向丈夫提出了她最担心的问题。

“英司要是被抓住了，会怎么样呢？”

“尽管英司尚未成年，但满十八岁了，是刑事处分的对象。”

“您是说，他会坐牢？”

“这不是单纯的车祸逃逸案子，而是用车去撞特定的人。尽管英司说他没想杀人，但也许会适用故意杀人罪。”

“杀人罪！你是说英司他杀了人！”麻子悲鸣般地叫了起来。

“这是最坏的结果。如果现在就去自首，也许会从轻量刑的。”

“英司会被抓起来吗？”

“逃逸案往往在现场留有证据，搜查率最高。这样下去，早晚会被抓住的。”

麻子脸色铁青，陷入了沉思，但很快就有了主意，果断地说：

“您能不能想办法让英司逃走！”

“你胡说什么呀?!”没想到妻子会有这种想法，矢吹吃惊不已。

“这事已过去十天了，警方那里还没有一点儿动静，肯定是找不着线索，案子陷入了迷宫。我不想让这孩子一生都背上杀人的罪名。求求你了，想办法让英司躲过去吧。你肯定会有办法的。”

“你不让英司抵罪？”

“那孩子根本就不明白自己到底干了什么，只是一时冲动开车撞了人。这种年龄的孩子是常有的事。如果这事让英司背上污名，他的一生就算毁了。”

“要是现在不让他抵罪认过，那英司一辈子都会有负罪感，这等于是让他终身背着十字架。”

“这种负罪意识很快就会忘掉的，他们这代人的心理容易起变化，不能为一时血气冲动的这点儿过失而束缚他的一生。”

“杀死一个人，能说是一时血气冲动的过失吗？”

“不能说吗？他又不是故意要杀，只是碰巧出了这种结果。幸好那车子还没办过户手续。英司买车是为了诱拐那个女人，在特约经销店填的全是假姓名和假地址。这真是个机会！英司的名字从未出现过，现在只要想办法把车处理掉，就没有什么东西可以把它跟英司联系起来了。求求您了，趁警察还没来之前快把车子处理了吧。”

麻子已陷入半疯癫的状态。在她的眼里，只有儿子撞人的事实在迅速扩大，而遇害者是谁，她已顾不上想了。

“如果那样做，就等于是把你平常最厌恶、最蔑视的胆小鬼称号深深地烙在了英司的身上。”

“英司不一样!”麻子一口否认。这时，她已忘却了自己就是因为“懦弱”才和昔日的恋人断然分手的往事，并继续固执地说道：

“这孩子可不一样，他是我的儿子，我不愿把他送进牢房。”

矢吹从妻子的追述中，清楚地看到了作为一个女人一个母亲的私心。

“就算英司现在不坐牢，侥幸躲过去，那实际上是把他一辈子都关进了良心的牢狱。英司应该服刑抵罪。”

“你打算怎么做?”

“我陪他去自首。”

“你要是这么做，我永远都不会原谅你。”

“还是好好想想吧，英司完全可以重做新人，不能让他终身背上胆小鬼的十字架。”

这时，矢吹清晰地回忆起过去的一个情景。在碧蓝如洗的南洋海面上空，十八架特攻机和掩护机编队正向死亡之地飞去。机上的年轻人告别了刚披上新绿的故国，要去为二十年短暂的人生打上休止符。

面对敌方拦阻的战斗机群，矢吹交战前，心中掠过本能的怯战。因为即使闯过敌机的阻拦，等待着自己的也还是死亡。矢吹在敌机前本能调转机首，结果被敌机红死龟紧紧咬住。就在敌机要对自己开火的瞬间，迫水机猛扑过来，向敌机开火。

迫水不顾自身安危，冒着后面敌机倾泻的炮火，与红死龟同归于尽，奋力掩护了矢吹。由于矢吹的怯懦，迫水壮烈阵亡。

迫水的座机在南洋上空爆炸，火光映红了半个天空。这刺目的壮烈闪光，永远铭刻在矢吹的心中。

矢吹终生不会忘记那惨烈的一幕。迫水因矢吹战死，矢吹不得不背上迫水留下的十字架。

这是压抑心灵的十分沉重的十字架。一直以来自己被压得喘不过气来，现在绝不能让英司也背上这样的十字架。不管妻子怎样反对，都不能答应她。

但是，麻子用母性的全部本能拼命抵抗着，声嘶力竭地嚷道：

“不！绝不！这是我的儿子，谁也不能抢走!”

“够啦！他也是我的儿子。你听着，你这种母亲的狭隘的自私会害英司终身背上污名。”

“不管你怎么说，我都不答应。你要带他去自首，我就杀了你！”

“混账东西！”

矢吹第一次动手打了妻子。他现在简直怀疑站在面前的麻子，是否还是那个聪明伶俐、洁身自好、富有正义感的妻子。在儿子犯下的罪行面前，她将毕生的理性和信条全都抛在脑后，还原成一个赤裸裸的母亲。

绝不让任何人夺走用自己乳汁抚养大的孩子，这是母亲的本能。但就为了这个女人，笠冈道太郎终身背负了人生债务，最后又被她的儿子给撞死了。

最后还是英司结束了这场父母的争吵。

“爸爸，妈妈，你们不要为我吵了，我去自首。我不愿成为一个懦夫。”

听了儿子的话，麻子不禁想起了遥远的过去，自己曾将同样的话语掷给了昔日的恋人。此时，她才清楚地意识到，这正是笠冈道太郎借英司之口又将“懦弱”还给了自己。

第十六章　青春之悔

一

英司在父亲矢吹祯介的陪同下到警方自首，使整个案情有了突破性的进展。英司撞死笠冈的那辆车，正是朝山纯一低价变卖的“皇冠”车。

经过仔细检查，搜查本部终于获取了重要的证据。他们在“皇冠”轿车后面的车厢里发现了贝壳碎片。经鉴定，这一碎片与松鼠从现场带来的螺壳破损部分完全吻合。掉落在掩埋尸体现场螺壳缺损的那块碎片，为什么会在朝山纯一的“皇冠”车后车厢中？矢吹英司在得到那辆“皇冠”前后，有没有去过中津溪谷？

在英司自首的当天，警方就拘捕了朝山纯一。在铁证面前，他对自己所犯的罪行供认不讳。

“我在暗中深深地爱着由美子。但是，当时要不是因滑雪骨折住进 T 大医学部附属医院，这种青春期的单相思或许就会永远埋在心底，与由美子无缘。住院期间，我结识了栗山重治后，使我那单恋之心突然产生了罪恶的念头。

“要是没有矢村，由美子也许就会把绣球抛给我，说不准她早就爱上我了，只因矢村捷足先登，才顺从他的。对，肯定就是这样的。当时，我什么都往好处想，想当‘朝山’家的上门女婿。觉得只要没有矢村，由美子和‘朝山’家产，就都是自己的。

“就这样，我心中绘制着一张邪恶的蓝图。促使这张蓝图付诸行动的，就是栗山。当时他还在服刑，由于有病，被允许假释监外就医，正好住在我隔壁的那间病房。他待人和善，很合我的脾气。我俩一见如故，很快就亲如兄弟。当时栗山说，如果受到社会上流氓地痞的威胁尽管去找他。

“我未加考虑，就把矢村和由美子的事全跟他说了。他听后当即问我：‘你真想得到那女人吗？’我问答说：‘是的，我想得到她。’于是他说：‘如果你把这事交给我去办，一定让你如愿以偿。’

“起初，我们也就是在医院里闲得无聊时，随便编造些从未真打算具体实施的犯罪计划。可是，当我出院后，他特地从医院里溜出来找我。栗山说，如果在他住院期间干掉矢村，可证明他不在犯罪现场，也不会怀疑到我身上。换句话说，栗山他住院已一年多了，悄悄地跑出来两三天不会引人注意的。

“从那时起，我那罪恶的计划开始实施。栗山说，此事全由他一手操办，绝不会让人怀疑到我。当时，栗山没提任何要求，也没要报酬。他说：‘只要小弟你得到了恋人，能出人头地，老兄我也就心满意足了。’听了他的话，我鬼迷心窍，信以为真。

“不久，终于有了机会，矢村邀我一起去攀登凤凰山。开始我一口答应同他一道去，可到临行前突然变卦，借故不能去。这样，矢村只身上了路。我事先通知了栗山，叫他埋伏在落叶松山庄附近袭击矢村。

“后来的事是栗山告诉我的。

“栗山装扮成登山者，在夜叉神岭附近悄悄地接近了矢村，但始终找不到下手的机会。最后快要到村落附近了，栗山觉得不能再犹豫了，于是就在落叶松山庄袭击了他。由于心急，下手匆忙，没能一下子置矢村于死地，遭到了强烈的反击，门牙被矢村甩过来的冰镐柄打断了。两人的搏斗异常激烈，栗山险些被矢村打死。

“毕竟是先下手为强，栗山多少占了上风，最终干掉了矢村，并将尸体埋在了落叶松山庄后面。当时，山庄里空无一人。

“栗山被打断了门牙，脸肿得很厉害。当时很危险，我怕警方查到栗山头上，就主动走在搜索队的前头，故意把搜索引入歧途，不使人产生有谋杀的嫌疑。

“此后，我就假装在寻找矢村，努力接近由美子，终于如愿以偿。栗山当初也没食言，按他说的那样，没向我提任何要求，甚至离我远远的。但从十年前起，他开始时隐时现。不管怎么说，我能有今天，是靠他的帮忙，所以就或多或少给了他一些东西。

“起初，给东西时他还诚惶诚恐的，说是到这里来并非为了要东西，做出一副感激涕零的样子。但没过多久，他就频频来我这里，而且胃口越来越大，最后就简直成了恫吓了。

“不能容忍的是，栗山在打由纪子的主意。他蛮横地要求和由纪子结婚，继承“朝山”的家业。说什么自己是冒着生命危险干掉矢村的，提这要求不算过分。

“最后他威胁说，如果不答应要求，就把一切告诉由美子和由纪子。当时，我曾详细地写过一份矢村的登山计划交给了栗山。他现在就利用这份计划，凶相毕露地要挟我，以满足他那贪得无厌的欲望。

“栗山得寸进尺，迫使我下决心干掉他，否则，吃亏的不仅是我，而且还要殃及由美子和由纪子。

“六月二日夜晚，我假装去送他要的钱，约他在涩谷碰了头。在车子里，让他喝了放有安眠药的啤酒。等他睡过去后，就在多摩湖畔杀死了他，并就地掩埋了尸体。栗山有前科，万一尸体被发现了，容易验明身份，因此在掩埋前，我用事先准备好的硫酸和盐酸搅拌成的混合液，把他的指纹全烧毁了。他的衣服及随身携带的物品，也被我悄悄地扔到焚烧炉里烧掉了。人是在车里杀死的，总觉得坐那车不对劲，正好趁着女儿要买车，就把那辆皇冠车廉价变卖了。

“原以为把车变卖了就足矣了，没想到警察会注意我。我从不担心栗山会把他与我这个“阔老板”的关系，泄露给别人，也没有任何东西能把我和栗山联系起来。干掉栗山，保护自己、保护由美子和由纪子，这是我唯一的出路”。

朝山纯一唆使栗山杀死矢村的罪行，已过了追诉期限。杀害栗山一案的取证工作已经结束，警方决定对朝山纯一起诉后，下田来到笠冈的遗骨前，给他焚香并报告案件的始末。

笠冈的遗体已经火化，只等满服结束后将骨灰放到菩提寺去。

下田点香作揖，对佛台上的笠冈遗像默默而语：

“笠冈先生，最终还是您抓住了罪犯。是您用自己的生命，帮助我们找到了杀死栗山用的汽车，将朝山纯一捉拿归案。”

下田在报告时，感到遗像上的笠冈露出了满意的微笑。

但是下田并不知道，笠冈挺身挡车保护儿子是为了偿还自己的人生债务。

笠冈道太郎终于偿还了债务，然而，他本人却不知道这一事实便抱恨而终了。

二

四十九天的服丧期满后，笠冈的骨灰被送进了菩提寺，时也夫妇也离开了笠冈家。家里现在只剩下时子一个人。

夫妻生活最终未能得到爱的结晶，但时子在失去丈夫之后，才第一次感到了丈夫在自己心中的位置。

夫妻间的爱情，并非总是轰轰烈烈，而在于天长日久的不断积累。不论婚姻基础如何，在日常相处的过程中会长出苔藓。这种苔藓会慢慢地抚平一切创伤和裂痕，使夫妻心心相印。可以说，日常生活才是夫妻和谐的抗生素。

现在，这样的抗生素已经失去，一直在厚厚的苔藓下沉睡的旧创伤，又开始隐隐作痛了。时子近来常坐在佛坛前，自言自语地和丈夫的遗像说话。虽然她还没有到耄耋之年的地步，总到遗像前发呆，茫然不知道时间的流逝，一坐就是几个小时。

“你什么也不知道啊!”她又对着丈夫的遗像说起话来。

“你说什么？我不知道?”

丈夫十分奇怪地问道。

“您真的认为时也就是您的儿子吗?”

“那当然啦!”

“他一点儿都不像您，难道您就没有怀疑过?”

“父子不像，不是挺多的吗!”

“那孩子的父亲，可不是您啊!”

“不是我，那是谁?”

“那男人叫国山正弘，现在还活着。他是个不可救药的游手好闲的人，喜欢寻花问柳。听说他现在经营着一家酒吧，虽然是风闻，但肯定还是靠女人养活，做女人的生意。那家伙可会玩女人啦，我就是上当受骗被他抛弃的。父亲知道后怒不可遏，就去找国山算账，结果国山当着你的面，把父亲杀死了。我是抱着自暴自弃的心情同你结婚的。您把‘国山’听成了‘栗山’(‘国山’和‘栗山’在日语里分别读作‘Kuniyama’和‘Kuriyama’——译注)，于是您一直在拼命寻找凶手。我心里好苦啊!”

“事到如今，再旧事重提，也没什么意义了。”

“不过，有一件事不得不向你坦白。那就是我明知上了国山的当，父亲也被他杀死了，可我还是忘不了他。我的身子，我的心，全被国山掳去了。所以，尽管父亲是被国山杀害的，可我特别恨你，恨你看着父亲被杀却袖手旁观。我甚至觉得你才是真正的凶手。我心里非常清楚，这完全是恨错了方向，恨错了人，但还是不能自拔。我是通过怨恨你，来摆脱同时失去父亲和国山而产生的寂寞。国山看透了我的心，又厚颜无耻地来纠缠我，而我却无法抗拒他。而且，和你结婚后，我还暗中和他往来，不久，就怀上了时也。”

“这事，你跟时也讲过了吗?”

“还没有呢。”

“千万不能讲啊。这事和时也没有一点儿关系。时也是我俩的孩子。至于国山，就当是一场噩梦吧。”

“他爹，请您宽恕我。”

“这都是哪辈子的事了，还提它干吗！”

“为什么要先走啊，您的病眼看着就要好起来了。直到最近我才清楚地明白，我心中真正爱着的人，就是您啊。时也结婚走了，这回我们可以重新找回那失去的青春了，可现在……”

这以后，时子对着面前的遗像不论说什么，丈夫都不吭声了。

当然，时子也有她不知道的事。笠冈受到了妻子和恋人的双重背叛。麻子是一个没有资格把“懦弱”两字掷在笠冈身上的女人。因此，笠冈不欠她们任何债。相反，倒是这两个女人终生欠着笠冈一笔良心债。

笠冈阴差阳错，受命运的捉弄，为偿还那莫须有的债务，拼命追踪着不是国山的栗山，最终命丧黄泉。

国山是个嗜烟如命的烟鬼，浑身上下散发着尼古丁的气味。

时子幼年时，母亲因患子宫坏疽病逝。时子根本不知道母亲得的是什么病。松野为了解妻子的病，曾从一位认识的医生那里借来了有关坏疽的医学书，后来竟忘了还。在书中介绍有关伯格氏病的地方，医生画上了红线。笠冈自以为是，硬把那画有红线的地方和栗山的体臭联系了起来。

笠冈患有胃溃疡，通过疗养已日见好转，他却固执地认为自己得了癌症。为了能在有生之年里抓获谋杀栗山的凶犯，他一直拼命地进行追踪。

这是极大的误会。为了偿还那错觉中的债务，他不顾一切地追踪着错觉中的罪犯，并在错觉中的“绝症”促使下，未见胜负就结束了自己的一生。

但是，笠冈根本不知道他在生前就已经偿还了那错觉中的债务，临死前反而为没能偿还那本来就不存在的债务含恨连绵。

朝山纯一判刑后，朝山由美子提出与丈夫离婚。比起丈夫，这时她更珍惜“朝山”的老字号。

矢吹祯介和麻子经协议离婚，也分道扬镳了。麻子当年不能原谅笠冈的“懦弱”，现在又不堪忍受丈夫不包庇儿子的真诚和正义。

笠冈时也和由纪子这对年轻夫妇，生活却十分美满，由纪子腹内已孕育着一个幼小的生命。

三对老夫妻为追求真情，婚姻全都破裂了；而用虚伪包裹起来的这对年轻夫妻，却建立了一个十分稳固幸福的家庭。

青春の証明

森村誠一

本书译自日本角川书店2004年版
Seisyun no Shoumei